MINGUOWUXIAXIAOSHUO
DIANCANGWENKU

民国武侠小说典藏文库

张个侬卷

武当剑侠

少林剑侠

峨眉剑侠

张个侬 著

中国文史出版社

目　录

少林剑侠

武当剑侠

2

峨眉剑侠

少林剑侠

自　序

　　客有读拙著之剑侠小说，而惑于事之奇者，质于予曰：张子亦知世间果有剑侠乎？何传者众而辞侈，一如曩之神怪说部也。予笑曰：居，吾语汝。坐井观天而曰天小者，非天小也，局于见也。夫以世界之大，何奇蔑有，岂得即以一己之见，而视为妄诞哉？斯说也，事事物物皆然，固不仅剑侠一事云然也，子其疑吾言乎？请以《列子》为证。《列子》云："殷帝之宝剑三，一曰含光，视之不可见，运之不知其所触，泯然无际，经物而物不觉；二曰承景，将明昧爽之交，日夕昏明之际，北面察之，淡焉若有物在，莫识其状。其触物也，寂无有声，而物不疾；三曰宵练，方昼见影而不见光，方夜见光而不见影，骕然而过，随过随合，觉疾而不血刃。"执是以观，剑侠之说，岂得目为神奇，视为怪诞，疑为无有哉？客闻予言，憬然退。

　　时予为亚洲书局著四大剑侠一书适脱稿，所记答客言以弁书首，即以代序焉。

民元十八年国庆前四日

个侬张竹序于乐观斋

第一回

惩流氓壮士卖解
戏行客老叟逞技

"诸位父老尊长、兄弟姊妹，小可原始民，是山东即墨县人，只因出门远行，寻师访友，路过贵地，偶尔短少盘川，没奈何，只得借此空旷草地上，暂时立个场子，练两路拳脚在诸位尊长面前献丑。敬求诸位慨赐帮助，给予小可些钱文，做路费盘缠，使小可得能回转家乡，免得流落异地。在诸位施舍无几，在小可却受惠匪浅。诸位父老兄弟，有钱的请多赐几文，腰间如未曾携带的也请帮个场子，立着看一会儿，小可也感帮助的厚意。总之，诸位如看得上眼，说小可的几手拳脚还可以勉强算得，就请诸位多赏赐些；倘有大英雄豪杰，看小可的拳脚实在不堪入目，简直不成家数，肯当面指教，并看小可是异乡人，不得已才卖拳脚告帮的分儿上，能格外帮忙小可的，小可更是感激万分。诸位请先帮帮场子，看小可练一回把式再求诸位的赏赐，小可练得好时，请诸位多赏赐些；练得不好时，也请诸位原谅，休要见笑，看在出门人分儿上，也掏腰赏赐周全些，小可永感大德……"

说这话的，乃是一个少年汉子，年约三十内外，生得短小精悍，身材瘦削，面容憔悴，竟像是害病初痊尚未复原的光景，油黄色面皮，乱蓬松的头发，一条多天未曾梳篦的大辫子，作两道盘绕在头顶内。身上衣服褴褛，穿一件元色布夹袍，下裳掖起在腰间，露出下身穿着一条蓝布裤子，扎着脚管，足上白袜被尘土肮脏染污，几乎成了黑袜。一双厚底布鞋，前后都已打了黑皮掌子，背着个小黄布长形包袱。当时他立在一片荒场青草地上，立下身体，干咳了几声嗽，紫涨了面皮，向着四面围看的人唱喏奉揖，说出以上的一篇言语。同时行人男女见此情形，有知有不知的，都围拢来观看，顷刻间成了大栲栳圈儿，将这少年汉子围在当中。原始民向四面奉揖后，即巡行了一周，请大众往后稍退，这才回到圈子中心，丢下架势，练起把式来。看的人四面就不住地喝彩，原始民非常得意，那身手解数，登时灵捷了许多，四面的掌声、彩声也都因此如暴雷价震响起来。

原始民将一路拳脚练完，口不喘气，面不改色，仍旧立在当中，从容向四面奉了个揖，说句："承蒙诸位帮场，小可应得感谢。"说罢，即走到围看的人面前，伸手巡行了一遍。那些人都你望着我，我望着你，半文钱也不肯舍给。

原始民四面走了个来回，见大众半文无舍，心中实有些不耐烦了，只得又向大众奉了个四方揖，将先说的告帮的话，复又说了一遍。末尾说："诸位既不肯给钱，莫非嫌小可练得太少？如今小可将一路罗汉拳完全练出来，请诸位赏鉴赐教。"说罢这几句，便又在当中立下架势，练将起来。只看得四面的群众，掌声、彩声如雷，连珠价叫好。

原始民练完拳脚，复又向大众唱喏，请求赏赐。众人依旧你望我，我望你，一毛不拔，尽管原始民说些软硬的告帮话，只当作耳边风，给他个不理会。

原始民见众人看练完了两趟拳脚，一文不给，不由有些动怒，遂向着大众道："承蒙诸位帮场，不以小可的拳脚为不堪入目，却蒙拍掌喝好，可知诸位都是懂得武术的前辈了。小可并非江湖卖艺之人，只因路过贵地，短少盘川，没奈何才立个临时场子，练几手拳脚，向诸位告帮，谅来诸位绝不会白看小可的练拳。但是小可唱了许多喏、练过两起拳，诸位始终不给一文，可知诸位心目中总以为小可的把式，不过是些花拳绣腿，没有真实功夫，所以才不肯给钱。但诸位既是名家，不妨即请下来，指教小可几手。小可背着这个黄布包袱，原是出门远行，寻师访友的。如在此地，得遇着一位高明的英雄能胜得小可的，小可便当拜他为师；倘无真实本领，可别下来自讨苦吃。"

原始民说罢这番话，立在当中，见众人仍旧不理会，火上浇油，这才高声说道："诸位既看了小可的把式，拍手叫好，可知是帮小可忙的了。常言：'帮忙帮到底，送佛送上天。'既蒙诸位帮忙，就该量力捐助，赏赐几文。为何既不肯赏赐银钱，又不敢下场来指教？其余小可不解，须知小可并非吃饱了饭无有事干，要到这荒草地上来卖弄拳脚给诸位消闲的，乃是出门人不得已的苦处。诸位既不赐教，又不赏钱，可休怪小可出言粗暴，得罪诸位。常言道得好：'四海之内皆朋友，人到何处不相逢。'……"

原始民话未说完，即从人丛中挤出两个大汉来，年纪都在三十以内，各拖着一条油松散花乌黑光亮的大辫子，一个是细白麻子，一个是黑皮脸膛儿。那麻面的身穿一件元青暮本夹袍，右手提着个鸟笼，笼内养一只画眉，当先走着；黑脸膛儿的在后跟随，身穿一件紫绛宫绸夹袍，左手里握着两粒乌黑光亮的英雄胆。

二人走到原始民面前，大声喝道："你这人既然卖艺走码头，就该懂得拜码头的规矩。你既不懂规矩，就该访问访问别人，江湖上尽多舞枪棒卖膏药和走马卖解的人。你不曾拜码头，已先是你错了，人家不来怪你，已经看在你是出门人分儿上，不和你计较了。你如何竟敢大言不惭地目空一切，自恃本领，出口伤人？休说你是这么一个瘦矮小子，便是丈二金刚，在我们修水地方，也休想占得了半分便宜去。看你也是三十左右岁的人了，连一点儿眼头见识也没有，既见人家都不给钱，就该明白其中另有原因了。你不怪自己，反要怪别人不给钱，真是个狂妄小子了。"

原始民从出娘胎胞以来，何曾受过人家的言语？被这两人大声大气地一喝，早已生气，又被他们这一顿教训，哪里还耐得住呢？便冷笑道："俺因路过贵地，偶尔短了盘缠，方才卖拳告帮，并不寄身江湖，何须拜得码头？在俺的意思，修水地方虽小，但也是个县城，总应有几位爱英雄的英雄，定能一见如故，慨然惠赠。只因不知道那些英雄的住处，不好登门奉拜，只得以练把式为由，意在抛砖引玉，借此好见见他们。不料出俺意外，贵地竟没有英雄，总算是俺晦气，白费了些口舌和气力，真所谓：'俏眉眼做给瞎子看，好言语说给聋子听。'并非小可放肆，说句大话，要俺在贵地拜码头，除非这码头上真有有本领的人，够得上俺拜访的资格，方才不枉俺这一拜访；否则，那也配吗？"

二人见说大怒，那提鸟笼的回步将鸟笼一放，早有人从群众中挤出来提了过去，立在一边等候。麻子回身复到原始民面前，喝骂一声："好狂妄的小子，我们起初还当你是不懂得拜码头的规矩，所以原谅了你，尽你使足气力练把式，不给钱也就罢了。现在听你口气，竟是有意来修水地方和我们作对的。好小子，你背着黄布包袱，出门访友是这么访法的吗？"

原始民见他这副神情，知道是要动手了。本来原始民的意思，是因为无人给钱，心中冒火才说出几句气愤话来，向众人挑衅，意在卖弄自己的本领，使当地的人知道些，或许能打出个相识来。此时见他要动手，毫不慌张地打了个哈哈道："俺是出门的人，和你们作对做什么？听你二位口气，莫非二位就是这里站码头的豪杰吗？这可是小可失敬了。但是要俺向二位打招呼，不怕二位着恼，实在有些不情愿，因为不曾领教过二位的能耐。"

二人被他这一激，立刻暴躁起来，齐声怪喝："好小子，你要领教吗？我们就给你点儿厉害！"边说边冲着原始民奔去。

原始民略不回避，不慌不忙地伸开两臂，分向二人的来拳一迎。二人都应手而踣，齐跌出一丈以外，仰卧在地。一骨碌翻身起来，齐指着原始民骂道："好小子，你如走的，便不算汉子！"随捏起嘴唇，吹起哨子。

登时从人众中拥出十来个汉子，二人齐说："快给我打这狗头，别放他逃跑！着一个快去喊人。"即有个汉子应声："晓得，我就去喊人。"回转身，挤出人群去了。余人一声应命，便都扑奔到原始民身上来。

原始民哈哈大笑，说："为首的尚且那么没用，任凭你们再来多些，也不是你大爷的心思！打倒你们，哪费吹灰之力呢？"边说边将身法展开，和众人如逗着玩笑一般，手足到处，那些人无不跌倒在地。爬起来再扑时，仍旧无论碰着原始民的手指足尖，照样跌倒在青草地上。

原始民笑着喝骂道："没用的东西，少要在你大爷面前丢丑，还是给俺滚回去吧！你原大爷如不手下留情，怕不立刻送你们几条狗命？"喝骂着纵身到为首的二人面前，两手一伸，二人一齐应手栽倒。原始民使足尖儿略向二人一踢，都点了穴道，动弹不得，这才笑骂道："凭着你二人的本领，也配站码头，要你原大爷来拜码头吗？俺现在拜虽不曾拜过，打却总算打过了。你二人既站着码头，就该自己漂亮些，不待俺开口，该当如何说法？俺是过路的，不要争夺你们的码头；你们便将码头让给俺，俺也不要。只有还是俺们打成相识，结个交情吧……"

二人不待说完，即都说："不用多讲了，你要打，我们的身体原不是租来的，老实说，吃了早饭还夜饭，那也是寻常的来往。你现在既不要码头，反要结交，不消说得，是想要几个钱了。你要钱不妨，但也得将我们的血络点活，难道叫我们睡在地上拿钱给你不成？"

原始民笑道："这个容易，你们要想吃了早饭还夜饭，不是俺们笑你们，你们还是死了这个心吧！你们的人很多，只要你们随便打发一两个人回去，便可以立刻将银钱取来，送给俺做路费，俺临走自当将你们的血络点活。老实说一句，叫作你们讲交情，也得拿银钱来孝敬俺；不讲交情，也得拿银钱来孝敬俺，俺也不怕你们不依。"

二人躺在地下，身不由己，没奈何，只得唤过一个手下的混混来，吩咐他快去取钱来。随口又问原始民要多少。

原始民将二人的服式一望，遂说："至少五十两银子，少一丝一忽也不行。"

二人只得命那手下，快去凑集五十两银子来，送给原始民。

手下人去后，原始民立在二人面前，背叉着手，望着四面看闲的人微笑。

正在此时，只听得一声"来了！"便见看闲的人两下分开，让出一条路。从圈外拥进数十名汉子，一齐都是短衣，各人手中有的执一根木棍，有的执一柄铁尺，杀气腾腾地径奔原始民就打。

原始民见了，知道是起先二人吩咐去喊来的人，遂喝声"来得好！"托地跃起，从众人头上落下来，即乘势向众人手中夺了一根木棍，旋风价舞动起来，向着众人横扫过去。那些人懂得什么拳棒，只晓得一味地仗着人多，从来不曾经过什么阵仗。这时被原始民的木棍横扫，只有纷纷倒退的本领，绝无前攻的勇气，自相碰撞践踏，反而跌倒碰伤了好些人。有被原始民木棍扫着的，当然免不了受伤。大众见不是头路，早又呐一声喊，挤出围外，四下里逃跑了。

原始民本无伤害他们的性命之意，所以棍下留情。此刻也毫不追赶，即回头望着地下睡着的两人笑道："哪怕你们人数再多些，尽都是些饭桶衣架，有什么用处？你们平时在修水地方，仗着人多势大，欺负良善，也真够出足风头了。如今碰着俺，总算是你们的一点儿小报应。俺劝你们，以后还是安分些吧，须防别人不像俺原某这么好说话啊！"又笑道："你两位凭着这许多手下人，在此地站码头，居然也要人家来拜码头，还反说是俺大言不惭。亏得二位的器量大，如是别个，早就要羞愧杀了。照这样的情形，以后二位还再要人家来拜码头时，未免也太不自量了。"

说得二人羞惭满面，恨不得钻入地中去，只管望着原始民一语不发，专等那去拿银子的人来。

过了一会儿，那去的人来了，将几锭散碎银子凑集成数的五十两纹银递给那麻子手内。

麻子接过，即望着原始民道："朋友，你我不打不成相识，五十两银子已遵命办到，你拿了去吧，好给我二人点活血络了。"

原始民微微一笑，伸手从麻子手内接过银子，揣在怀里，即用足尖儿将二人一踢，登时将二人的穴道点活，说声"对不住，二位请起来吧！"

二人起身，同声说："朋友，'打人休伤脸，骂人莫咒绝'，你今日当着大众扫了我们的脸皮，破坏了我们的规例，使我们从此做不了人，总算是你老哥的本领、我们的晦气。现在彼此既已打成相识，总算是自家人了，你老哥究竟尊姓大名，府居何处，此来是否真为短少盘川，或是别有原因，还请说明了再走，方才是英雄的态度、好汉的行藏。"

原始民笑道："你们真是以小人之心，度君子之腹。俺原始民乃是即墨县城内人氏，家住即墨城内城隍庙东首胡同，难道俺还怕你们从江西赶到山东去打报复，要改名姓避回你们不成？俺如是怕事的，也就不和你们开这回玩笑了。大丈夫一人做事一人当，用不着牵张扳李地推到别人身上去，说什么另有原因。实不相瞒，俺实系路过此地，因闻说你们在此地站码头称霸，非常的可恶，所以才小施末技，略示警诫。你们以后只要能改过迁善，便没有祸事；倘仍旧怙恶不悛，恐怕将来碰着别个英雄侠义时，你们就得吃大亏了。今儿的事也是凑巧，一则因俺真短了盘川，本要练把式告帮；二则因存心欲借此试探你们是否站码头称雄，如外面传言之甚。"

二人接口道："好极了，老哥真可称得起是好汉子，'青山不老，绿水长存'，我们以后如有机会，定当到府报答你老哥今日指教之恩。老哥前途珍重，我们日后有缘再见吧！"说毕，招呼着手下的一班未走的混混，挤出围外走了。

看热闹的人到此知已无热闹可看，便也就跟着散了。

原始民守大众散去，即缓步从荒草地上，走到街坊上去上馆子，吃了个酒醉饭饱，即取路动身，意欲往湖南省境内进发。当日因腰缠充足，乐得享福些，遂在修水街上雇了头驴子，骑乘着缓缓而行。走了一程，渐渐来到荒野地方。原始民坐在驴子背上，因为方才惩创了修水地方站码头的一班青皮光棍，不免有些志得气扬，一时偶然高兴，不禁回头望着驴夫微笑。

那驴夫年已半百以外，须发都已花白，右手提着鞭子，轻轻赶着牲口，见原始民望着自己微笑，错会了意，便问："客人笑什么，莫非笑老汉吗？老汉虽已年老，然而腿足却还很健，每天赶着驴子，

12

走得快的时节，走个几百里来回，并不觉得吃力。像这会儿慢慢地行走，却真正算不了什么一回事呢！"

原始民闻言，不由惊异，暗忖，这老头子莫非信口开河？别说他这么大年纪难走几百里来回的路程，便是这头驴子，尽它脚程再快些，也未必能走得了几百里来回，何况他这么大年纪呢？又想到自己步下，亦可算是迅疾的了，但如要在一天内走几百里来回，也不敢说不吃力的话。他这话也真只好当作说说罢了！边忖边望了老驴夫一眼，随口回了句："没什么，不过笑笑罢了。"

老驴夫笑道："客人莫非疑心老汉的话有些不实吗？这真是少见多怪了。老汉问你，你背着这个黄布包袱出来走道，是做什么的？"

原始民见问，格外有些诧异，即说："俺们练武的人出门寻师访友，照例须背上一个黄布包袱，做一个记号，使得那当地的英雄见了，好出来厮会。"

老驴夫道："如此说来，客人沿途遇着的好手名家，总不在少数了，可曾被人家打败过吗？"

原始民笑道："俺出门远行，从山东到此，一路并不曾遇着对手。会见的人虽然很多，但是赢得俺的人却不曾见着。"

老驴夫道："如此说来，客人的本领却也就很可以的了。不过据老汉想，客人不曾见着真有本领的人罢了，倘遇着了有真实本领的人，恐怕立刻就得甘拜下风。要想做人家的对手，也有些不能了。"

毕竟原始民闻言后如何，请待下回交代。

第二回

谈哲理头头是道
练武艺针针见血

话说原始民听老驴夫的口气，简直有些小量自己，不由带着怒意，冲口而出道："你这话也太看俺不起了，俺从山东到此，一路行来，也不知会过多少名家，从未受过挫折。纵然遇着有真实本领的人，也不过和俺杀个平手罢了，又何至俺要想做人家的对手也不能呢？"

老驴夫笑道："客人究竟是少年气盛，一句话便听了跳起来了。老汉说你不曾遇着有真本领的人，如遇着有真实本领的人，便要想做人家的对手也不能，这句话乃是直言。不怕客人动气，像你这样背着黄包袱出门访友寻师的人，在老汉眼中，也不知见过多少了，但是结果呢，无一个不是想做人家的对手也不能的。并非老汉说话不知轻重，小看你客人，像你这样自夸无敌，老汉倒要请问一句，究竟你凭着什么本领，敢大胆出门访友呢？"

原始民被他一问，也不禁冷笑道："你说俺夸口，却不知你自己夸张太甚吗？你说能一天跑几百里来回，这话已经说得太夸了，还要问俺凭着什么本领敢大胆出门访友。老实对你说，俺如没有擒龙手，还敢下海进水晶宫吗？既然敢背着黄布包袱出门，当然有俺的本领。别的不讲，但讲你们修水地方的两个著名流氓，站着码头，专门地向人家需索陋规。平常作威作福，总算横蛮极了，然而今天被俺略一伸手、一抬腿，即已跌倒在一丈以外。结果，还由他们孝敬俺的银钱，不然，俺已是短少路费的人了，哪里还能雇乘你的牲口呢？即此一层，已可证明俺的本领了！"

老驴夫听罢大笑道："老汉只道你有什么了不得的真实本领，原来就是这么一点儿能耐，打跌了俺们地方上站码头的强英、道杰那么两个小青皮，就自夸有本领了。如要打得倒几名拳教师时，怕不要大吹特吹，将自己看得像天神般一样吗？"

原始民怒笑道："你既这么说时，俺却真有些不解了。为什么你们修水地方，有这么两个流氓作威作福，欺压良善，竟没有一人敢出来理问制服他们呢？你这老头儿讥笑俺无能，那么，当然你自己是有能耐的了！既有能耐，为何不去收拾收拾那两个流氓呢？"

老驴夫打着哈哈道："你以为真没有人敢出来制服那几个光棍吗？不过是不屑得罢了。那些青皮光棍，真所谓小丑跳梁，不值得有真实本领的人一击。如果有人屑得出来理问时，他们早已绝迹了，又何用你外省人来费心呢？"

原始民气得笑起来道："你这话说得太吹了，不敢就说不敢，为什么要说什么不屑？不真是狐狸精现形——露出尾巴来了吗？"

老驴夫正色道："客人以为老汉真不敢去制服他们吗？不过因为他们和俺井水不犯河水，真所谓风马牛，绝对无关，犯不着和他们结怨。要知道江湖上勾当，到处皆然，无论大小码头，总有一两个站码头的在那里吃俸禄。当真的要管，无论你有多大本领，也管不了许多，只得置之不问。倘在二三十年以前，老汉在少年时节，我们修水地方如果有他们这么几个小青皮站码头，敲钉打靶，吃人家俸禄，欺侮良善时，哼哼！早就要叫他们死无葬身之地了。近来老汉的年纪大了些，凭着多年江湖的经验，知道天外有天，人上有人，绝对不敢逞意气，自己称能。更因几年经验的关系，火气也退了许多，真非到人家犯我，我无可退避的时节，绝对不肯和人家为难。你以为今日制服了两个青皮，算是你的能耐吗？其实不然，这正应着两句俗语，叫作'天下本无事，庸人自扰之'。你现在心中得意，还须提防着日后他们来寻你打报复啊！他们被你打了之后，老汉听得人说，他们曾当面对你说'日后如有机会，定然到府报答你'。这几句话已分明说，日后定必到府报仇了。你已隐伏祸根，还要自己不觉得呢！"

原始民笑道："照此而论，你原来还是怕他们打报复，所以才不敢管闲事了。其实像他们的本领，便来上几千个，也不能奈何俺分毫，何况只有他们两个呢？"

原始民口中虽这么讲，但是因为老驴夫这一句将自己提醒，却也未尝不暗自吃惊。但一转念间，忽又想到老驴夫自夸的言辞，说能一日跑几百里来回，本来拳不离手，曲不离口，他做着赶驴子的买卖，跑路本系他每天的事，久练出来的本领，也许是能够的，俺何不将这牲口一夹，快跑上一程，看他跟得上跟不上？如果跟不上，那时俺再请问他。想着，即将两腿一夹，那牲口登时四脚飞奔，向前如风驰电掣般跑去，跑了一程。

原始民坐在驴背上，只觉得两旁的树木、人家纷纷向后倒退。回头看时，那驴夫仍旧不离咫尺地紧跟在驴屁股后面，执着鞭子，像没事人一般行走。

如此又紧夹着驴腹向前飞奔了许久，原始民觉得两腿有些酸麻，回头再看时，驴夫依旧如前一般紧跟在驴后，丝毫不觉着吃力。不由心中暗惊，这老驴夫果然有些本领。遂说："驴夫，看你偌大年纪，果然足力还不弱，可知少年时节，也曾练过武艺，并且下过苦

16

功的，不然，哪能有这样的足力呢？"

老驴夫笑道："这算得什么？练本领的人，陆地飞行，原不算什么一回事。"

原始民道："看你的足力，听你的口气，既然有本领，为何不制服那几个流氓，给家乡地方除害呢？虽然你说是不屑得，但是在俺想起来，却有些不能。如说你有这样的本领，还怕他们来找你打报复，这话也有些不对吧！"

老驴夫道："这个当然不是你们年轻人所能明白的，我方才不已说过吗？无论何处，总有人站着码头，比如我将他们除去，修水地方上未必即得太平，或许竟反而因此多事。因为江湖上的勾当，各处的秘密社会，总有人在暗中主持，倘或这地方除却一两个为首的，他们为团结的秩序起见，定必仍要推举出一个为首的出来主持一切。果真将他们为首的人除却，他们失去统驭，反而像一盘散沙，东闯一点儿祸，西犯一件事，明抢抢，暗偷偷，要查问也无从查问，那时反而有许多不妙。退一步讲，江湖上最重义气，比如你现在将他们的首领打倒了，从此隐藏着不敢出头，他们的手下为吃饭问题发生恐慌，定必千方百计地来算计你，非使你在他们手里吃亏不可，轻则重伤，重则丧命，此乃一定的理。你方才说我们修水地方没有真实本领的人，这话真未免太欺负人了。古人说得好：'十步之内，必有芳草；十室之内，必有忠信。'修水地方虽小，何至就没有一个有真实本领的人呢？前人有言：'道不远人。'这句话分明就说，我要志于道，道即在我前。背着包袱出门访友，真好比在葫芦里摸天，难道你们山东，偌大的地方，就没有一个有真实本领的英雄吗？不过他们未曾出名，你不曾晓得罢了。要晓得，无论何人，是有虚名的便无实际，真有本领的未必就有名，所以你一路行来，访见的那些有名人物，便不曾有过是你的对手。假使你遇着无名之辈，或许你竟要立刻在他手里栽上一个极大的筋斗。比如你笑我不敢和流氓为难，这个理由，老汉方才还说得不甚透彻，如今索兴剖解给你听。从来说得好'出头的椽子先烂'，又说是'树高招风，名高受谤'。老汉如制服了这班流氓，当然立刻便有了小小的名望。一出了名，就有那许多学武的人拜访求教，定必名气愈弄愈大。但是结果呢？只要遇着一位有本领比老汉高的，登时就将以前挣得的英名摔在他手里。如此推想起来，岂不是受虚名之累吗？况且在比武之时，难免没有失手伤人，从此无形中结怨。怨毒之于人，本系最厉害不过的东西，除非那个人器量大，想得开，否则三年五载，我已早把他忘记了，他却跑来找我报仇，好好儿地将一条性命，不明不白地丧在他人手里，这岂不更犯不着吗？这个道理，最容易明白，比如像你现在，不远千里地长途跋涉，访晤有名的拳师，那些被你拜访的人，岂不就是被虚名所累吗？常言道得好：'初学三年，天下去得；再学三年，寸步难行。'这话并非说愈学愈没有本事，乃是愈学愈知道本事是没有止境的，不如我的虽未尝没有，但是比我高的，却又何止万千呢？所以老汉不制服那两个青皮，即系这个缘故。并非我怕那两个青皮，实在是怕的天下英雄。说句最易了解的话，比如我在你未到修水之前，即先制服了两个站码头的青皮，你到了修水，当然不肯错过，定必要来访我，这个麻烦可不就是我自己寻出来的吗？所以说，'道高一丈，魔高十丈'，即系此理。客人，不是老汉说倚老卖老的话，你今天听了我这一席话，简直要胜读十年书呢（此作者向一班读者剖切陈词也，不知读者能领悟此药石良言，而小心以求真学问，不惊虚名否）！"

原始民听罢老驴夫的这番说辞，登时恍然大悟，觉得自己以前的行为完全是错误的，不由跳下驴背来。

驴夫见他下了驴背，忙上前拢住辔头，问："客人做什么，要解

18

溲吗?"

哪知原始民并不要小解，却扑翻身跪倒在地，向着自己便拜道："恕小可肉眼不识英贤，当着老前辈，还是这般大模大样地傲视一切，出言无状。尚请老英雄当面恕罪，勿要见怪。"

慌得老驴夫挽着缰绳，回礼不迭，口中说："客人如此重礼，岂不要折杀老朽？老朽老迈无能，哪里配称什么英雄？说句自己菲薄自己的话，做当代英雄脚底下的泥，还不配呢！"

原始民拜罢起身道："老英雄何必过谦，小可今儿真可说是有眼不识泰山。现在路上不是讲话之所，小可之意，意欲到老英雄府上去，细细畅叙，并请求老英雄指教，不知老英雄肯俯允否？"

老驴夫道："客人有何话说呢？难道今儿不要赶路了吗？这里离修水城已有好些路了，来回怕不有二三十里路吗？你有什么话，不妨即在此说了吧，免得误了你的行期。"

原始民道："小可出门，原系为的寻师访友。现在已经遇着你老人家，岂可当面错过，还要远行做什么？小可之意，意欲到府拜你老人家为师，从你老人家学习武艺，不再他往。不知你老人家还肯俯赐教诲，收小可做个弟子，进而教之吗？"

老驴夫笑道："这个如何使得？老汉自量没有什么过人的本领，哪能做客人的师父？客人还是到湖南省境内去访求明师益友吧！"

原始民见他推却，只得扑翻身，又拜将下去道："你老人家不可推辞，弟子即此行礼了。如果你老人家不肯答应，弟子即永远跪拜在这条大路上，不再起来，以示决心。"

老驴夫见他如此坚决，忙道："快些起来，大路上来往人多，被人看见了，恐怕不方便。"

原始民道："拜师父不是什么别的事，正大光明，怕什么人呢？即有人看见，也没甚要紧。师父如不肯答应，弟子便永远跪拜在这条路上，无论何人看见，也不起来。"

老驴夫知道推却不得，只得应允了道："你且起来，同我到寒舍去再讲。"边说边伸手去挽起原始民。

原始民乘此，尊呼了一声"师尊，弟子得遇明师，真是不枉此行"，说着，又拜了四拜，方才起身立定。随说："师父请上驴背，常言：'有事弟子服其劳。'理应弟子服侍你老人家，执鞭随镫，乃是弟子的分内之事。"

老驴夫要谦让时，原始民哪里肯依？早伸手将辔头挽定，请师父上驴背，并从老驴夫手中接过鞭子来。

老驴夫只得上了驴背道："徒弟，方才你试我的脚程快慢，如今我可要试探你的足力如何了。我跨驴前行，且看你跟得上不！"边说边将驴头掉转，两腿一夹，那牲口即从原路上跑回去。

老驴夫的这头牲口乃是特产的异种，身材虽然短小，然而脚程却非常迅疾，每天能走五百来里路程。原始民虽曾练过武艺，下过几年苦功，足力虽很快捷，然而要一口气赶上这驴子的脚程，却颇有些费劲。当时他使足气力，紧紧在驴后追随，可怜他跑得满头大汗，身上衫裤都被汗浸透，两腿酸麻，气喘吁吁，还只勉强能够远远地跟着。前面有座树林，只见老驴夫跨着牲口一转弯，即已不见了。急得他连蹿带纵，跃跳如飞。越过树林，只见老驴夫牵着驴子，立在路旁等候呢！原始民忙跑到师父面前，羞惭满面地谢罪。

驴夫笑道："总算你的脚力迅疾，还能赶得上我这驴子。但是你只算赶得上一半，因为我还不曾将我这牲口的全力使出来，只用了它一半气力，你已赶得上气不接下气。假使将这牲口的全力使出来，定必叫你赶得连影踪也看不见了。"

原始民被这一说，格外觉得惭愧，连忙又谢罪，请师父上牲口。

驴夫跨上驴背，缓着辔头，慢慢而行。原始民乘空请问师父的

20

姓氏。

驴夫道："老汉姓席名正，原是江西南昌省城的大族，在先父手里，因为和几位本家闹气，才自动放弃了祖产，捐给祠堂里做祭田公产，免得几个本家常常想空头心思，携带家眷，出门来做买卖。到得修水地方，即便赁屋住居，甘愿不做富家子，却做着小本生意度日。及至老汉出世时，先父已染病在床了。后来病虽痊好，但也时发时愈，如此不上三年，先父即因病弃养。那时老汉才只三岁多，亏先母抚孤守节，老汉才得长成，延先人之祀。

"当老汉十三岁的时节，即从一位化缘和尚，练习拳棒。整整练了十年，和尚到了临走时，老汉请问他老人家的法号和此去的行踪。因为起初请问他老人家的贵上下时，他老人家总是回说：'贫僧是方外人，用不着留名姓，本系个化缘云游的行脚，你就叫我作化缘和尚就是了。'这会儿因了老人家要走，不得不再请问，他老人家才说：'贫僧本不欲留名，因恐一留名，便受名累。如今你既问得诚恳，贫僧亦不能过于隐秘，贫僧乃是嵩山少林寺僧人慈云。'又说：'贫僧的行踪，原无一定方向，此去大概是往西北。就你现在所学的本领而论，已是很可以的了，但是当今能人甚多，你切须谨记"满招损，谦受益"的话头，切勿自视太高，睥睨一切，谨防骄必败。'老汉当又请问师尊：'除我而外，可还有别个徒弟？免得将来在无意中遇着时，自残同门。'师尊说：'本师生平只传授了三个徒弟，一个是僧家，法名普惠；两个是俗家，一个便是你，一个是你师弟法自求，九江人，今年才只十六岁呢。论缘法，是你师兄普惠好，因为他已皈依之宝，跳出五行。但是讲到本领，现在当要数着你最好。但是两年以后，便当轮着你师弟法自求顶好。因为你师弟是有来历的人，具有宿慧，非是你二人可及。话虽这般讲，本师的戒律训条，却交付你师兄执掌，因为你师兄宅心仁慈忠厚、正直光明。本师传授你们师兄弟三人，本是抱的我佛慈悲普度的宗旨，你师弟虽然具有宿慧，但恐他技艺学成之后，不能坚持，竟做出不道德的事来，违反本师的戒律，所以特将戒律付托你师兄执掌。'恩师说罢这番话，即便分别。

"恩师去后，老汉便做着小本经纪，奉养老母。不上两年，先母不幸谢世。老汉守制终丧之后，便也仗着本领，和你今日一般，背了黄布包袱，出门去访友逞能。凭着老汉下过了十年的苦功，一路上仍旧免不了蹉跌。虽然做了许多惊人的侠义事业，可是结果还只是唬得逃了回来。从此后，再也不敢出门去卖弄本领。幸亏老汉有了这番阅历，兢兢业业，深自悔惧，每日在家不敢稍有间断地苦练功夫，方才能保得这条性命；要不然，老汉早就命丧在仇家之手了。老汉为衣食所驱，兼为操劳筋骨，练习气、力两功起见，所以才做这赶牲口的买卖，更为避祸逃名起见，在家乡地方绝对地不敢卖弄本领。"

说话间已回到修水街上，即由席正跳下驴背，命原始民牵了，自己在前引导，径回到自己家中来。当命原始民拜见过师母，并命十三岁的儿子席珍和原始民厮见了，拜过师兄。

从此，原始民便住在席正家中，早晚由席正传授他本领，并命席珍先练给原始民看。

那时正是三月下旬，席家后院里植着的各种花卉盛开，许多蜜蜂成群结队地来往采花酿蜜。席珍取了十来根绣花针在手里，望着那些蜜蜂，一针一针地抛去，一针一个，竟能将半空飞着的蜜蜂射落下来。恰巧一株桃树上有两只麻雀飞鸣跳跃个不住，席珍喝声"着!"远远望着麻雀抛去两根绣花针，立刻将两只麻雀射跌下来。原始民不由暗暗吃惊。

毕竟后事如何，请待下回交代。

第三回

拜师父壮士得真传
杀疯犬老衲收弟子

话说原始民跟随席正到家后，即在客堂里重复行过拜师的大礼。当由席正唤出老妻、小子来和原始民相见，原始民当又拜过师母，会过师弟。原来席正老夫妇两口子，年逾半百，膝前只有一子，名唤席珍，此时才只十三岁。论年龄比原始民小一半的年纪还不止，当即认原始民做了师兄。原始民即将当日获得的银子完全取出来，算是孝敬师父的贽敬封儿。这师父钱本是做师父的人应该收的，所以席正也不客气，当即收了，遂和原始民说明："本人每天须要出去赶牲口，不能终日在家教授，只有早晚闲空的时候才可以传授拳棒功夫，除早晚我指点传授你以外，你可跟师弟研究研究。"原始民当然应诺，自此后，即住在席正家内，早晚不断地练习拳棒。

有一天，席正在家无事，命席珍练一套技击给师兄看。席珍领命，来到院落里，从身边取出十来根绣花针来，恰巧有一群蜜蜂在院内花朵上飞来飞去。席珍将手中针一根一根地飞出去，那些蜜蜂竟都应手落下地来，根根钢针都满带着鲜血；恰巧又有两只麻雀飞跃在桃树上，见有人来，同时飞起。席珍用两根针飞去，两只麻雀应手落下地来。

席珍且不拾麻雀，先将那十来根针拾起收在身边，对原始民道："师兄，看小弟这套玩意儿如何？"

原始民看了，暗暗咂舌，口中不住地赞道："贤弟的本领，实可使愚兄佩服！请问贤弟，这针的名目，可就是唤作梅花针的吗？"

席珍应了个"是"字，弯腰拾起两只麻雀，送到屋里去。复又回身出来，掀起衣裳，拉开架势，练了一套少林拳。

原始民看罢，心中暗惊，师弟的手、眼、身、腿、步，件件比自己高明灵活稳健，自己虽已三十多岁年纪，然而大不如小，比较起来，不但自惭形秽，而且简直可称作虚度了。

正在钦佩惭愧，却听席正吩咐道："你也练一套你所学的本领给我看。"

原始民依命，立即丢开架势，也练了一路少林拳。

练罢，正欲请问师父，自己比师弟如何，却听得席正叹道："可惜，可惜！"

原始民改口忙问师父可惜什么。

席正道："可惜你有极好的资质天分，却走错了路。虽练了多年，反不及你师弟，岂不可惜吗？"

原始民道："弟子不及师弟，自己也很明白，但是现在如逐一矫正起来，大约也还容易吧！"

席正笑道："谈何容易？你以为矫正错误比学起来容易吗？其实还不如初学呢！未曾学过的，初学即从真实本领上做功夫，虽然进步慢些，然而学一手即得到一手的益处。不比学错了的，虽已学了不少，然而都是些没相干的虚伪本领，再多些并无益处。要想矫正错误，极其为难，比初学还难得多呢！譬如两人同时行路，本该往南的一人却走错方向，往北走了几十里。等到晓得走错了，赶紧回头，一回来，已冤枉走了百多里地，当然不及一下手就向南走的了。"

原始民听师父说自己走错了路，只得跪求师父指示。

席正当命他将所学的本领完全表演出来，给自己过了目，随说："你不可因为我说你走错了路，矫正不易，即灰了心。需要立志坚定，从此极力改正，只要功夫深，铁杵还能磨成绣花针呢！何况是学本领呢？"

原始民道："像师弟适才所使用的梅花针本领，弟子也能学得吗？"

席正仔细看了他两眼，点头道："看你眉宇间一团正气，这本领也还能学得。不过你的心性太高傲，凡事火气太大，要学这套功夫，需要耐气小心性，无论如何吃亏，总要能耐性不与人计较，方才能学，才有成功的希望。你既知道梅花针的名目，可知梅花针的用处和来历吗？"

原始民道："弟子听人传说，梅花针乃是学剑侠的基础功夫，凡是会剑术的侠客，无一不会使梅花针，所以梅花针比任何暗器还要厉害。不知这话对不对？"

席正点头道："对，梅花针乃是学剑术的基础功夫。你既知道，就该明白，学剑术如非有宿慧和根基的人，总不易学成，学成之后，如枉用剑术，必定有非常之灾。所以侠客尽多，会剑术的却少，即有精通剑术的人，亦多不肯常用，非至被人逼到无可回避，万不得已时，绝不肯轻易使用，亦不肯轻易传人。因为正人君子练成剑术时，便可为社会造福，如所传非人，则为害非浅。你如要学此术，须待拳棒功夫完全学成，宣誓受过祖师爷的戒律之后，老夫再将此术传给你。你如不能够忍气细心，休说剑术难学，即拳棒功夫，亦休想学得好。老夫在本地，从未炫耀过本领，所以无人知道我是精于技击的人，你切不可偶尔对外人提说是来拜师学拳棒的。你须谨记。"

原始民道："弟子领会得。"

席正随将他师兄弟二人唤回屋内，从此席正每天早晚先矫正原始民已学的拳棒，守已矫正了，再传授他些拳棒功夫。原始民本是抱着决心，悬着目标的，又防强英、道杰二人将来去打报复，所以十二分地精心勤习。仗着他的天分用功，因此不多时，已将各种拳棒功夫练习完成。席正见他进步极速，心中极喜，当即择日在家中堂屋里点起香烛，命原始民叩头宣誓，传给他戒律。

原始民既受过戒律，立下重誓，遂要求师父传授剑术。席正应允了，命他先跟着师弟练习梅花针，同时并由自己教他击剑。原始民专心用功，不久又将梅花针和击刺的剑术学会练精了，能于日光下使梅花针刺射苍蝇，百发百中，目光不乱。席正遂又传他炼剑铸剑、化剑为丸、吞吐导引、化剑为气等术，逐步传授。

如此经过了三年，原始民无时或懈地勤习苦练，果然有志者事竟成。剑术学习完成了，能够腾身斩飞鸟，上山杀虎豹，入水刺蛟龙，身剑为一，瞬息千里。能将剑练成芥子般大小，藏于指甲内，用时只消将手指一弹，剑即从指甲内飞出，只见一道白光，恍如天空起了道白虹，天矫直上，盘旋飞舞，能心到剑到，无不如意。

原始民剑术既成，感念师父恩典，不禁又伏地跪拜，叩谢师恩。席正也非常喜悦，当又命他焚香礼拜，祝告天地，再宣重誓，绝不违反祖师戒律。

原始民谨依师训，叩拜宣誓后，席正正要择日给他饯行，好使他学成回去。忽见从外面匆匆来了一个和尚，赶忙起身迎接。原始民立在旁边，只见和尚在席正耳边说了几句。席正忽然面容变色，回头吩咐席珍："好好在家照管一切，我同师伯到你祖师爷面前，今有要紧的事。"说罢，即命席珍同原始民二人向和尚叩头行礼，引见道："这位就是你们的师伯普惠和尚。"

二人才爬起身，和尚已同着席正匆匆出门去了。二人追到门口看时，已不见二人的踪迹。

原始民道："师弟，这位师伯，贤弟在前可曾见过吗？"

席珍道："在前几年，差不多常到我家来。自从师兄到此以前的两月光景起，便不大常来了。来时每次都在半夜里，所以师兄不晓得，就是我亦不是每次见面。每逢师伯来时，我如在父亲面前，彼此见着了，即叩头请安；如在隔房，也就偷懒，不特地再跑过去叩头。"

原始民闻言，心忖，自己睡觉竟如此死猪般丝毫不醒促，师伯常在夜间来，竟连一次都不曾知道。边忖边同着师弟回到里面去，乘便又请问师弟，可知师伯到此，同着师父匆匆地出去，为了何事。

席珍道："大概不外两件事：一件是因师叔法自求依仗本领，太好在外多事，无意中竟和武当派剑客结怨，惹起轩然大波，师伯此来，或许即是为的师叔的事，大约系祖师爷要执行戒律，警诫师叔；否则即系祖师爷病重，将要圆寂登仙。此外绝不会有别项事故。"

原始民听得"武当派剑客"五字，忽然想起，自己虽学了多时的本领，却不曾明白本派是何名称，只不过所学如技击，诸如少林拳、石头拳、罗汉拳等类，都是少林派的功夫，莫非自己即是学的少林派的功夫？因问师弟："师叔与武当派剑客结怨，那么，我们自己是哪一派呢？"

席珍笑道："原来师兄练了这几年，连本派的来源都不曾听我父

27

亲说过吗？现在以剑侠著称于世的有两大派：一派是少林派，即系我们现在所练习的宗派，始创的祖师是达摩老祖。基本的功夫是易筋经，剑术的名称是达摩剑，基本的拳术是罗汉拳，棍棒是少林棍。我父亲传给你的呼吸导引，及每天做的功课，就是本派的神仙起居法和易筋经，乃是少林派的内家功夫，不过未曾说明，你不曾知道罢了。关于这一层，我很明白我父亲的用意，是怕你本领未学成，先知道派别，将来门户之见太深，容易得罪人。现在又怕你无意中和外人说及，夸耀自己是少林宗嫡派，泄露出是我父亲传授的话来，生出许多麻烦，所以才不对你说明宗派的源流。大约在你技业完成，送你动身时，定必和你说明的。一派是武当派，乃是张三丰祖师传授的。基本功夫是太极拳，剑术是太极剑。现又从这两大派之中分支出两派，不过外界知者极少，一派是峨眉派，乃是由一个白猿老人从武当派演进变化出来的，剑光是青色；一派是华山派，乃是在华山修炼的道士从少林派推演进步出来的，剑光是红色。这两派现在也居然能和武当、少林两大派分庭抗礼，青、红色剑光，居然也能敌少林、武当两派的白色剑光，竟成为后来居上，在各处势力，反比少林、武当两派来得强。另有一派，融会少林、武当两派的剑侠，号称昆仑剑侠，势力极其微弱，比以上两派相差得远了。"

原始民听罢，才知自己果是少林宗派的剑客。因又问师弟："现在五派剑客之中，以哪一派的剑光为最强，势力为最大？"

席珍道："详情我曾在平时听父亲讲过，讲历史久远，当推本派剑术，武当派和本派实可称八两半斤，只不过须看使用剑术之人的修炼道行如何，心地正直忠信如何，此乃剑客的根本问题。比如修炼的年份已久，照理道行已深，但他的心术不正，修炼虽久，反而不及才修炼而心地光明的人。峨眉、华山两派的剑，虽比少林、武当稍弱，然而也很有许多高明之士，比少林、武当两派的人强胜。

总而言之，须看心地光明不光明、道行深不深、行为正不正。"

原始民听罢，即又问："师叔因何无意中与武当派结怨？祖师要执行戒律，莫非因师叔的行为有何不正吗？祖师现患何病，将要圆寂？师父当年学道炼剑，以及学成后在外曾否行侠尚义？经过如何？"

席珍笑道："师兄怎么健忘呢？我曾听家父言过他老人家的学道炼剑，以及学成后情形，曾在师兄拜师的那天，讲说给师兄听。据家父说，因爱你的为人忠正、心地光明，惩创本地的流氓强英、道杰，即此一端，已有可做侠客义士的根；再看你背着包袱，知道你是访友求师的人，所以才肯收你为徒；见你肯下苦功，意欲完成你的志愿，所以才肯传授你炼气修剑之术。讲到师叔与武当派结怨，这件事可就长了。反正现在无事，家父又不在家，不妨告诉你。我逆料家父于师兄将来动身时，定必也要以此事告诉师兄，并且要告诫师兄的，免得师兄一出师门，即和师叔一般，与人家结起怨来。"说着，便将师叔与武当派结怨的事，原原本本告知原始民。

原来法自求是江西九江府城内的商家子弟，从小即爱看闲书，成了个小说迷。尤其喜爱阅读侠义小说，故此极喜练拳脚、使棍棒，常常在家看一会儿小说，学着小说中所说的拳脚姿势，舞弄一会儿，曾因此受父母的责打，但他并不因此灰心，总以为自己如能学成本领，将来也可以做侠客，庶几可以打尽人间的不平、锄强扶弱、除暴安良。他既抱此愿望，便决心拜师学武，要求父母答应。他父母爱子心切，不忍过拂其意，只得因势利导，给他聘请了一位教师，在家中练习武艺。

法自求练了两年拳棒，那时才十二岁。可巧遇着慈云和尚云游路过九江，往牯岭去赏览名胜，打从法家门口经过，见法自求光头，穿着短棉袄裤，抖擞精神，吆喝着追逐一头高大的獒犬，居然使出

29

武松打虎的身法、手法来打那条狗，身手极其灵活。结果，居然将那条狗打死了，引得街坊邻舍以及往来人众齐声喝彩称贺，说："法少爷神勇，将这条疯狗打死了，给这条街上除去一个大害。不然，不知要到哪一天才能有人将这条疯狗打死了呢！"

法自求被人家称赞着，十分得意，信口道："这算什么？我本领还不曾学成，将来学成后，我还要做大侠客、大义士呢！将来不但打狗，便是昏君贼臣、逆子淫妇，以及一切贪官污吏、土豪劣绅，我也要奋勇将他像狗一般地打死呢！"

众人闻言，齐笑着附和说："法少爷究竟是大家弟子，所以说出来的话口气阔大，不比寻常。"

慈云和尚见法自求小小年纪，有此心胸志愿，又生得猿臂熊腰，的确是个大英雄胆子，不禁生了爱才之意。正要上前和他说话，却见从门内走出一个男子，年在四十以外，穿着灰鼠出风的八团玄缎马褂，京绛色宫绸羔皮袍，头戴漳缎大辫小瓜皮帽，仪表威严整肃，喝道："自求，你脱去衣服，在外面做什么？不冷吗？看你武闯神似的，莫非和人家淘气吗？看我停会儿不揭去你的皮！"

法自求忙应声跑到那人面前，躬身垂手，回道："爸爸，儿因听当差的说，门口街上，今儿忽然从别处跑来一条野疯犬，咬坏了两个行人，因此儿子才脱去袍褂，出来打狗。托爸爸的福，儿子已将那条疯狗打死了。爸爸请看，疯狗死在那面呢！"

他父亲喝道："还多说话，不快些去穿衣服呢！"

法自求应声"是！"溜进门去了。

慈云和尚才知道孩子名法自求，遂上前向他父亲打了个问讯，说："居士，这孩子可是令郎吗？真可称为小英雄。老衲意欲向居士说明，收令郎为门徒，传授他些武艺，完成他的志愿，不知居士可愿意放心吗？"

法自求的父亲见和尚突如其来，将他一看，和尚年纪已迈，生得慈眉善目，不像歹人。听口音是中州人，因他来意甚善，不好意思拒绝得罪人家，便将慈云让请进内待茶，然后才说："小犬生性顽劣钝驽，不爱文而好武，专一地好以侠客自居，大言不惭，弟子屡诫不听。现在只得延聘教师在舍，教他些拳棒，将来索兴使他报名应武考。师父的善意收小犬为徒，原是小犬的造化，再好也没有的。不过有一件为难，弟子只此一子，如拜师父为师，势必离家相随……"

慈云不待说完，已知其意，遂笑道："居士放心，贫衲既欲培植令郎，完成他的志愿，并不必定要将令郎带去，才能传授。只要令郎拜贫衲为师，贫衲自每晚到府教授。只要令郎能勤苦学习，不消几年，即可有成。一俟令郎的技艺完成，贫衲即从他完成之日起，绝迹不来。只不过贫衲传徒，徒弟均须遵守戒律，免得将来倚恃本领，在外好勇斗狠。"

法自求的父亲听得大喜，当即拱手称谢，立命唤出自求，当面拜过师父，并悄悄去封了赞敬封儿，奉敬慈云。慈云笑拒不收，立即告别。

由此后，慈云每晚总到法宅一次，教授法自求武艺，将少林派的内外功夫逐步地传授。拳棒功夫完成，遂命他宣誓受戒。传过戒律，又逐步传他剑术。

如此前后经过六年，法自求已十八岁了，剑术方才完成。慈云又命他立过重誓，仔细叮嘱，不许在外枉传枉用，切戒好勇斗狠。当晚引他出外，试过剑，即引他飞行到少林寺，参拜过达摩祖师的像。吩咐他立刻回去，以后可不时常来，待有机缘，好和两位师兄相见。

有一天，法自求到少林寺叩见师尊请安，恰巧普惠和尚亦在。遂由慈云命法自求拜见师兄，另由普惠和尚领他到修水去会见过席正，师兄弟三人才算大家会过面。

又有一天，乃是正月初一，师兄弟三人先后同时赶到少林寺给师父贺年，法自求即于这天贺年回来，因一点儿小事，无意间和武当派的一位剑客结下了仇怨。

毕竟其事如何，请待下回续写。

第四回

因小事忽然结深仇
行远道蓦地遇剑客

话说法自求从少林寺拜年下山，与两位师兄分手后，回转家中。但凡修炼剑术成功的人，都能身剑合一，飞行万里，倏忽来去，瞬息无踪。所以法自求从九江到嵩山少林寺，顷刻便到，马上就回，非常快捷。当时他从少林寺回转家中，更换了便衣，走出门外。门外街道上攘往熙来的人很多，无不穿着整齐，红红绿绿的，显出新年气象。

法自求信步走了一条街，迎面来了一汉子，背着个西洋景箱子，夹着竹绳架子，提着面小铜锣，背后跟着好几个孩子。那汉子要紧向前走，不曾留意，和法自求撞了个满怀，箱子角正碰在法自求的额角上。法自求忙让时，已来不及，上面额角被撞了一下，下面左脚被那汉子踏了一脚，几乎被碰撞绊倒。

那汉急忙回视箱子，箱子已略受损伤。他不自怪不小心，反嗔怪法自求没生眼睛，要法自求赔他的箱子。

法自求正被碰撞得火星直冒，左足尖踏着生疼，见那汉子不赔不是，反而要自己赔他的箱子，骂自己没生眼睛，这口气如何按捺得下？顺手伸过去，迎面就是一巴掌，打得那汉子红了半边脸，遂大骂道："好狗娘养的小杂种！你仗着谁的势，敢这么欺人？碰坏了俺的箱子不赔，还要伸手打人嘴巴。今儿是大年初一，你打老子，老子要你保三年太平无事，否则绝不答应你。"边说边将背中锣、手上箱，卸丢在地，纵身过去，左手一把将法自求当胸揪住。汉子身长力大，一使劲，竟将法自求的天青缎对襟马褂扯裂。右手扬起来，向法自求面门打去。

法自求是何等人，岂能如此容易给他打着？乘着他揪胸襟和扬手的势，左手向上一迎，迎住了那汉子右手，右手向前一伸，正打在那汉子的心窝里。那汉子哎呀一声，仰面跌将下去，跌成个五岳朝天。街坊闲人看见，齐声喝彩。那些跟着想看戏法的孩子，格外大笑叫好。

法自求指着那汉子骂道："你这混账王八，从哪里来的，敢到我们九江来撒野？自己碰了人，踏人家一脚，还不认错，大年初一，开口骂人。不打你，你还要放肆呢！"

街坊上人大半和法自求认识，当然说话都帮着法自求，何况本来是那汉子错呢。因此一齐走拢来，说那汉子不是："大年初一，怎地不小心，还撕破人家衣服，还不快些起来走呢，难道还要再讨没趣不成？"

那汉子被法自求点伤右手腕，及护心肋骨，口鼻中汩汩流出鲜血来，爬起身，指着法自求破口大骂，说："好小子，你坐在家门口欺老子是外路人，须防着老子不死！"边骂，边背上箱子，提了小锣，迈开脚步，大骂着走了。

法自求因见汉子已受重伤，不能再追上去打，只得给他个不睬。街坊上人都说："那汉子虎一般的猛勇，如非法少爷，绝不能将他打跑。只可惜法少爷的一件马褂衬被他撕破了。"

法自求笑道："撕破旧的换新的，总算是我今儿晦气完全被他带去了。"说罢，将马褂脱下，拿在手内，跑回家中。

其时，他父亲身登仕版，在南京做上元县知县，不在家。他母亲也在南京任上，家中只他一人是主，余人都是雇佣，所以他毫无顾忌。当日回家后，以为此事绝不会再有后文，哪知已隐伏下祸根呢。

过了几天，忽然见家人法兴穿着素服，从南京回来，叩见少爷，哭报主人丧事，说："主人在任上于初三日病故，奉主母命，特地星夜回来讣告，命少爷火速到任奔丧。"

法自求闻言大惊，一阵心痛，晕厥过去。良久哭醒过来。家下人等闻信，齐集到面前，劝他节哀，于是法自求赶紧更换素服，派人分往各亲友家去报丧，一面命管事的账房、书记等人，赶速筹备办理丧事的手续。一面立即动身，赶到南京去奔丧。当日他即赶到上元县衙门。

他母亲见儿子来了，格外伤感，不由恸哭。母子在尸前哭得死去活来，立刻择时入殓，发丧举哀，择日在任上开吊，然后扶柩回籍，全家搬回九江。

到得九江，当有法府上下人等，以及各亲友到江边迎接。清朝规例，灵柩非经特许，不能进城。法自求的父亲官秩虽小，然而前程却大，又在上元任上极有政声，两江总督以及巡抚、将军、道台、都统等文武官，无不与他有极好的感情，故此死后特地给他在任上帮办丧事，又给他办好特许灵柩进城手续，故此灵柩得能进城，直抵本宅。随又在本宅治丧，开吊后择期安葬。

丧葬事务毕后，法自求在家守制，闭门读礼。因念自己本领学成，理应到外方去干一番事业，方才不负所学，才算是符合向平之愿。只要行侠作义，不存自私自利的心，不与戒律抵触，也就是无违师训了。好在家资富有，无须思虑衣食，自己在家与否，并无什么关系。想定，即禀明母亲，出门访友寻师，借此图谋上进。他母亲知他的生性，如不许他去，或许他竟不辞而别，不如顺着他的意思，因即答应。只吩咐他在外不许闯祸，各事小心，早些回来，免劳盼望。

法自求欢喜应命，即日收拾银钱衣服，用一个黄布包袱盛着，佩上一口短柄折铁百炼纯钢单刀，更换了行人服式，拜别母亲，出门上路。他因此番是出门访友和行侠作义的，所以才背只黄布包袱，缓缓而行，处处耽延，访问当地名人。一路上都无对手，结识了好些俊杰。

那日来到山东境内，曹州地方。将要进城，迎面来了一人，步履如飞，倏忽已到面前，彼此擦肩走过。

那人见法自求背着黄包袱，忽然折转身来，超过法自求前面，阻住去路，问道："朋友，你背着黄布包袱出门，莫非是访友的吗？"

法自求将那人一看，只见那人生得身材矮小，黄瘦憔悴，粗看去好似一个痨病鬼。毕竟法自求是行家，目光当然锐利，一眼已看出来人是做内家功夫的，虽不能断定来人是否也能精通剑术，然而却可断定，来人是精娴技击的。当即笑回道："小可因学得几手末技，思量出门来增长些见识，添些学问。老哥阻住小可，下问小可，当然亦系识者会家了。请问老哥府居何处，尊姓大名？容俟小可找好下处后，即当登门奉拜。"

那人笑道："朋友，既能背黄包袱出门，当然是有极精深本领的了。即来到敝地，还未曾有下处，当然小可应尽地主之谊。如不嫌简慢，不妨即请下榻到草舍如何？"

法自求推却道："承蒙厚爱，小可感谢得很。但小可还须另往别处有事，到府打搅，一则不安，二则不便，还是守明儿再到府奉拜吧！"

那人道:"朋友,既出门访友,何必这么客气呢?小可姓白,名大有。寒舍即在城外离此三里地白家店,如承下顾,只消到那里一问,便可寻得到草舍的。"

法自求道:"既蒙白爷见招,自当到府奉拜,随后见吧!"说罢要走。

那人又道:"朋友,你贵姓台甫啊?"

法自求将名姓说了。

白大有道:"原来是法爷,久仰久仰!府居可是九江城内吗?"

法自求道:"舍间正是九江城内。"

白大有忽然道:"法爷来得正好,小可正欲到府奉拜,却不料法爷却惠然肯来,那是再好也没有的了,真是幸会。往年家兄路过九江,多蒙法爷指教,小可耿耿在心,迄未敢忘。现在法爷驾到,小可理应招待。舍下离此并没多远,敢请法爷即移驾到舍居住何如?"

法自求见白大有忽然面色有异,又说什么家兄多蒙指教的话,知道话中有因,绝非无故。但一时思想不出往年是哪年,指教是指何事。况且自己交游的人,以及所认识的人,绝对不曾有过姓白的,因此说:"承蒙抬爱,理应即刻追陪。但因小可到贵地原系有事,且待小可将事办完,再当到府。此时实有不便。"

白大有笑道:"法爷何必过于推却?也好,大丈夫须要言而有信,小可明日白天,准定在舍间恭候。法爷明天在何时下顾呢?"

法自求见他这么出言要挟,料想回辞不了,遂说:"今日时已不早,明日午后,小可准定到府奉拜。"

白大有拱手道:"好,明天见。"说罢,回身径行走了。

法自求目送他走得远了,方才遂步进城。先找定了客店投宿,不敢耽延,随即更换衣服,出城寻问到白家店。到得那地方一看,原来是一所大村庄。走进庄院，寻着一家村店，即在那店内后面轩子里拣了副座头坐下。恰巧其时店内吃客甚少，轩子里价目比外面普通座位向例贵些，所以吃客更少，简直空落落并无他人。

法自求坐下身来，命堂倌烫了两角酒，要了两样菜，独自浅斟低酌。法自求即趁此空闲机会，将堂倌唤过来，带笑先问姓名，他再问他们铺子里买卖好歹。胡乱敷衍了几句，这才问他本庄庄主是不是唤作白大有。

堂倌见问，将法自求从上到下望了一会儿，然后道："客人认识俺们这里的白大有白三爷吗？他并非俺们这里的庄主，俺们这里地名虽唤作白家店，但庄主却是姓汪的。"

法自求道："庄主既不姓白，地名却怎么反唤作白家店呢？"

堂倌笑道："客人问的话虽不错，但有一个比方，比如姜家村，村上尽可以没有几个姓姜的，别姓反比姓姜的多，这就是个最显明的凭证。俺们这里地名所以唤作白家店的，皆因往年俺们庄上是以姓白的一家为大户，田地、房产都是姓白的产业，所以才名为白家店。后来白家的子孙不肖，将家业逐渐变卖，反成为贫人，很有许多子弟，往他方别处去安身立命的，能在本地住着的，已是不多。且大半都是种的人家的租田，一时也改不了，其实已早改名为三家店了。不过因地名是从往年即沿叫惯了，一时改不过口罢了。"

法自求听罢，不由心中动了沧桑之感，遂说："这话不错，像这么一般的情形，各处都有，我因地名白家店，就疑心庄主是姓白的。又因听说本地有位白大有，很有名望，故此又疑心到白大有即系本地庄主，这真叫作一处不到一处迷。现在我们闲言且不谈，我只请问你，白大有这个人，是否在本地极有名望？据闻他的本领极好，他们弟兄颇多，当推他的本事最大，交往的朋友亦极多，不知这话可确实不确实呢?"

堂倌道:"白大有排行第三,俺们这里人都尊称他白三爷。客人的话果然不错,在前几年,他家还很穷,那时白三爷并不在家。及至前年,白三爷回来了,他家方才发财。将从前他家抵押给别家的田地、房屋完全赎回,并且收买了不少房屋、田地,城里亦治了不少市房。白三爷为人极其慷慨豪直,最爱交友,平日极其仗义疏财,故此他的名望一天大似一天,从外路来拜访他的朋友,差不多每月均有,真是人不可以貌相。在前几年,他们家贫穷得紧,白大爷在家推车子赶牲口,帮人家做工度日;白二爷却在外路谋生,靠着些西洋景致卖钱。现在自从白三爷回来,他们一家方才改换气象。大爷、二爷都在家安富尊荣地享福,身发财发,一齐都面团团成为富家翁。二爷在前三年,在外路不知怎么会受个重伤,回来虽不曾死,然而亦卧病不起。如非三爷回来给他诊治得快,怕不真个送命吗?现在虽然痊好多时,但因此总不能做事,如做十分费力劳神的事,准得做一天,养息两天。幸亏他家现在不比往年,如仍旧像往年一般贫穷时,怕不糟踏得不像人样吗?"

法自求听得西洋景卖钱一节话,不由触动灵机,回想到前三年正月初一,在街上打坏一个山东汉子,即系玩西洋景的,莫非就是此人?怪不得白大有说往年家兄多承指教的话呢。如此说来,现在我到此,可不正是自送上门,冤家巧遇对头人吗?哎呀!这可怎么好呢?法自求因这一急,那酒菜哪还有心思吃得下呢?遂信口又和堂倌搭讪了几句,即便给钱出门。回转城内,且到客店里再说。

到得店内房中,独自坐着,腹中思量白大有的本领如何,自己虽然不曾和他交过手,不知他究竟如何,但看方才的步履如飞,已可知他的武功绝非自己沿途所遇见的那些人可及。虽未必自己就一定敌他不过，然而他挟着报复的心思，自己断不能安然无事，那是可以一定的。寻思及此，不由深悔当年不该粗鲁，竟因此结下仇怨。

法自求是个聪明绝顶的人，常言："光棍不吃眼前亏。"他这时心中忖度，虽然自己精通剑术，但究竟不敢乱用。如但讲武技，要想胜得白大有，这句满话却不敢自夸。因想明哲保身，古有明训，虽曾答应白大有明儿去拜访，但是与其访他，被他寻仇，不如一走了事，免却这目前烦恼。万一他当真地将来寻到九江来，没法只得对付他一下。

法自求想定主意，当即在店中住了一宵，次日早起，结算店账，即赶紧取路回转九江家中。他来时本系访友，所以沿途缓行，此刻是为避祸，急急须要回家，所以又使用着陆地飞行的本领，当日即赶回家中。吩咐门上，无论何人来见，都回说出门未回。如有个山东口音的人来访，务必要回得格外远些，就说主人出门多时，连信也不曾捎一封回来，现在不知他的行踪在何处。门上得了主人的命，当然遵办。

法自求第二天饭后，正书房内办理自己离家后的一切事务，刚写好两封信，忽见门上来回，说："适才有一个山东口音的人来访，自称姓白，说与主人有约在先。因主人不曾到他家去，所以他特地来拜访主人。被我依着主人的话，将他回却了。他临走叫我将来守主人回来时禀知，说早晚要见。"

法自求闻言，不由大惊，暗忖，白大有果然厉害非常，居然能于今儿赶到此地。照此推想，莫非亦是个剑客不成？因吩咐门上，如他再来，须照旧回答。

门上去后，法自求即命仆人将家中雇用的师爷请来商量。那师爷姓邢，名文，字子章，是江西南昌省城人，原系法宅的账房。当法自求的父亲在日，极得法自求父亲的信任。为人极精明强干，颇

40

有机智，曾随法自求的父亲到任上去，当过刑名师爷。此刻仍旧在法宅充当账房，平时颇能兴利除弊，忠心为主家办事。法自求每逢遇有为难事件，和他商量，总有良法解决，所以法自求亦很信任他，这时将他请来计议。

邢子章想了一会儿道："少东，此事容易，只要少东隐避起来，另外却停起棺木，作为治丧的样儿，守白大有来了，一齐举哀。常言：'人死不记仇。'白大有见说少东谢世，他定然即刻掉身回去，不但可以消患于一时，且可获安于永久。少东你看我这条计策如何？"

法自求见说要他装死，不由笑道："邢先生，你这条计虽然高明，但是未免太将白大有看得像天神一般了。难道我当真地非死不行吗？"

邢子章自悔失言，忙又道："少东，并非我太长人家志气，实因为少东打算，如此推托，方才可以一劳永逸。此外即有良策，终非了局。"说罢，又想了一会儿道："现在只有最好请出一个人来，到白大有那里去调解，申明当初本是无心，完全是出于误会，要求彼此和平了结。"

法自求笑道："邢先生，这个方法我何尝不曾想得到呢？只因无人可请，而且自己先请人去向他求和，也未免太将自己看得轻贱了。这法儿仍旧不行。"

邢子章道："少东既不愿请人去调和，更不愿诈死，依我之见，与其守他再三到此相寻，或许他竟做出别项挑衅的事来，惊动了老太太，反而有许多不妙，不如少东壮壮胆子，亲自前往白家店去访问那白大有，只作不知先前的事。他如不说则已，说出前事，少东便向他弟兄们当面声明误会。如是不肯了结，凭着少东的本领，未必就输给他，何苦定要回避他呢？"

法自求被邢子章这几句话把胆子说得壮了，寻思果然不错，于是又将黄包袱收拾起来，背负在身，即日又离家赶到曹州，仍旧住在上次住的客店里。第二天午后，遂出城逛到白家店，寻问到白大有家中来。

　　毕竟两下相见后如何情形，请待下回续写。

第五回

两剑客初次决雌雄
三侠士荒郊闻野哭

话说法自求来到白家店，寻问到白大有家中。原来白大有父母早逝，弟兄三人，长名一泓，字秋水；次名念圭，字慎言；三即大有，字兆丰。白氏本系大族，上文说过，先前原系富有之家，只因子孙不肖，才致将一份家业败得不成模样。到得他们弟兄手里，已是贫穷如洗。白一泓在家推小车子，赶牲口，帮人家做活度日；白念圭就食四方，靠着些西洋景致，走码头糊口；白大有年幼，初时本被本村大户汪家雇去放牛做牧童，后来忽然失踪，不知去向。直到最近的前三年，方才忽然回来。自从他回家后，白家方才复兴，比前陡然兴盛，本村的人都有些疑心，认为白氏忽然暴发，财产来路不正，但也无可证实白家弟兄在背地里有何种不规矩的行为。所以日期稍久，浮言也就自息了。

白大有自从回家后，极其疏财仗义，对于鳏、寡、孤、独四种人尤其格外周恤矜怜，他不但能好善乐施，而且能羞伐其德，因此他的名望，不久即已喧传远近。在前，他弟兄三人生性均极火暴，但因受贫困的磨折，他弟兄的火气方才一天一天地减低下去。就中白一泓因饱经忧患，推车、赶驴做活儿，向来侍候人惯了，所以性

43

情更改得极快，简直已毫无从前的鲁莽习气；白大有自从失踪回来，性情已迥非昔比，比他大兄还要能忍耐小心性儿些；唯有白念圭，因幼年曾练过两年把式，两臂颇有蛮力，在外多年，生活独立，从未依赖过人，所以火性比前减得有限。直到近三年，因受伤回家，方才将火气消除，凡事能够忍耐。

当日法自求寻问到他家门口，正和在门口立着的一位庄汉讲话，请问白三爷在家不在家时，恰巧白大有同着他二哥念圭送一位客出来，彼此见着，从来仇人相见，格外眼红。

白念圭、大有二人见了法自求，即忙拱手送别那位客，望着法自求拱手道："多蒙法爷驾到，请到里面坐吧！"

法自求见了白大有，边拱手答礼边申述上次未曾如约登门拜谒，因有别事未了，所以今日方才能够到府，务请勿怪。边说边将白念圭一望，依稀认识，颇像即是从前在九江街上背着西洋镜箱卖景致画片的那个山东侉子。想起前事，不由面容一红。

当时白家弟兄将法自求让到里面客厅上坐下，仆人献上茶来。

白大有指着念圭道："法爷，这位就是二弟兄念圭。往年在九江贵地，曾蒙指教，不知法爷现在可还能记得吗？"

法自求应声道："恕兄弟一时眼生，竟有些认识不出了。讲到曾经会过的话，前日在路上会见老哥，老哥说令兄曾被兄弟指教过。兄弟想了多时，不曾想起。现在当着令兄兄弟，也还是想不出，还请明示了吧！"

法自求几句推托的话才说完，白念圭仗着兄弟在面前，胆壮怒发，早已大言道："好小子！你当初在九江街上打老子，新年初一，打得老子伤重回家。如非我三弟回来，你老子准得伤重身死。你仗着些微拳棒功夫和浅薄道行的剑术，胆敢在家乡本地欺人。老子本久欲到你家中去找你，只因事忙耽搁下了，要不然，早就叫你也照样地重伤了。"

白大有接着道："二哥且息怒，法爷也慢动气，大家听我的话。法爷当然有本领，所以才敢目空一切地打人，况且在家欺人不算，还要背起黄包袱到他乡外路来欺人。如果没有本事，怎敢光顾到我们舍间来呢？现在长话不如短说，常言说得好：'光棍一顿还一顿。'当年法爷在九江本地打人，现在我们也学法爷当日的样儿，也在本地打法爷，这便叫作'以其人之道，还治其人之身'。不知法爷意下，以为如何？"

法自求出娘胎胞，从未受过人家的恶骂，此刻被白念圭小子、老子地混骂，早已气冲牛斗，哪里还能按捺得下？遂跳起身来，指着白念圭还骂道："好个不怕羞的无耻东西，你还提当年被打的事呢，真也太无赖了，你全不思己过。当日的事，九江街坊上的行人，谁不说是打得好呢？你如不错，何至人人都说应打呢？不怪你自己的身体太脆弱，是个纸糊的灯笼，反而怨怪你大爷的手脚稍重。嘿！当日如非我手下留情，怕不叫你立刻死在九江街上吗？老实说了吧，我法自求如是怕事的，也不到你们家来了。既是你们说要打，我就陪你们打一回，也没什么要紧。不过有一件，我们须要有约在先，如你们不能依，也得先说明白。"边说边将长衣掖好，辫子也盘好在头上，预备动手。

白念圭虽然嗓子高大，可是自知本领不行，惊弓之鸟，闻弦响而胆落，见法自求这副神情，早已心惊，退立在一边。白大有却如没事人一般，立起身来，既不掖衣，亦不卷袖，更不盘辫，但问："法爷有何话说？"

法自求道："我们两家本无深仇宿怨，往年的事，原系令兄自己之过。现在要寻我打报复，我不能说没种的话，不陪你们走几路拳脚。我现在最要紧的，有一件事要声明，大丈夫一人做事一人当，如你们此番再打不过我，第一，不可迁怒别人，到我家中去捣乱，拿别个出气。第二，你们此番如打得过我，报复已完，当然没有话说；如果仍打我不过，只好自怨无能，不许再寻我生事。因为如彼此以后仍旧寻仇，岂不成为了了无休吗？所以我要先问明了，再行动手。"

白念圭、大有二人听罢，不假思索地同声回道："俺们都依你，迁怒别人的，算不得汉子。"

法自求道："好，大丈夫一言，快马一鞭，事后须不许反悔。如反悔的，便是王八。"说着，即飞跃到客厅外面大天井里。白大有跟着纵步出来。

法自求的脚步方才立定，白大有已经使进步栽捶的架势向他背后打去。法自求听得背后拳风，早知白大有的拳到。说时迟，那时疾，法自求因不知白大有的气劲功力如何，不敢用鬼前功还他的来拳，却急急将身向旁一闪，让过来拳，亦不敢即用顺手牵羊式，防他顺水推舟，却急急向下一蹲，使用枯树盘根的解数，一腿向白大有扫去。白大有见他身法迅疾，居然不要买现成的便宜，却用腿扫来，知道法自求的确是个劲敌，不能轻忽，当即将身体后退，让过了来腿。于是二人在天井里一往一来，走有十余个回合，并无胜负。

法自求见白大有的本事并不在自己之上，心中安定了许多，胆气即雄壮了几倍，那身法、手法比前遂格外紧凑灵活了许多。白大有见法自求的身手迅捷变换，不敢怠慢，急用足全副精神迎敌。两下又对搏了几个回合，仍旧杀成平手。

法自求忽然跳出圈外，喝声"且住！"白大有将身手收住，问他有何话说。

法自求道："你我已走有二十来合，并无高下，便苦敌到黑夜，

46

亦不过如此。何苦来为着以前的一点儿小事情，彼此结仇呢？依我说，不如就此罢休，以后你我各不相犯，永远保守和气，不知你意下如何？"

白念圭在檐口听见，不待他三弟回答，即抢先道："不行，谁和你这小子和平解决？除非你磕头认罪便罢，否则定必使你照样受伤回去。"

法自求大怒道："你这人真是个好歹不识的东西，你如有本事，来来来，我便和你比个强存弱死。要不然，你想找我大打报复，可也只好睡在梦里了。"

白念圭大怒，仗着兄弟在面前，即虎吼了一声，从檐下直扑到法自求的面前，迎面便是一拳。他的伎俩，法自求在前三年即已领教得过，所以毫不介意地只提起两指向着来拳一迎，只听得一声哎呀，白念圭早已痛得跌倒在地。

白大有本欲乘着法自求喝住手的机会，即此收科的。这一来哪还能耐得住呢？不禁怒从心上起，恶向胆边生，伸手在袋内一摸，摸出根细长的钢针，望着法自求的左目掷去。法自求对于梅花针的功夫，本来是很好的，但此时因不曾留神，那梅花针纤细微小，不比得镖大，稍不留意，便不能觉得。因此一针飞来，直飞到法自求面前，法自求方才知道。赶紧让时，已刺中在左耳廓上。

法自求不由勃然大怒，骂声："小辈，你会使暗器，难道你大爷就不能制服你吗？"边骂即从身边摸出几根针来，望着白大有掷去。

白大有急忙躲闪，哪里来得及？左臂、右腿上已经各被刺中了一针，痛得仰面跌倒。

法自求指着他弟兄笑骂道："怎么了？好小辈！我姓法的并非好意上门欺人，要扫你们的脸，实因你们弟兄太野蛮无理，恃强可恶，以后……"

话未说完，嗖一声，一道白光已从白大有的右手内飞出，直向法自求奔来。

这飞剑本系法自求的看家本领，岂有不知的？因此只得也将手指一弹，飞出一道白光来，向来的剑光迎去。

两道白光在日下耀闪着，绞作一团，恍如两条白蛇，在天井中头顶上盘旋飞舞，光亮如同闪电般，耀得客厅上暗陬处都纤毫毕现。此时那两道白光在空中争斗了一会儿，白大有的道行剑术本不及法自求的精深，因此不多时，法自求的白光愈斗愈有威风，白大有的飞剑看看已是不行。

法自求到此地位，已成骑虎之势，索兴指挥着飞剑，向白大有的剑光缴斗。

白大有受伤跌在地上，眼见自己的剑光将要被法自求的飞剑所毁，心中大惊，忙欲收回，但势已不能，只得高声嚷道："法爷，俺这剑修炼成功非是一朝一夕之力，你难道认真这么狠心，将俺苦修成功的剑术破去吗？"

法自求被他这一说，忽然生了不忍之心，觉得他修炼不易，非常辛苦，当真给他毁去，未免太伤道德。因此一不忍，遂指定了剑光，笑对白大有道："我姑看在你苦修的分儿上，不为已甚。你须知道点儿好歹，不可再生报复之念。如生此心，我将来定不宽恕。"说罢，将手一招，收回了剑光，回身径自走了出去。

法自求走后，白大有才将将要被毁的飞剑收转回来，忍痛勉强挣扎着起来。在身边摸出块吸铁石，将臂、腿两处的梅花针吸将出来，涂上伤药。然后扶起他二哥，给他按摩活血，用伤药裹服外敷。

忙乱才停，他大哥白一泓忽从外面回来，见两个兄弟如此狼狈，忙问何故。白大有将情形告知。

白一泓大怒，对大有道："三弟，你在外多年，各路英雄都是你

48

的朋友，难道就没有一个能胜得法自求的人吗？老兄弟，这姓法的小子上门欺人，太把你我不放在眼内。如今老二是两次受伤，你却是初次遭他的毒手。从来说的，'量小非君子，无毒不丈夫'，老兄弟在外交游广阔，何不到外边去约请几位朋友，到九江去寻法小子打报复呢？常言：'好汉难敌双将。'凭着老兄弟自己，再加几位别个英雄，还怕不将法自求打败求饶写伏辩吗？老兄弟今日这个面子如争不回来，以后你我弟兄在家乡本地怎么还能做人呢？此'是可忍，孰不可忍'。"

白大有被他长兄一激，火上浇油，不由怒恨交并，遂说："大哥放心，小弟必要到九江寻那小子，使他低首服输，到俺们家来叩首赔礼。小弟明儿即动身去找朋友。"

白一泓道："老兄弟，并非劣兄不能忍耐，实因此事太使俺们兄弟过不去。你此去找朋友，不知何时才可以将姓法的打倒呢？"

白大有道："大哥，小弟的飞剑已受了伤损，一时绝不能修炼完成。要报此仇，至早也得二三年。况且要对付法自求，亦绝非普通学武之人可以对付得了的，所以非请一位精通剑术的人不可。小弟有两位师兄，现在不知他二位行踪在何处。须得将他们二位寻到，方才可以去寻法某。"

白一泓道："老兄弟，这原不是急的事，常言：'君子报仇，三年不晚。'还不是由老兄弟自己酌量着办吗？"

白大有应声"省得"，即知照家下人等，以后如有人来访，就说三爷出门访友去了，行程遥远，不定在何日回来。来宾一律不见，一面收拾衣包。

次日早起，复看过念圭的伤势，又给他敷药调服，知已可无事，遂于早膳后，别过两兄，背起包袱动身。

当日，法自求收剑得胜，走出白家住宅，摸着左耳廓，将梅花针刺伤穿过的孔眼，用随身带着的伤药，将伤处搽上了些，止血定痛。边迈步回城中客店里休息，边打听得本地的几位著名英雄都在外路当镖师，并不在家，因此决计不再耽延，第二天即动身离了曹州，往山东省城进发。一路又拜会过两三位英雄，但也不过是有虚名而无什么了不得的实际本领的。法自求心中虽失望，但并不因此灰心，更因曾遇见白大有，知道能人甚多，越发不敢自满。

那日到得省城，住在城外一家客栈内，招牌作"历城唤公寓"，乃是爿上等客栈。里面上房甚多，价目亦颇昂贵。法自求住下后，因为济南名胜古迹甚多，省城不比别处小县，料想地方既大，英雄定然不少，故此决意多住两日。当晚息了一夜，次日早起，即到本城各位已探闻的俊杰家去拜会，行过堂的手续，亦占了优势。照例由本地豪杰招待往各处游玩饮食，并给他介绍朋友。

如此忙了两天，法自求所有已闻名的人都已会过，正预备收拾动身。恰巧隔房住着的是两位镖师，法自求此行本是访友，所以便走过去拜访。才知两位镖师都是张家口人氏，一个姓秦名二游，外号人称飞天豹；一个姓柯名荣卿，外号巴山子。这二位乃是姑表兄弟，秦二游比柯荣卿年长，自幼二人同师包头镇的拳师周茂卿学武，所以二人的本领完全一样，无有高低。学成之后，二人即投身本镇永兴镖局做伙计，借此结识各路豪杰。早次出门，即走的山西省镖，颇为顺利，在大同地方，曾打败了该处的一名巨盗，因此成了名。后来一路顺风，无一次不占胜利，因此威名更震，法自求在路过安庆时，即已闻人言过，知此道上有这么两位英雄，不期在此相遇，哪得不喜？因此将动身的话暂搁，决意和二人在济南畅叙一日再走。

当日午后，三人相约同到近郊的地方去散步，并拣那空旷之处，

50

比一比身手。三人走出街头，向那僻静荒野地方走去，绕过一座树林。正往前走，却见一个老媪在路旁一所大故院内伏地悲泣。旁立着一个男孩子，约有六七岁光景，也跟着同哭，哭得哀毁逾恒，凄婉悲切，非常动人。三人走到面前，原不欲管问闲事，只因欲想即在这地方找一所平坦草地，比试拳脚，所以立定脚步，向前面左右两边乱察。

正在乱看，忽听得那老媪哭道："俺的亲人啊，你如现在还活着，俺何至受人家凌虐欺侮呢？现在儿子死活不知，媳妇跟人走了，丢下这孩子跟俺过活。可怜俺一生辛苦，挣下的钱财都被媳妇偷了去，叫俺们一老一小靠什么过活呢？总望你在阴世里大显威灵，立刻给媳妇个报应，保佑我精神康健，这小孙子乖巧，易长易大的才好。否则俺也只好紧跟在后头，到黄泉路上来会你了。亲人啊……"

三人听在耳内，不由动了侠义心肠，尤其是法自求，本素以大侠客自居的，此刻目击耳闻，哪能忍耐得下？遂抢先走到那老媪面前，问道："老太太，你哭得这般哀切，却是为何？"

那老媪本来伤心极了，无可告诉，方才来到她已故的丈夫坟前号哭，被人一问，不由格外悲切，抽抽咽咽地哭将起来。尤其使人心酸的就是那个孩子，也跟着号啕大哭。

秦二游、柯荣卿表兄弟俩随后也来到面前，三人同声劝慰，问老媪为何哭得如此悲苦。

老媪将三人望了一眼，拭泪忍住回道："三位大爷，俺哭的乃是先夫，只因他早故，丢下俺抚孤长成，好容易方才给儿子娶妻生子，不料儿子在去年夏天忽然和他媳妇争吵起来，小夫妻俩失了和，儿子忽然于争吵后的第四天不见了。儿子不见后，媳妇便时常借事生风地和俺斗口，不时地打鸡骂狗。三位大爷啊，唉！家丑不可外谈，俺本不应说，只因现在已到水尽山穷、地老天荒之时，无可如何，

51

即俺不说，要顾全面子也顾全不来了。唉！实不相瞒，俺那贤德的媳妇已于前日午后，跟着她的奸夫逃走了，将所有财物完全偷去，丢下俺母孙二人，老小无依，所以才来此痛哭。"

三人大怒，即问奸夫是谁。

毕竟详细如何，请待下回分解。

第六回

施诱惑兄妹通奸
恋情侣夫妻反目

　　话说三人闻言，一齐勃然震怒，急问老太太贵姓何氏，家中尚有何人，媳妇的娘家姓什么，奸夫是谁，逃后可曾请人寻访过，儿子叫何名字，失踪后可曾得有什么消息。

　　老媪见问，两眼老泪直流，边拭边呜咽着回道："承三位大爷的情，殷殷垂问。俺娘家姓古，婆家姓章，儿子名唤章培德，媳妇的娘家姓何，俺舍下如还有别人，俺也可以不到这里来哀哀啼哭了。讲到媳妇的奸夫是谁，这句话真是说来话长，令人听了，无论谁都要生气的。"说着，将何氏的奸夫，以及儿子不见后的影踪消息说将出来。

　　看官们，章古氏的儿子忽然不见，究竟为何呢？小夫妻俩因何反目？

　　这个疑问极易明了。章培德的失踪，以及他夫妻不和，皆系因何氏有了奸夫的缘故。只因何氏恋奸情热，所以才发生这两件事。编书的乘着章古氏告知法自求、秦二游、柯荣卿等的机会，且将他交代一番。

　　原来章古氏的丈夫名唤植斋，生前原是个穷秀才，家境贫寒，功名无望。无奈才在家中处馆，教授蒙童，弄几文钱的束脩来使用使用。这冷板凳的生活，原是读书人的下场头，无论你志气怎么高，火气怎么盛，只要你一处馆教书，管叫你雄心万丈的志愿、拍案而起的火气，都能低压下去。

章植斋自从处馆以后，逐日和些小学生哼两首《神童诗》，念几句《三字经》，勉强厮混着那无聊的岁月，仅赖那几个学生的束脩实在不能维持家用，幸亏他夫人古氏出身世家，知文达礼，极其贤淑，见丈夫的力量难于支持，遂也在家中招收几个女孩儿，教授她们些书字，一面再做些针线活计。常言道得好："八败命只怕苦做。"所以章家因此反日见兴旺起来。刚才稍能经济活动些，古氏忽又妊娠有喜，妇人家一有了孕，教书做活渐渐地受了影响。及至十月满足，生下孩儿来，那书便不能教，活便不能做。在初生孩子的一两月之内，章植斋的经济担负比前陡增数倍，因此愁眉双锁，心中格外的焦灼。等到双满月后，方才能恢复原状。话虽如此，毕竟古氏在产后，身体不及从前的壮实，精神亦未能复元，在月子内因为心中忧急之故，遂致生了怔忡之症。这时有了小孩儿，不能深更半夜熬油费火地做活儿，因此章植斋家中经济，终不能宽裕，仅能勉强开支。

时日如流水般过去，那小孩儿一天一天地大起来。从来小孩子总是一天比一天地见识大，当然这孩子也不能例外。在前还好将他放在摇篮里或床上睡觉，及至此时，孩子不肯睡了，哭闹不休。古氏爱子情切，可不得不去抱他一会儿。可是抱孩儿吮乳事小，那逐日的光阴却于无形中被她消耗过去了。

如此过了两年多，小孩儿能牙牙学语，离怀下地，扶墙摸壁地单走了。夫妻俩正喜小孩儿可以不缠手，哪知为时不久，古氏忽又有了孕。在别人家巴望生男育女的，将要喜欢煞，在章植斋夫妇，却因此又添了一层心思，比前加倍忧急了许多。

古氏怀孕将有六个月光景，大腹便便，做活儿不便之时，忽然那头生的孩子害起病来。因为经济关系，未能好好儿地请大夫诊视，不多几时，那孩子竟一瞑不视地死了。夫妻俩怨哭了一会儿，却因食口减少，经济担负稍轻，悲哀中反有些喜欢。

不久，古氏又足月临盆，生下第二个孩子来。看官们，这孩子非别，就是章古氏告诉法自求等三位，所说那个失踪的儿子。这孩子诞生后，取乳名唤作存儿，意思是希望这孩子生存，不再夭殇之意。果然这存儿颇能如他夫妇之意，易长易大，身体也非常壮实，毫无疾病。长到三岁上，古氏又有了孕。她恐丈夫忧急，不敢明言，却于私下里到药铺里买了张麝香膏贴在脐眼上，果然不曾怎样，便小产了。说也奇怪，自此以后，古氏每逢有孕，即不用麝香膏，亦都是小产，竟成了习惯。古氏因有存儿，却也不以为意，但有时也担着忧，深恐存儿万一有甚差错，那可就生了嗣续之忧了。

存儿到六岁上，即由章植斋给他开了蒙，教他认方字，给他取名培德。这培德认字非常聪敏，凡字只要一教便会。认了五六百字，即教他念《三字经》《百家姓》《千字文》《龙文鞭影》《诗品》《诗源》《神童诗》《千字诗》等书，都非常颖悟。章植斋、古氏夫妻见培德聪颖，都非常欢喜。

培德长到十二岁时，便由邻居吉太太作伐，文定了本城何玉瑚的女儿，领了回来做童养媳。那姑娘名唤何芝芳，生得模样儿极其俊俏，比培德小两岁。自从领回童养媳后，由古氏亲自教授她《女儿经》《女四书》《女孝经》《列女传》等书，一面又教她做针线活计。小两口子亦极其爱好，正所谓青梅竹马，两小无猜。

培德十四岁时，应童子试，又中了第十二名童生。那时正是清朝嘉庆年间，民风极重功名，凡是中了试的读书人，极受人家的推崇。章培德小小年纪已身入黉门，名列文榜，这荣誉可就大了。人家因章培德入了庠，便想到章植斋的学问好，大家都说章植斋自己的运气乖，所以才只中得一名秀才；如果运好，怕不有中举殿元的份儿。因此一想，遂不约而同地将自己的子弟送到章植斋书房里来读书请益，路近的走读，路远的且请求附读。因这一来，章植斋的束脩遂抬高了许多，每年每月的收入也比前增多了几倍。经济一裕，心自然宽了，从来心广则体胖，因此不多时，章植斋竟由瘦而肥，发了福了。

　　章植斋的收入既丰，遂不要他夫人再教女生，并雇了名女仆，在家中做活儿。古氏总算苦了十几年，到此方才得到稍微安乐的地步。

　　如此又是几年，章培德十八岁时，锦上添花，又中了一名拔贡。这一来，可就更好了，从章植斋念书的学生比前又加多了，学费也加了倍数。

　　章植斋和古氏商议，儿子已经长成，不如乘此初中拔贡的风头之后，即给他们小两口子并亲。古氏当然赞成，于是老子对儿子、婆对媳妇，都悄悄地说了，征求他俩的意思。他俩也羞答答地回了句"听凭二老做主"，含羞默认。老两口子见小两口子都已同意，遂邀请了原媒吉太太来，请她去通知坤宅。坤宅的主婚人何玉瑚本是个做刀笔的，初因家寒，所以才肯将爱女童养在章家。及至此时，他的家运比前好至数倍，包揽词讼的生意几乎使他应接不暇。见媒人来说圆房的话，他立刻回绝不肯，要求须将女儿接回来，由章家用花轿来娶。如是就这么因陋就简，马马虎虎地完姻，绝对不能同意。吉太太将这话回复了乾宅。

　　章植斋夫妻商量结果，因儿子现已是贡生，养媳圆房，于面子上亦似乎难看，不如即遵从了何玉瑚的意见。好在现在不比从前，经济已不竭蹶，多用上几文，亦不妨事，于是回复了吉太太，请吉太太将何芝芳领回娘家，择日搬嫁妆，迎娶结婚。

　　若是婚丧大事，只要有钱，便能热闹，这时章、何两家都已不比前时贫困，所以儿女婚嫁颇为热闹，且能措置裕如。何家有何家的势力，各衙门以及平时托他撰禀单、打官司的人都送礼道喜，十分热闹。章家有老两口子平时的维持，和培德现在的面子，所以比何家还要热闹，鼓乐喧天，大吹大擂地将新娘娶了来，拜天地，入洞房，直到半夜，亲友才散。三朝以及回门谢席，热闹了两天，方才安静，恢复原状。老少两对夫妻正过着甜蜜美满的如意岁月。

　　过不多时，何氏忽然有孕，十月满足，生下一个男孩儿，取名荣生。章植斋夫妻分外大喜，三朝满月，热闹自不必说。

　　章植斋老两口子含饴弄孙，安享天伦之乐。不料好景不长，安乐难久，章培德才二十四岁，他封翁植斋先生忽然弃养谢世。

　　这年章培德本欲去应省试，再进京去应大考的，因丁外艰，只得作罢。在家治丧开吊，守制读礼，温习诗书，预备孝服满后，好再奋志青云，以图上进。可是有一层，章培德自幼即从书本讨生活，从来不曾治过生人产业，平时家用，完全仰赖他父亲的束脩维持。现在他父亲弃养，这家用一项，可就发生了困难。更有一件，在前贫寒时代，他母亲原也教授些女弟子帮着挣钱。自从经济宽裕之后，古氏书已不教，又雇用老妈做活儿，享福惯了，这时忽然又变到从前困难的地位，要他母亲再教书，不但"曲不离口、拳不离手"的日期久了，休说精神气力已够不到，就是精神尚好，一时要想恢复先前的光景，那可就不易了。因为这个关系，章家的经济不由又拮据起来。

　　章培德因为自己是拔贡身份，又在丧中，一时下不了台，即刻实行承继着父业，做那教书先生。常言："家有万金，不及日进分文。"渐渐地坐吃山空，家庭中经济发生恐慌，从来柴米夫妻、酒肉朋友，因此章培德夫妻间的感情遂渐渐地生了裂痕。皆因何芝芳的父亲是做讼师，即平时的家教本来平常，自从何芝芳到章家来做童养媳，那时章家的境况本很拮据，当然对于童养媳的看待，亦无什么优遇可言。此时何玉瑚正在交运时候，何芝芳因娘家富有，夫家贫困，不免生了骄傲轻视夫家的心理。更有一件使何芝芳芳心不能满足的，就是章培德平时只知埋首用功，竭力研究文学，对于女色方面却是极其淡薄。何芝芳因此种种，对于丈夫的情爱亦不很浓厚，遂常常借事回娘家去住。她父母因女儿小时即童养在章家，所以心中很疼她，因此逢着女儿回来，便多留她住几天，非等到章培德来接过两次，绝不就回去。章培德因何氏常住娘家，心中忽然生疑，疑惑她在娘家或者另有了缘故，所以对于何氏的情爱便生了猜嫌。

如此一天一天过下去，夫妻俩的感情遂日渐淡薄了许多。也是该当有事，何氏有位姨表兄，在济南省城原是有名的一个坏蛋，名唤沈三友，年纪比何氏长四岁，品貌却生得很俏丽，平时有美男子之名。自幼即甘与下流人为伍，颇有些蛮力，曾跟着两位拳师学过些武艺，因此如虎生翼，格外地凶横起来，专一在城厢内外打架闯祸，惹是招非。他又生成的机警，狡猾异常，故此济南地方的一班青皮光棍都和他来往结交，既仗他的武勇，又赖他的智谋，所以和他十分亲近知己，彼此互相利用着，无形中沈三友便成了这班人物中的一个领袖，势力遂膨胀了。

何玉瑚是做讼师的，原和沈三友有联络的必要。沈三友畏何玉瑚在官署方面的势力，何玉瑚借沈三友在地方上的威，互相狼狈。又兼亲情，自然非常契合，所以沈三友平时也常到何玉瑚家中来。

当何芝芳初出阁时，沈三友曾见着表妹的姿容俏丽、曼妙俊美，心中虽然暗赞，但不曾敢存歹心。后来何芝芳常回到娘家来住，两下见面的时日多了，沈三友遂由疏远变作亲近。口气中听出表妹颇有鄙视夫家的心理，不由动了恶念，思忖，表妹如此美丽，俺如能和表妹得遂好事，那也未尝不是绝大的艳福。只怕她丈夫章培德是个生员，如知道了，可就有许多不便。因此沈三友虽有此心，却一时不敢有此事。可是那何芝芳自从见了表兄之后，即觉得表兄美貌可爱。更有一件使何芝芳心爱的，即是沈三友肯浪费金钱，从无一点儿吝啬，比起章培德处处打算来，真是一个越显豪阔，一个越显穷酸，故此对于表兄格外地欢喜接近。相见的时日既多，两下便都有了意思。既有了邪意，那兽行可就紧接着发生了。

自此以后，何氏恋奸心热，既爱奸夫，便格外地鄙视本夫。既鄙视本夫，对于本夫的爱情，当然日形减退，那"好感"两字，当然是没有的了。夫妻既无好感，何芝芳便借故常和丈夫争吵，哭哭闹闹地往娘家一跑，再也不肯回婆家来。何芝芳本系欲与本夫争闹，才好长住娘家，才好与表兄常会，于是遂和沈三友商量，在城内僻静去处赁了一所房屋，置了些木器物件，雇了个老妈，即住了进去，表兄妹俩遂俨如夫妻地住着，将章培德丢在脑后。

章培德自从他老婆住娘家后，在面子上不得不着人去接，接过不肯回来，那时在气头上，也就搁下不去接。

过了半个多月，古氏见媳妇老不回家来，深恐被人家说闲话，遂又打发人去接。这一接，可就发生事故了。

原来沈三友、何芝芳两人赁屋居住，何玉瑚老夫妻俩原不知道的。当时何芝芳走时，本系由沈三友派人冒充是章家打发来人接少奶奶回去的，所以并不曾觉察。这时见又来接，何玉瑚老夫妻俩遂生了疑，立将来人痛骂了一顿，一口咬定章古氏母子害了他的女儿，假意再着人来接。当即亲自乘轿，到章家去要女儿。章古氏母子大怒，以为他来讹诈，藏起了女儿假意来要人，因此言来语去争执起来。章培德因自己是生员，有功名的人，岂肯示弱给岳父？所以咬

59

定岳父存心欺诈。何玉瑚更咬定亲家母、女婿害了他女儿。彼此争执不休，结果竟闹到历城县衙门内去，一个是生员，一个是讼师，知县都是惧怕的，当即温言劝解，命两下回去，好好寻找。两下哪里肯休？

县官忽然想起，问何玉瑚："当时来接的人是素识的，还是不相熟悉？曾否派人随送到章家去？"

何玉瑚回说："来人并不相识，但是我家照例曾派老妈去付送。"

知县立命差役，到何家去传那伴送的老妈来问话。

差人去不多时，回报那老妈在何玉瑚往章家去质问之后，忽然不见。知县大怒，立命将何玉瑚交保，着他负责找回女儿、老妈，违即重究。命章培德回去，也派人帮着找寻。

章培德谢了老父台，即便回家，将官断情形禀知老母，一面请人四下找寻，并无消息。后来还是由何玉瑚派人访着那老妈下落，根究出沈三友和他女儿的事来。气得他发昏，立刻派人到他们住的地方，将何芝芳母子寻获，即刻送到章家。

章培德因老婆发生此事，心中郁郁不乐，要想惊官动府，实在又怕面子难看。想来想去，没法，只得权且暂忍，看何氏以后举动如何再定。

过不了五七天，何芝芳又借事与古氏争吵。章培德当然要严责她不是，她又闹着要回娘家去。

章培德道："好，你回去，俺亲自送了你去。"

立命仆人套车，送何氏回娘家去。送到何家，章培德立即当着岳父母，申明理由，表示退婚。何玉瑚见女婿义正词严，一时无言可驳，只得用好言劝慰，暂将女儿留住在家。章培德领了荣生，头也不回地径行回去，将情形禀知老母。

过了一天，何玉瑚夫妻俩忽然亲自到章家来，向亲家母疏通，说不可不忍小愤，给笑话给人家看，好好的夫妻，何苦因一点儿小事散家？纵不看夫妻情意，也当看小孩儿分儿上。

古氏儿女情长，却亦无可无不可，不欲过为已甚，即与儿子商议。章培德因小孩儿思母，自己亦未免有情，经这一劝，却也狠不起这条心，遂和岳父母俩当面言明，如以后何氏再有从前情事，断不能再事姑容。要求岳父写凭据，方才肯收回成命。

何玉瑚是向来走在人前，受人恭维惯了的人，只因女儿做了不端之事，实已犯了出妻之条，自知理屈，方才词穷，所以才肯亲至章宅疏通。话说了半天，见亲母已有允意，女婿却咬定要写字据，这个，他岂肯答应呢？只得推说，且息过两天再议，便同着他老伴儿回去。

过了两三天，何玉瑚夫妻俩忽然又亲自送何芝芳到章家来，当面调解，劝他一家团聚。古氏因何氏自幼即童养在家，教书字针线，看待如亲生女儿，十数年心血，才有今日，一时实也狠不下心。章培德为了儿子关系，也只得曲全，于是遂将错就错地模模糊糊将出妻收回，严加管束，从此不许她再回娘家。又得到何玉瑚老两口子的口头担保，方才算就此和平了结。

如此过了数月，章培德因在省闱得中，收拾收拾，预备进京去赴试。那天亲到各亲友家中去辞行，不料即在这天出去后，即忽然失踪，不曾回来。章古氏惊慌失措，请人四下打听，到各亲友家中去访问，却如石沉大海，了无信息。

毕竟如何，请待下回分解。

第七回

求灵签贤母哭令儿
读书信道士诧奇事

话说章古氏因儿子中举，正在欢喜，却不料才欢喜不到几天，他儿子忽然因要预备动身进京之故，往各亲友家中去辞行，不曾回家，陡然失却踪迹。这一惊慌，比那欢喜却加增了百倍，当晚即派雇用的仆人，往各亲友家中去打听。有两家说曾来，但在白天里老早地即已走了，到此并未耽搁；有几家都回说不曾来过。

仆人回来禀告老太太，古氏直急得坐立不安、六神无主。忧急到天明，即到各家去打听，亦是如此回答。可怜她老人家急得眼泪鼻涕地请人帮着寻访，自己只得回家再说。到家守到天黑，亦丝毫没有信息。

如此过了两天，章培德竟如泥牛入海，影踪全无。古氏急得在家无法可施，心中虽有几分疑猜，着是被沈三友弄了什么玄虚，但是无有凭证，何能指得定呢？所以这句话绝对不敢出口。看媳妇时，居然也有几分忧急的形状，心中虽疑，可是也不能说是儿媳怎么样不好了，只得隐忍着暗暗留心媳妇的言动。

那天早起，古氏因急得无可奈何，便到观音庵内去焚香许愿，求菩萨保佑，并求了根灵签，由尼姑查了签条来。交古氏看时，只见上写着："大士灵签第七十七签，中平孔子厄于陈蔡之象。"

并刻有四句道：

> 琴瑟不调难理弦，泥牛入海竟流连。
>
> 欲知前尘凶和吉，请问荒郊土一抔。

章古氏看罢签句，不由大哭起来。住持老尼姑问章太太何以如此痛哭。

古氏将签条递给她看道："老师太，菩萨真灵验万分，你看这签句上第一句，不是说的俺儿子、媳妇两不和吗？第二句更甚明白了，泥牛入海，哪还有安全的希望，何况又说流连呢？流连乃是忘返之象，小儿此次失踪，大约是不能回来了。这两句且不谈，尤其第四句格外来得明白，荒郊土一抔，不是坟墓，是什么呢？俺因小儿忽然不见，才来请示。菩萨叫俺去问坟墓，这不是分明说小儿已死，身已埋在坟墓里吗？哪得不伤心呢？"说罢又哭。

这一哭可格外悲痛了，哭得晕厥过去。吓得众尼姑慌忙捶背灌救。

一会儿，古氏哭醒过来，住持老尼劝道："章太太，吉人自有天相，就是夫妇不和，亦是常事，自然就会和好的。你家大老爷不比别人，定系有什么要紧的事，未曾来得及禀知你老人家，所以才不辞而别，料想不久定能安全回来，老人家何苦过于伤悲呢？你家大老爷是个男子汉，如是个青年女子，或者还有遇见歹人被拐了去的意外之事。依俺想，绝不致有什么危险，老太太还是放心宽慰些好，且安心守几天再讲。"

古氏拭泪不语，思忖，且虔诚再求菩萨，再求一签，看是如何。因又跪倒在蒲团之上，拜求灵签。祷告一番，捧起签筒，摇出一根签来看时，可煞古怪，仍旧是第七十七签。这一来，古氏可就格外恸哭失声。即连庵中老尼姑等人也无不惊讶诧异，一齐给她伤心着急。但不能陪着她流泪，只得上前劝慰。

老尼姑道："老太太且休伤心，签上第三句，说要知凶和吉，可去问土一抔。话虽很凶，但或许是反话，因为签象是孔子厄于陈蔡。太太是久读诗书的，当然知道当年孔夫子厄于陈蔡，不过受了些虚惊，并不曾实受祸，这是一个逢凶化吉的证据；第二层，签是中平签，并非下下签，还可不致十分不好。老太太且请回府，安心托人寻访，或是到府上祖坟上去祭扫祭扫，或许在那里得到些消息，亦未可知。"

章古氏被老尼姑劝着，却也只好以此自己安慰自己，且忍着泪，担忧回去。到得家中，不由一惊，原来家中堂前正坐着一个横眉竖目的大汉，在那里守候她回去呢。

古氏定了定神，即问那汉子的来意。却见他指着放在桌上的一封信道："老太太，这是俺们头儿派俺来送给老太太的一封信，请你老人家看了再说吧。"

古氏见说，不知他葫芦里卖的什么药，遂走到桌前，将信拿起。看时，信口已经拆开，遂抽出笺纸来。

正待看，只见何芝芳流泪从房里出来，呜咽着哭声道："婆婆请看这信上的话，可真凶险狠恶呢！这可怎么好啊？俺们家可怜已贫困到极点了，偏偏会有这么不幸的事。婆婆，你老人家快看信，求这位好汉回去告禀他们头儿，行好吧！"

古氏闻言，正如丈二金刚摸不着一些头脑，只得先看信。只见那八行书上东倒西歪地写着几行字，道：

章老太太尊鉴：

敬启者，贫道因愤各地贪官污吏鱼肉小民，特地召集部下，于庙中设立寨栅，专一对付各地贪官污吏，替天行道，为民除害。

兹因人马众多，经济困难，不得已分派头目，往各地设法向各绅富告贷。故于日前将令郎请到小寨，商量借款。已蒙令郎允借银一万两，故特派专人到府通知，请尊府在月内备款来赎。令郎居小庙，现在一切安好，务请放心。过本月尊府不派人来赎请，休怪贫道无情。贫道言出必行，勿谓言之不预也。此请

谭安

泰山东岳庙住持道陆地神仙金步云谨上

古氏看罢，大惊失色，唬得呆立了半天，望着手中的八行书，一声不响。还是何氏在旁请问婆婆怎么样才好呢，才将她唤醒回来。

可怜古氏心惊胆战地浑身发抖，唬得连眼泪都流不下来，哪还能说得出话呢？过了半晌，方才略定了定神，遂转身望着那大汉跪拜下去，哀求那汉子："回去回复金步云，好言帮忙说明俺家实在贫苦，并没有钱财。休说一万，即一百也拿不出来；休说月内就要，就是出月也没有的。只得恳求好汉回去，求金头领将小儿放回，行好吧……"

那汉子不待说完，即由鼻孔里哼了一声，圆睁怪眼，大喝道："什么话？俺们都这么行好，还做什么呢？你们有钱的富贵人家向来都不肯爽爽快快地好好儿将钱拿出来，这本是你们做守财奴的人通病。俺既来了，不能不给你们一个榜样看。"说罢，只见他立起身来，掀起下裳，从衣底下嗖一声掣出一把雪亮钢锋的解腕尖刀来，啪一声向那桌上一插，指着对古氏道："和你们好说，你们是不听的，你们瞧，这桌子是枣木的，非常结实，你们自己想想，如果章

培德的脑袋比这张桌子还结实些，你们就不去赎。否则一万银子，少一丝半厘也不行的。俺走了，你们要接洽，可快些请人到俺们山寨里去接洽吧！"说罢，大踏步径自走了。那把刀兀自插在桌上，明晃晃地耀得人害怕。

古氏被这一惊，可怜唬得晕倒在地，好一会儿，才悠悠醒转，觉得心痛气促，竟成了个欲哭无泪。勉强爬起来，看见那把刀，心惊胆战地不敢逼视。望何氏时，却呆坐在椅子上，一手握着荣生的手，一手拿着方小手帕，那光景，颇像是才哭的。古氏身旁却立着雇用的老妈妈，也惊慌失措地呆立着，大家你望我，我望你，一言不发。古氏呆瞧了一会儿，才忍痛开言，问何氏如何办法。

何氏拭泪回答，说："请婆婆做主。"

古氏叹道："唉！家门不幸，怎么竟这么倒霉得厉害呢……"

何氏不待婆婆再说下去，即劝说道："事已如此，婆婆急亦无益，哭亦不是办法，只有先定定神，想别的方法。"

古氏叹道："话固然这么讲，但是哪有什么好方法呢？如果有什么好方法，还不即去办吗？"

何氏道："婆婆且慢忧急，现在俺想不如将各位亲长请来，大家商量商量，看是如何，再作计较。"

古氏点头，当即命老妈往各家去请各位亲长，一面又从怀中摸出所求的那张签条来，复看详细。仔细想来，签条上的话实有些不对，儿子并不曾死，如何说是荒郊土一抔呢？再一想道，哦，土一抔不是山吗？分明是指儿子在山上呢，吉凶如何须要到山上去问。这么一想，却又觉得菩萨非常灵应。古氏如此左右寻思，简直不得适当的解释，心乱如麻，哪里还有什么确当的好主意呢？

等了一会儿，各亲戚都已先后络绎而来，大家会商办法。大家三语四言议论了一会儿，都说："陆地神仙金步云近来颇曾听得人

66

说，是个极有本领的盗匪首领，手下强盗极多。官厅因他的势大，不能仓促进剿，所以正在设法收抚，尚未定有办法。不知怎么会来接章培德的财神，开口索价一万，便打对折，也得要五千才行。况且又无人可以到山上去和他会面，商量取赎，即报官请缉，亦是没有办法。总而言之，贼不空手，他们既已来了，要想他们就这么轻易放手，是绝对不能办到的。没有钱，哪有别的法儿呢？"

大家议论了半天，都是空话，并无一人肯说句撑腰的硬话。既无人肯告奋勇，大胆前往泰山东岳庙去见金步云求情，又无人肯说愿担任款子若干，结果大家反借着大士灵签做脱身地步，说："菩萨明明叫你们婆媳亲自到山上去求情，所以才有'要知凶吉，须问土一抔'之说，大约即叫在地的亲长冒险去下说辞，是毫无用处的，只有你们婆媳亲自前往山上去哀求，方才可以成功。"

彼此说来说去，都是这几句话，章氏听了，只是低头叹息。一会儿，亲长们各自推说家中有事，陆续先后告别回去。

章古氏念子情切，只得和何氏商量。何氏除去掩面流泪之外，亦毫无半点儿主意。最后才说："不如明儿俺回到娘家去，和俺父亲商议，看他老人家有无别的方法。"

章古氏也只得答应。

次日一早，何氏即乘车回到娘家去。饭后方才回来，对古氏道："俺父亲意思，亦是叫婆婆亲自带着荣生，前往泰山去，或者另外请人去，苦苦哀求，方可成功。"

古氏听罢，想了半天，觉得除此而外，亦没有别的方法，只得当日收拾收拾，将强盗送来的信收在腰间，预先雇好车子。次晨，带着孙儿荣生，动身前往泰山。对那车夫说是朝山进香，以免车夫胆怯，不敢前往。

当日古氏坐在车上，见车夫毫不迟疑推却，更毫无胆怯的神情，不由反而生了疑心。暗忖，车夫赶车行路是惯常的，什么地方安静，什么地方不太平，他们的信息极其灵通，为何对于这盗匪最重要的地方，反而不疑惧呢，这不是件怪事吗？这一疑，遂忍不住问道："此去泰山，路上可安靖吗？听说那里现在不大好，不知可有这么件事吗？"

车夫边推车走着，边笑回道："老太太，你老尽请放心，省城往东岳庙去朝山进香的人，每月不知要有多少呢。这条路上，极其太平，俺在前两天，还推送一位柳太太和她家少奶奶到山上去进香呢，不但不曾看见有什么歹人，并且也不曾听得有什么强盗。你老请放心吧，俺们是常走这条路的，如有什么不太平，还敢去吗？"

古氏闻言，心中格外疑惑，明明强人送信，叫到山上去接洽，明明家亲长都说金步云是个占山落草的大强盗，为何车夫反说得怎般平安无事呢？想到此，遂又紧接着问道："听说庙中的住持老道名唤金步云，绰号唤作陆地神仙，不知可是真的吗？"

车夫道："不错，那住持老道的确是叫作陆地神仙这个外号，皆因人家见他的道法高明，能用神符给人家治一切疑难杂症，所以才送他这个外号。你老问他做什么呢？莫非要请他给什么人治病吗？"

章古氏听罢，格外疑心，口中却随口回答，说："不是求他画符治病，不过是因为听人传说有这么个人，所以才信口问问。"

古氏口中说着话，心中却转着念头地思忖，照他的话说来，金步云是个好人，怎么大家都说他是强盗呢？而且大家说得非常厉害，官厅不敢捉拿，想设法招安，这不是本地谣言，绝对使人不解吗？因又问道："俺听人说，金步云除去给人治病之外，专一地喜与绿林中人来往，名誉颇不大好，知道这话可是真的吗？"

车夫笑道："老太太，你老这话是听谁说的？真真奇谈，平白地诬良为盗，可不是罪过吗？金步云是个再好没有的道士，平时最爱行好，远近地方，都闻他好善之名，差不多连一个蚂蚁也不肯踏死的，岂肯和强盗来往呢？"

古氏听罢更疑，也不再问，只得随口回说自己亦是听人说，"原不肯信，所以才问你。如果相信，还问你做什么呢？"古氏说过这两句，即改口问他别的闲话。

谈谈说说，路上却也不觉得寂寞。从济南到泰山，路途却亦很远，在路行程，非止一日。那日来到泰山脚下，车夫指引着先到镇集上住了店，停了车子，即由车夫给古氏在镇上请了香烛，引导至山脚下，另雇了山轿，引导古氏上山进香。

章古氏怀抱荣生，坐在轿内，由两名轿夫径抬到半山里东岳庙山门外面停下。车夫接抱了荣生，轿夫同在门外等候。古氏由车夫引着，径入庙门，到大殿上去点烛焚香。

章古氏祖母、孙儿先后叩拜已毕，丢过香钱，庙祝献茶上来，让太太请坐。章古氏哪有心绪坐呢？即问庙祝，住持金道士在不在庙内？

庙祝回说："当家师正在后面静室里给人治病，老太太莫非也要请符吗？"

古氏信口回说："正是，请问可有什么手续？"

庙祝道："俺们这里不比得别处，请一道符，要花费多少银钱。俺们庙中的住持，发愿普济十方，绝对不收人家的分文布施。倘有施主布施，一律收下来作为庙产，或是移充善举。老太太如不曾带得钱钞，一般也可请符，并不妨事的。"

古氏道："俺并不定是请符治病，实因有事要见金住持，相烦引见。"

庙祝听罢，即问何事。

古氏回说："事情紧急，且又重要，非面见金道人，不能向别人说的。"

庙祝见她说得紧要，不敢怠慢，随即亲自引导，直引导章古氏祖孙二人同到后面静室里去。由庙祝先进内回禀，然后出来招呼他祖孙二人进内。

古氏手携孙儿，走进内面，只见静室内当中供设着一位菩萨，用大红布幔遮着。供案上排列着鲜花鲜果，点着蜡烛，两旁悬挂字画，陈设极其精雅。茶几、椅子，以及脚下地板，都收拾得洁净无尘，这是当中的一间。左首屋内是精雅的客座，在外面可以看得见里面铺陈得比中间还要考究；右首里一间房间是住持的寝室，房门虚掩着。古氏跟庙祝从当中屋内走到左首客座内。

其时求符的信男善女，有的在当中一间屋内焚香礼拜，有的坐在椅上等候，有的在客座内和一位六十来岁的老道士谈心，有的在客座内坐着或立着。见古氏祖孙二人跟庙祝进来，遂停止谈话，并同时大家的目光一齐注射到他祖孙二人身上来。

古氏来到里面，庙祝即指着老道士引见道："这位即是小庙的住持。"

古氏听了谢过，即紧走两步，走到道人面前，敛衽跪拜下去，未曾开言，早已泪如雨下，呜咽着哀求："道长看在俺祖孙一老一小面上，将俺儿子放回，感恩不浅。"说罢，忍不住号啕大哭起来。

金道士慌忙起身还礼，口称："老太太请起，有话好说，何苦行此重礼？令郎是谁，怎么没头没脑地要贫道将令郎放回？真正令贫道莫名其妙。"

古氏闻言，起身从衣袋内摸出那封信来，递给道士手中道："道长请看此信，便知缘由。可怜俺一家现在仅赖小儿一人维持，刚才中举，预备进京应试，不料却被道长派手下头目，将小儿掳劫了来，要舍间备银一万来赎。试想，俺一家寒贫，穷念书的人家，哪有银

70

钱可以赎人？头顶的屋瓦、脚踏的地皮，都是租的人家的，哪有万两纹银？"

道士闻言，不由惊异道："咦！老太太，且慢作急，容贫道先看信，然后请你老人家将情形详细见告。你老请先坐下来。"边说边将信纸抽出，从头至尾地阅读一番。看到末尾署名，不由诧奇称怪大怒道："这是什么话？真是天外飞来的奇事！老太太且休悲哀，请将细情示知，究竟是怎么回事，尊府居住何处，令郎何讳名，老太太是何门氏，此信从何而来，务请从头细说。尊府平时有无仇人，请老太太想想看。"

章古氏坐下身来，将姓氏及培德的名字、功名说了，又将儿子忽然不见后，寻访无踪，求签回家，遇见送信等事始末说知。

道人及大众闻言，一齐惊奇。

毕竟如何，请待下回交代。

第八回

不幸重重人亡财又失
消息沉沉音杳耗亦无

话说古氏带哭带说地将始末情形说将出来后，道士及大众无不惊诧称奇。大众都目视老道，看他怎样说法。

只见道士勃然变色，对古氏道："章太太，你老所说的话，可都是真情吗？如有虚言，该当怎样？你敢跪在菩萨面前发誓吗？"

古氏拭泪应道："老身如有半字虚言，定受雷殛火焚之报。"

道士细看古氏的形容，面带忧色，极其可怜，两眼红肿得像胡桃般大，分明是多哭之故。这情形千真万真，即不发誓，亦应深信不疑，何况又发重誓呢？当然不是虚假的了。因又追问古氏府上有无仇人。

古氏回说没有。

金道人道："老太太，你老痛子心切，原也怪不得你。只可恨尊府的亲戚太无道理，何以都异口同音地说贫道是盗魁，还说贫道将受招抚呢？你老请看贫道这副形容，亦是当强盗的人吗？在此求符的各位施主，以及在大殿上进香的众信善，老太太都可当面询问，究竟贫道为人如何。老太太在山下，以及泰安府本城，或是省城各地方，都可以打听，究竟贫道怎生一个人物。贫道出家已久，久已

72

与人无侮、与世无争，怎么会又到这里来占山落草呢？这真是海外奇谈了。府上既没有仇人，令郎怎么会被人掳去呢？况且劫财神的绑票匪，向来是择肥而食的，如与府上无仇，岂有不详细打听府上有无财产的道理？这个便是很显明的凭证。贫道出家人本不欲多事，但因这班狗强盗狡计太毒，无端地要将贫道诬陷在内，这分明不是与府上为难，即是暗与贫道作对。贫道既被诬陷，却不能不问了。老太太远来不易，且请歇息待茶，可在小庙用斋，然后再下山回府。依贫道之见，你老回去，可将情形报官，请官厅缉捕。一面贫道亲到历城县衙门自首，方才可以使贫道免被无辜诬害。贫道到省城后，定必给你老设法侦察，托人代你老访寻令郎的下落。贫道平日疾恶如仇，见义勇为，断不会将此事置之不理不问。你老请尽管放心，此时且慢忧急，这是第一要紧的事。"

金步云说罢，各求符的男女都说："老太太，并非俺们帮着道人说话，实情他老人家是位专行好的好人，从无一点儿恶劣的名望，俺们都可以担保的。"

内中有两个女人，一个是济南府知府的如夫人，一位是山东巡抚大人的太夫人，更有二位中年男子，一个是济南城内有名的富绅周百万，一位是省城将军衙门里当差使的贾智远。这四人都是从济南省城来拜求灵符的。别人古氏不认识，周百万却是和古氏见过的，当章植斋在日，周百万曾亲送他的孙男到书房内拜先生读书，并常到章宅来请先生用酒饭，四时八节，都亲自送礼到章宅来孝敬先生。及至章植斋死了，周百万曾亲来吊丧，且特将全年修金送足了三年，作为丧仪。章培德因他是当着丧礼送的，照礼不能璧谢的，所以只得拜受。不过自此后，周百万即不曾到过章宅来，但他的孙男却有时仍到章宅来看望师母请安，访问师兄，请教些诗书，所以彼此虽疏，而却不十分疏。

这时不过因彼此多年不见，周百万坐在客座里，古氏进来时心中有事，哪有心绪看有无熟人？况也万想不到。周百万却因古氏近来老境不顺，形容憔悴，比前大不相同，一时哪能即认得出？也是做梦想不到古氏会到这里来，所以两人在先都未曾看见。后来章古氏说出情形后，周百万听得，方才认出她是章师娘，于是即在金道人分辩时上前和古氏厮见，接口给金步云证明。

周百万是省城著名的首富，极有身份的人，当然不会帮着强盗说话的。又见周百万指着贾智远和巡抚的太夫人、知府的如夫人，引见道："这三位都是从省城来的，一位是现任本省巡抚大人的太君，一位是现任本省首府的太太，这位贾老爷是将军衙门里的重要官员。如果这里是不好的地方，大家怎么会来呢？况且你老请想，第一件可以证明的，就是这里如果是做那接财神的买卖，为何不将俺劫到这里来，反而去劫令郎——本科新中的举人老爷呢？这不更是个硬证吗？"

古氏听罢，暗忖，不错，富翁不劫，反而劫俺们穷人，这话真足证明，因说："各位的话固然有理，但是强盗既写了金道长的名字，纵不与小儿有仇，定必与道长有什么过节，否则张三李四的姓名随便可写，为何独独写上金道长的名字呢？依俺想起来，道长必然与强盗结过什么仇怨，各位以为如何？"

大家都说不错，一齐要求金步云仔细想想看有无仇家。

金步云想了想道："贫道是出家人，哪有什么仇怨可言？不过人生在世，往往容易于无意间得罪人，所以贫道是否有仇家，即贫道自己也有些不大明白。只有待调查以后，才能知晓。各位须知，依贫道想来，这班强盗定非为了章府富有才接他家的财神，因为明明知道章府是经济很紧的人家，拿不出多少钱来，却又故意使出绑架的手段来，即可料定，他们是为的仇怨。但既为报仇，就不必再差人送信了。在这层上想来，一则用借刀杀人之计，将架人勒赎的罪名向贫道身上一套，好脱卸他们自己的干系；二则定系他们借送信为由，另外还有别的举动。现在事已如此，章太太还是即日回去，拿着信去报案请缉。一面由贫道下山，到官自首，帮同访缉，能将财神寻着救回，那固然很好，万一已生意外，贫道定必帮着官厅破案，给章太太报仇雪恨。"

章古氏是位慈祥温婉的淑妇人，读书明理，见道人慈眉善目，并无凶恶之形，又说情愿到官自首，明知道人是被诬陷，哪还能再说什么不入情理的话呢？只得含悲忍泪地答应，收了信，领着荣生，哭哭啼啼地告别出去。与车夫会见了，出庙乘轿，将荣生请车夫抱了，一路下山。到山脚下，下轿给钱，跟车夫回转镇上客店里。住了一夜，次早结账动身，仍由原车推送回转省城。一路无有耽搁。

那日古氏祖孙二人车抵家门，不由大惊。原来两扇大门紧闭，铁环上用一把大铁锁锁着，分明里面已空无一人，成了个得其门而不能入，怎得不惊呢？

古氏当即下车，给过车力酒钱，先到左邻汪家歇息，将衣包等寄放，并请问消息。

汪家的老太太平日原是和古氏极要好的，当时见了古氏，不待她问，即已告诉她道："章太太，自从你去泰山进香，你那贤媳即与老妈大闹，随即唤了荐头媒婆来，将老妈辞了活儿，这是你走的第一日之事。次日，令媳即雇了三辆车子，收拾了衣服物件，共载满了两车，将大门用锁锁了。俺们虽然看见，都是外人，哪好过问呢？所以只得由她走了。不过当时俺曾派小孙暗暗跟随，看令媳是否回到娘家去。小孙回来报告，说令媳是往城外去的，在城外街头上即有预先雇好的两辆骡车在那里等候，一见令媳到来，即刻迎着换了车。原雇的三辆车子即放了空车回来，骡车向乡间大道上疾驰而去，小孙哪还能跟得上？因即回来报告了。章太太，照这样情形看来，令媳不回娘家，定系往他乡远地去了。你老人家可赶速唤个铜匠来，把锁开了，进去查查，看东西少了多少。"

古氏听罢，惊气恨急一时都到心头，反而哭不出泪来，半晌才叹了口气，央求汪家用的老妈，到铜匠铺里去唤个铜匠来，将锁开了。

古氏邀了汪太太，领孙进内，见堂前东西，如花瓶、字画，以及供奉的五路财神，和书房挂的古画、屏条及孔子像，一齐都不见了。两边屋内房门都大开着，先进媳妇房内看时，所有皮箱一齐不见了，橱门也大开着，橱内空空如也，即床上被褥帐子都不见了。再回到自己房内看时，亦是如此。这一惊惊得呆了，怔了半天，净流泪叹气，可怜一句话都说不出来。良久才说："汪太太，你看俺那贤德媳妇，多么狠毒的心肠，她将自己的东西拿了去不算，还连俺的东西，以及书画古玩等等一齐都卷了去……"

说到此，要再往下说时，已是呜咽着不能出声。再到那面屋内去看，两边房内，除笨重的东西之外，都一齐不翼而飞。

原来章家所住的房子，乃是对合两进，一面七架梁，一面五架梁，五架梁的一进，当章植斋生前即是教馆的书房，七架梁的一进，即系住宅，婆媳俩是对房门。在住宅后面，即系灶屋、柴房、下房。古氏在前后两进房屋看过，又到灶屋内去看，不由一惊。原来在灶屋的墙上，被窃贼掘了一个大洞，连灶上的大锅、汤罐、锅盖都被偷去了。一旁小门亦虚掩着。

汪太太看见，即说："怪不呢，俺说你媳妇只装了两车东西去，带不了这么许多，却原来是被贼人来偷了去的，这真是祸不单行了。"

古氏也不开言，从小门出去一看，只见后面院门仍旧关着，那些锅罐等，以及许多笨重不甚值钱的东西都丢在草地上。

在院墙边靠着一个短梯，汪太太在后看见，即说："章太太，照此情形看来，大约来的窃贼不止一人，是从墙外爬进来的，开门放进同伴，又掘洞进去，开小门将一切东西从门里偷了出去，仍将院墙门关好，从梯上爬上墙头，再跳出去的。这大约是近贼，知道你家中无人，所以才这么大胆，否则总不敢这样偷得精光的。"

古氏一阵心酸，哇的一声，哭晕了过去，倒在地上不省人事。好在这时左右邻居听说古氏祖孙二人回来，先后赶来问讯探望。一见情形，大家为她伤感，帮忙呼唤、捶背、掐人中，将古氏唤醒过来。

古氏这时心痛泪淋，哪还有说话的本领呢？众邻居看她祖孙二人实在可怜，大家七手八脚地帮着将古氏扶到前面去歇息，一面将丢在地下的东西给她搬到灶屋及前面去。又有人忙着安好锅罐，代他祖孙二人烧了茶水。汪太太回去命老妈先送了些柴米等件来，一面又亲自过来，同众邻劝慰古氏，都说，只当作是被天火烧去，劝她保重身体，总看在还有个孙子分儿上，或许儿子还能回来。

古氏被大众劝着，无可奈何之时，也只好以此自解。汪太太同众邻居都怕她一人领着小孙子在家或寻短见，再生意外，于是大家商量，由汪太太将他祖孙二人请到家中去与自己同住。更有人因此不平，劝章太太去告状。

古氏因恨媳妇卷逃，更想着家中被偷，因失窃、卷逃两件事想到沈三友，因沈三友又想起这狗才平时专与一班青皮流氓不三不四的人交结，也许儿子被人掳去和偷盗等事，都是这狗才所为。因这一想，仔细猜测推敲起来，颇有几分相像。更想着亲翁何玉瑚，虽然彼此断了交，但女婿不见后，亦不应该一回都不来探望，因这么一想，心中恨极了，当即领了孙儿，一口气跑到历城县衙门去击鼓喊冤，带哭带诉地告了一状，将前后情形，从何氏在娘家与沈三友通奸起，直到现在为止，原原本本完全告诉出来，要求知县立刻出差捉拿何玉瑚、沈三友，及逃媳何芝芳、道士金步云等人，一齐到案严究。知县准了状，命古氏将强盗送来的信呈案，并命她出外补状，即刻分命捕快，拘提何玉瑚、沈三友等一干人犯。

古氏叩谢退出，即领着荣生回到汪家，连夜亲自起稿，写了状子，第二天清早，即递进县衙。知县因这起案子情节非常复杂，被绑架的是位新举人，是盗案，又兼着卷逃失窃和奸情在内，案情非常重大，知道非常棘手，即用好言安慰古氏，命她回去听传。一面查问捕拿何玉瑚、沈三友的差人，二人可否拿到。

差人跪回："何玉瑚在家害病，病势极重，所以不曾将他捉来，仅将他的老婆带来了，候大人审问。沈三友在月前即已不见，他家中并无父母兄弟，房屋亦是租的人家的，早已退了租。据他的邻舍房东说，所有他家平时动用的东西，在月前即已拍卖了。他家先前雇用的人，亦老早辞了活儿，所以现在沈三友人在何处，无人知道。下役们访拿不着，只得回见大人回话。"

知县遂命将何玉瑚的老婆传到堂上审问，问她的女儿下落，以及在前沈三友和她女儿通奸的情形。

何玉瑚的老婆不慌不忙地回答道："青天大人明见万里，民妇不敢扯谎，民妇的女儿和姨侄沈三友通奸一事，乃系在他婆家发生的，并不是在民妇家内有的事。常言：'嫁出门的女，泼出盆的水。'该杀该剐，任凭她婆家办，这不与民妇及丈夫相关。在前几时，民妇的丈夫曾和女婿及亲母当面交代明白，至于女儿现在是否卷逃，或是被她婆婆、丈夫虐待，不得已而行，或系生死不明，这一层，民妇因丈夫本有言在先，以后不论女儿出亡，任凭章家做主，绝不过问，所以现在亦不欲追究，但求大人明断。大人请想，民妇的丈夫现在身染重病，不能起床，已断绝父女关系的女儿，哪能知道她的下落呢？"

知县闻言，将镇木一拍，喝骂一声："刁妇，好张利口，真不愧是讼师的内眷！"吩咐差役："将她带下去具结交保，回家听传。如本县查出你夫妻教唆，或纵女与沈三友通奸情事时，定必重办。"

一面对古氏劝慰几句，命她回去，好生看待孙儿，俟本县派人拿到沈三友、何芝芳，及劫人的强盗、偷窃的毛贼，再当传审。

古氏领示，正欲退下，恰巧金步云道士已走上堂来，叩见知县，自行投到，请求大人昭雪。知县将他一看，见他白发白须，慈眉善目，绝无凶恶之相。问了几句，遂吩咐他具结，出外访查。

古氏见道人果然到案自首，心中格外相信他是被人诬陷的，遂一同走到衙外，问他可曾得有消息。

金步云道："老太太，贫道才由小庙赶到此地，哪能即得消息呢？如有消息，方才不当官报告吗？你老且请回去，好歹在三天之内，贫道定到府上来报信，再见。"说罢，大踏步走了。

古氏回到汪家，因想住在人家，打搅不安，遂向汪太太借了些体己的钱和被褥等物，仍回自己家内居住。随到房东家内去通知，请即唤瓦匠来砌好壁洞。又到媒行里雇了个老妈，可巧那被辞活儿的老妈现在还闲着，不曾受人家的雇。皆因她心中不忿，意欲等老主母回来，再到章家来做活儿，所以不愿受别的雇，这时遂仍由荐头将她送到章家来。至于章家先前所差遣的男仆，原来是他家家门口左近的穷汉，专以帮闲打杂为活儿的，并非专受一家雇用的人（趁此交代一笔，以免读者认为漏洞，一笑）。

那老妈复到章家后，当然将何氏的秘密是她已知的，无不和盘托出。大凡社会上普通的人，都有一种"说话轻过话重"，和"恶之欲其死，爱之欲其生"，及"好便好上天，歹即歹入地"的劣习惯。那老妈这时因深恨何氏辞她的活儿，所以才将何氏的秘密说出来泄愤，因此不免又加油添酱地将何氏与沈三友暗中去来的情形格外说得有声有色。古氏听了，越发气愤。本来古氏处于现在窘困之时，不要雇用老妈，只因两进房屋，只有自己同着个孩子，在家既觉孤凄，出外无人看门，所以不得不用个人做做伴儿。

过了几天，官厅访缉的消息没有，连那到案自首的金道士也不曾来，竟如大海捞针，没有影踪。古氏好不心焦，看看家中借得来的钱和米又都将完了，每日在家哭泣，毫无益处。初时左右人家听得，还过来劝劝，日子一多，人家听惯了，也不再来过问。

古氏在家啼哭，苦气简直无可再泄。那日领了荣生，到县衙去问过信息之后，一腔悲怨便走到香烛铺内请香烛纸锭，领荣生走到野外祖坟上去祭坟扫墓。将纸锭化过，伏地号啕痛哭，哭到心伤之处，竟致晕厥过去。荣生是个孩子，见祖母哭死在地，不由也骇得大号起来。

一会儿，古氏悠悠醒转，坐在坟前泣诉。正在她哭诉呜咽不能成声之时，恰好法自求同着秦二游、柯荣卿三人走将到来，询问老太太啼哭何因。古氏将既往情形，从头至尾地约略说知。三人齐为她伤感，不由打动了侠义心肠、英雄肝胆，大家同情立愿要给她理问这件事。谁知因这一理问，无意中又和武当派剑客结下怨恨。

究竟如何，请待下回续写。

第九回

遇高人奇士成剑侠
移疾病乞丐起沉疴

　　话说法自求同着飞天豹秦二游、巴山子柯荣卿，在郊外散步，忽闻哀哭，走去询问。章古氏将儿子失踪、媳妇卷逃前后情形一说，不由打动了三位英雄的侠义心肠，齐欲多管这件闲事，然后再离济南。

　　看官们，你道三位因何都立愿要多问这件不平之事呢？

　　原来法自求在学艺之时，即曾听得慈云大师说过，当代剑客中有一位高人，乃是个道士，现在改名唤作金步云，外号人称陆地神仙。本领极好，为人亦极正大光明，在齐鲁一带地方，人只知他的神符灵验，无论什么怪病，只要经他医治，立即痊愈，所以才有此外号。他的籍贯本是湖南平江，但他修炼行道的地方却在泰山东岳庙，因在山东日久，说话口音完全采山东土白。他的本领亦系少林宗派，不过人家只知他是有道法的道士，却不知他是个剑客。因何他不在湖南本籍，却反到千里之外山东地方来行道呢？其中有个缘故。皆因他在湖南省内，专爱打不平，曾用飞剑诛杀过许多歹人，结怨甚多，所以他才改名隐迹到山东去做道士。原本他在平江时，名唤金伯先，是个公子哥儿的出身。因立愿济世，特地到辰州去求得辰州符回来，用灵符治人疾病。有一次，被一个穷人恳求到湘潭去医病，病医好了，回家时，半路上遇见一位异人，传授了他剑术和少林宗派的武艺。他本领学成后，即在本省急人之急、忧人之忧，打不平、诛奸宄，一年中不知被他杀了多少歹人，以致恶人结合成一种秘密团体，立誓欲报他的仇怨，并要求他立刻离去湘省，否则情愿大家一死，和他拼命。

那团体中的首领是凤凰厅人，名唤王大亨。这王大亨的结党极众，总机关即设在长沙省城对面岳麓山，羽党的大队即驻在衡山。王大亨本人自幼即练就一身软硬功夫，身长力大，远近知名，湖南省内，无人不知有大力士王大亨，全省的绿林差不多都拜过他的门，受他的指挥。

金伯先在家乡地方，既专与歹人作对，杀人甚多，当然王大亨的手下，被金伯先诛却的居其多数了。

王大亨知道金伯先是会剑术的大英雄，自己的本领虽好，他却自知甚明，恐怕不是金伯先的对手，因此遂请出一位武当派的剑客来，和金伯先为敌。那位剑客，名唤陆舜卿，亦是湖南人，家住凤凰厅城内，和王大亨是同乡。两人的先辈，当初原都是做竹木生意的，彼此同行，即系很知己的朋友。恰巧两家住在一条巷内，望衡对宇，所以两家又是近邻，更由同行同里的关系感情格外深厚，遂成为通家之好。

王大亨、陆舜卿二人，自幼即是总角交，光着头一齐长大，同从一个先生开蒙上学，在一起读书。后来长成了，二人即结拜为异姓兄弟，王大亨为兄，陆舜卿为弟，各承先人余绪，仍做竹木行生意。后来王大亨因力气大、武艺好，被一班歹人引诱，忽然放弃了竹木行买卖，改做了没本钱营业，将家事以及生意完全交付他兄弟二亨管理，自己却跟着一班歹人，到外方去打家劫舍。劫得钱来，大家均分，狂嫖滥赌，鲜食美衣。

王大亨做顺了手，又从未被破过案，胆子越做越大，案子越做越巨，嫖赌吃着也越过越阔。不知不觉地即习为惯常，成为盗魁。

那陆舜卿却因有一次到湖北襄阳樊城一带去收账，在荆州忽然路遇一位武当派的剑客，收他做了徒弟，传授给他很高深的剑术武艺。他回到家乡，仍旧做着竹木生意。

有一次，同着王二亨一起出门到沅江去收账，在路上，无意间露了白，被一大批强盗尾追着要来行劫。王二亨惊慌失措，陆舜卿却处之泰然、安之若素。等到那班强盗来动手时，陆舜卿方才施展出他的飞剑来，杀了那为首的强盗，吓退了一群匪徒。因此王二亨才知陆舜卿是精娴技击和精通剑术的好汉，于王大亨回家时，无意中对大亨说了。

王大亨其时正想找一个帮手，能和金伯先对敌的人，正苦于没聘请处，得知陆舜卿是位剑客，不由喜得他手舞足蹈，即刻到陆舜卿家中去，用苦肉计，恳求陆舜卿帮忙。并造下瞒天大谎，说："陆舜卿在沅江所杀的匪党，乃是金伯先的门下。金伯先知道你和我是拜兄弟，只道你杀他的人是我的指使，所以特意专门与我的手下人作对。他并非欲和我为难，实际上是要激引你出来，他才好找你报仇。"

陆舜卿不知他如兄的话是欺骗他的訾言，竟信以为真，允许王大亨，帮他与金伯先作对。因此王大亨才有这个勇气，派人到金伯先那里去送信，要求他离去湘省，否则定必和他决一死战。

金伯先岂是省油灯、怕刀游劫的人呢？当将来信扯碎，喝骂逐退了来人，约期亲到衡山与王大亨决战。

王大亨得到回报，立即飞令手下到凤凰厅城内，将拜弟陆舜卿请了来。

陆舜卿到衡山未久，金伯先已如期而至。彼此在山上各显神通，力斗了两日。金伯先个人与陆舜卿对敌，原是棋逢对手，只因王大亨见陆舜卿仍不能胜，遂率领手下头目一拥齐上。金伯先既要上面顾剑，又要应付大众，不免分了神，因为分了神，遂致敌不过陆舜卿。自知将要失败，不如乘早走为上策。因即寻个破绽，跳出圈外，收了飞剑，飞步跑下山去。

　　陆舜卿因已获胜，遂将剑收回，也不追赶。

　　金伯先回到平江，因防王大亨的同党人多，大家心不死，不时地来寻是生非。自己个人原不怕他们，只恐惊及家中老幼，殊觉不妥，因此遂将家搬到湖北黄州城内去居住。因为其时他的兄弟叔达在黄州城做着现任知府，搬家到兄弟任上去，似乎比较妥当些。

　　家搬到黄州后，金伯先在外面闻人传言，王大亨的羽党，心果然不死，仍要寻他修怨，立誓除非金某以后不再回湖南境内，否则绝不甘休。

　　金伯先听得消息，不由大怒，意欲再往湖南各府、州、县、厅去，行侠作义，索性诛尽杀绝王大亨的匪党。那日正要收拾动身，恰巧他的老师路过黄县，和他在街道中相遇。金伯先将恩师请到家中款待，他的老师问他因何面有杀气。金伯先不敢扯慌，遂将经过情形禀知老师。老师劝他不必，不如随本师往各省去走走，免得多结冤仇。金伯先迫于师命，不敢不遵，于是对兄弟叔达说知，次日即跟随他师父从黄州，由长江顺流东下。到安徽芜湖地界，他师父说自己要到皖南各地去有事，命他到北几省去游历，自有高人可遇。

　　金伯先与师别后，遂遵命从皖北一带往北道上来。在皖北怀远县境内，遇见一位老道，相貌清奇古怪，言谈出色惊人，一见金伯先，即说与他有缘，用一番说辞，立刻将他点悟了，劝他至泰山东岳庙去出家做道士，以免尘累。

金伯先因想，生平杀人甚多，出家忏悔，且可使王大亨等一班羽党无从知晓，的确可以免去不少麻烦。因此于路过泰山时，即请那道士接引，在泰山东岳庙内出了家。

东岳庙的老道士原和金伯先在路上遇见那个老道是师兄弟，当日收金伯先为徒，将道家规范等一切传授后，即传集本庙全体道士，宣布法旨，说："金伯先是有来历的人，你们都及不了他，所以现在本师收他为徒，特地召集大众，当面宣布，即日命他做本庙的住持。本师却要同着师弟往川、广、云、贵各省的名山去采药，你们以后需要服从他的法旨，不可违误。"

众道士闻言，心中虽都不服，但又不敢反对，只得勉强答应。

老道士当众将庙中各事交代过金伯先后，即背上葫芦，同着他师弟出庙下山。

金伯先自做了住持后，即改名步云，托人带封信到黄州去通知兄弟叔达，所有庙中一切各事，都萧规曹随地一仍旧贯，绝少改章。一天，因见庙门外一个烂腿乞丐，形状实在可怜，动了不忍之心，因用手指在他腿上溃烂之处画了一道符，给他将病移到一株大树枯枝上去。说也奇怪，金步云口中不住地念咒，那乞丐的烂腿便逐渐流水消肿，缩小止痛，同时枯树枝上却肿大溃烂起来。顷刻间，乞丐的腿已痊好复原，树枝却烂得断折下来。

东岳庙进香的信徒本多，在庙内外赏玩随喜的亦众，这时见了，无不伫足而观。人愈聚愈多，都来看金道人的符法。及见乞丐腿好，树枝断折，不由齐声欢呼，赞叹道士神符高妙。乞丐跪伏在道人面前，叩头谢道人治病之恩，颂扬道人法力无边。金道士将他扯起，谦逊了几句，即便回身进去。这一来，风声传到远近各处，遂引起各处患疑难杂症的人来，纷纷赶到东岳庙，拜求灵符。

金步云当日到辰州求符之时，立愿本为普济世人。此刻当然不能改变宗旨，所以来者不拒，无论何人来求符治病，从无不给他画符诊治的道理。但凡给他治过的病，无不当面见效，永不复发。时日既久，治愈疾病愈多，"陆地神仙"四字的外号，遂不由而然地从众人口中脱口而出，轰传到远近各处。

当法自求在学剑术武艺之时，即已听他老师慈云和尚说过，知道泰山东岳庙有这么一位异人。法自求此番出外访友，因在山东境内不曾听得山东省内的英雄侠义说起，所以于不知不觉间将"金步云"三字忘了。此时听章古氏说起，忽然打动了他要拜访金步云的心，兼打动他要多管这件不平的意念，一则给章古氏济困扶危，二则要看金步云对于此事究竟是怎样解决。

那秦二游、柯荣卿二位，在张家口永兴镖行里走镖，各路著名的英雄豪杰，他俩多半知名，他俩在北道上的人物差不多都曾会过面，南方的英雄，凡是到北道上来过的，他们亦是会过的居多，即未曾会过，亦是闻名的多。因为他们吃的是镖局饭，不得不和各路有本事的人结交，更不得不多方打听，某处有无有本事的好汉，谨慎牢记着，深恐在路上偶然遇见失之交臂。所以他俩当时听见章古氏说出经过情形后，因为欲见金步云的本领，和乘便结识他这么一位高人，故此亦都愿意帮古氏访寻儿子、媳妇的下落，并帮着官厅破这件案子。

三人齐劝古氏不要伤悲，可回去静等消息。三人边说边各在身边摸出些银子来，凑在一起，约莫也有五六十两银子，交给章古氏道："老太太，你老将这几十两银子带回去，暂先度日，等候令郎回来。俺们想，金步云既被扳牵在内，他曾说三日定有消息，现在日期虽已过去，料想他不久定必有信息送到府上，那是可以一定的。金步云是位有本领的人，不比得平常的道士，他现在既已出来管这件事，这件事料想不久定必要破的。你老请放心回去，耐性静守几天。我们虽不及金道士那么有本领，但是每见有不平之事，心总放它不下。现在我们也愿意多问这件事，帮着破案。"

古氏见三人忽然解囊相助，并肯帮着破案，真正出乎意外，不由感激涕零，即跪在坟前地上叩谢三位，请问三位的姓名。

三人将姓名说知，并说："老太太，俺们送你回府，认识地方，随后得到信息，才可以送到府上来，免得随后又要请问人。"

章古氏这时正在窘急万分，无可告贷，得三位资助，即也就不客气，只申谢权且收了。当即拭泪起身，携了荣生的手，慢慢地在前行走。

三人在后缓步跟随，边走边议论这件事。

柯荣卿道："此事别人打听起来不很容易，俺们各去打听，却很容易。沈三友是本地有名的坏蛋，他的羽党很多，在本地黑白两道、青红两帮颇有势力，凡是江湖中人，到此如不拜访他，凭你有多大本领，本地总难立足。这本是强龙不压地头蛇，到处皆然，因不仅本地一处如此。他既和何氏有那么一段风流丑史，当然这回章培德的失踪，以及何氏的卷逃、章家的失窃，都是他从中指使的。俺们是路过本地的人，与本地衙门办差事的人本无来往，和章家更无交情。本地的青皮混混，他们都很能明了，俺们只要推托说法大爷初到贵地，要见见沈大爷，彼此结交结交，绝对不提起这件事。他们如引俺们去见沈三友，这件事可不是即不费吹灰之力，已能将首犯捉住吗？如其这么样办，还不能得到要领，可以即用访道的方法，本来法爷是背着黄包袱访友的，这原不算得另起炉灶，访得着沈三友固好，访不着时，俺们可以随机应变，或明或暗，或竟拉破了脸，只消将沈三友手下亲信的人捉住一个，用威吓手段盘问，自然可以得到沈三友的下落。只要得着沈三友，便能迎刃而解。"

秦二游道："柯老兄弟的话不错，俺们如访寻沈三友，极其容易，不比别人烦难。"

法自求笑道："二位说得太容易了，公门中人，谁不是和地方上混混有连带关系的？大家都站在圈子里，脚碰脚的朋友。沈三友犯的奸拐盗劫重案，知县既已饬查，他们岂肯不向沈三友方面的人打听？何至等到如今，还没有消息呢？"

秦二游也笑道："法爷的话，真是知其一而不知其二。知县准了状子，照这位老太太方才所说的话推详上去，知县官必已得到好处，这是显而易见的。如果知县严追，捕快岂有不受比限的道理？又岂有只审过一堂，第二次至今还未审过呢？何玉瑚说有病不能到案，这分明是假话，哪有重病害得这么巧的事？即沈三友搬不搬，亦是件疑问。他在本地码头上有极大的势力，岂有轻易放弃的理？他如真去了，何至还要用那封信将金步云诬陷呢？他们岂有不知金步云的来历和本事的道理？既然知道，忽然要捋虎须，这分明背后又有人撑了腰。"

三人说着话，跟章古氏祖孙二人缓步走着，一会儿，已到了街头。三人怕被人听见，传到沈三友羽党的耳内成为打草惊蛇，因此改谈本地的风光、古迹、名胜，以及新闻、笑话，丝毫不觉寂寞。

不多时，进了城，转弯抹角，穿街过巷，来到一条巷内，径到一家门口。古氏立住脚，说："到了，劳三位驾，请到里面待茶歇息。"边说边推门进去。

三人答应，跟随入内，却见一个老妈，跑来问是谁。推门见了古氏，便说："太太回来了，金道长在里面正等得心焦呢！"

荣生到了自己家中，便挣下祖母携着的手，径自到房内去玩。

古氏听说道人来了，不禁大喜。三人听说金步云在此，正是不期而遇，再巧也没有，因此也各大喜，跟着一同走到后面堂屋里，果见一位六十多岁的老道士起身相迎。

古氏见了，即说："道长辛苦，请坐！"一面又让三位请坐，并给两下引见了。

金步云当三人进来时即已看见，早见法自求的目光灼灼，心中吃惊。再看秦、柯二位的形容腰腿，亦知是两位会家，心中格外奇诧，怎么章古氏会认识这么三位英雄？当时彼此见面，互道钦仰此会之时，金步云留神三位的气概，完全一派正气，料定三人不是歹人，遂放了心。

坐下后，老妈捧茶献上。古氏坐在下首，开言请问道长："三天并不曾来，想是有何耽搁，现在不知已得到确实消息吗？"

金步云道："老太太，你老人家且慢着急，容贫道从头说给你听。现在令郎的事已经水落石出，那班跳梁小丑已被贫道剪除了。贫道当日原预定无论如何，好歹在三天之内，定有回信的。谁知天下的事总是意想不到的多，贫道从那天别过老太太，即急急回到湖南原籍去，打听消息，复又从湖南赶回来。正要到府报信，不料刚走到城外，劈面即遇见一个素昧平生的同乡。那同乡和贫道见面之后，定要邀贫道到他下处里去坐坐，谈谈闲。贫道因为令郎的这件事，原也和他有很大的关系，正可从他身上探得出真实消息来，因此便跟他同去。谁知这一去，贫道几乎将性命送却。"

古氏及法、柯、秦三位闻言，一齐惊喜交集，询问详情。

毕竟那遇着的同乡是谁，请待下回交代。

第十回

苦肉计名捕赚巨盗
不忍心剑客救巨魁

话说金步云道："各位且慢惊诧，怪事多呢，这还不算什么。"

四人齐问："那位同乡是谁？怎么道长说他与此案有关呢？"

金步云道："实不相瞒，贫道在前未出家时，在原籍地方仗着武艺剑术，专一行侠作义，与地痞流氓以及盗匪等歹人为难，因此结下不少仇怨。后来因遇见师父，命贫道离家北游，免得在家与歹人为仇，防不胜防，贫道才到本省来，在泰山出家，改名步云。贫道自到本省出家后，从未开过杀戒，亦未和人家结过仇怨，不料此次忽然有歹人借用贫道名字，掳人勒赎。贫道自从章太太到小庙来过之后，觉得奇怪已极，定系挟怨陷害无辜。贫道既自知在山东从未得罪过人，仇家是没有的。山东既没有仇家，这挟仇陷害的人，除去湖南原籍的人之外，更无别人可知了，因此贫道匆匆回转湖南原籍去打听，果然得到一点儿线索。

"因为当初贫道在原籍时，所伤害的歹人大半是著名匪首王大亨的羽党。那王大亨近年来因为他部下各大小头目散居各处，做的案子太多，被新任巡抚大人探知，各属群盗如毛，如不加紧剿除，将来祸害不小，因此严令各属，限期破获各该管境内先已发生的盗案，如逾限不破获，即行撤任。此令下后，湖南全省的盗匪登时大起恐慌，各大小股，胆小的首领知道大祸临头，便急急自行散伙，胆大的便都投奔王大亨，商议自全之策。

"各官厅因上峰严限破案，为保全自己禄位起见，遂不得不紧逼着捕快破案。捕快们知道公事紧急，不是可以用小强盗搪塞本官了事的事，为本身饭碗计，不得不破除情面，牺牲了陋规进款，不敢再大胆包庇，只得用迅疾的手段，捉拿本境内首、从各盗犯到案交差。

"那些盗匪到案后，一齐将主使的罪名向王大亨身上一推，脱卸自己的罪名。各处官员得供申详上宪，各上宪连接各属详文，都是首犯。王大亨在逃未获，因此会议会衔通令各属，悬下重赏，限令各属加紧捕缉。果然重赏之下有勇夫，那时王大亨住在长沙他的小老婆家内，被长沙府衙的捕快头儿钮大成访得了消息，亲率一班马快，暗带武器，空手赤拳地跑到王大亨住的下家里来。

"王大亨得报钮捕头带着许多弟兄来访，心中一慌，忙问空手还是带有利器。手下人回说空手。王大亨心中才定，吩咐声'请'，手下人到外面将钮大成等让到里面。王大亨起身迎接，问钮头儿驾到敝寓，是路过，还是特地到来，有何见教。

"钮大成见问，不曾回言，即先流下泪来，忍了忍才道：'无事不登三宝殿，兄弟们到此，当然是有事才来相商的。'

"王大亨闻言变色道：'钮头儿莫非要来捉王某去请赏吗？那是好极了，来吧！'

"钮大成不待他说完，即已拜倒在地，呜咽哭将起来。这本是他预定的苦肉计，所以见面就哭。钮大成一哭，他的手下也都一齐朝着王大亨跪倒，同放悲声。

"王大亨本要翻脸的，见他们跪下来大哭，反而不好意思动粗，忙还礼说：'各位请起，有话好说。'

"钮大成见他软了，便凄苦着声音哭求道：'王大哥，你是位顶天立地、有心胸胆量的好汉，现在上面的公事，王大哥大约也很明白，兄弟们早已明知王大哥住在此地，为着平时的交情义气，所以任凭本官如何追比，只预备两爿屁股和两条腿晦气，挨一顿板子夹棍。不知是哪个小儿痨、促狭鬼使的短命计，到本官面前放了个风，说王大哥住在此地。我们兄弟们共受过王大哥多少钱，所以通同一气地给王大哥保险。本官得信大怒，立刻将我们大家的家中老幼男女一齐押进狱中，立逼着我们大众，将王大哥交出来，如王大哥一天不到案，我们各家的老小便一天不能出狱。如过了三天限期，便将兄弟们的各家老小一齐抵罪。我们大家没法，商量了一天，没奈何，只得相约，同到王大哥这里来恳求王大哥帮我们众弟兄一回忙，救我们众弟兄一次。'

　　"王大亨听罢，冷笑着哼了一声道：'哦！知道了，我说各位到此，是来办公事的。公事公办，这原也怪不得各位，各位何必客气呢，跪在地下做什么？各位上差，动手吧！'

　　"钮大成等同声道：'王大哥息怒，我们怎敢冒犯王大哥的虎威？实因逼不得已，才来请王大哥救我们一救。'

　　"王大亨见大家不动手，自己却也不好意思，即说：'钮头儿，各位上差既然来了，为何又不动手呢，莫非要我自己漂亮吗？'

　　"钮大成冲着他叩了个头道：'大哥是英雄好汉，只要能救得兄弟们一家老小，王大哥怎说怎好，兄弟们都极感激的。'

　　"王大亨笑道：'各位上差请起来，你们要请我到案交差领赏，我生平最爱交朋友，为交朋友，牺牲一条性命，有什么要紧？杀掉个头不过碗口大的一块疤，算不了一回什么事。哭什么，装什么腔？各位上差拿刑具上来，我王某好跟着各位去听审。'

　　"钮大成等磕头道：'承大哥帮忙成全我们，金脖子、项圈、手镯那些东西，乃是外人用的东西，我们知道王大哥是大英雄，岂是

要用这些东西的人？所以不曾带得。'

"王大亨冷笑道：'承情，请各位上差稍等一会儿，容王某打发两件事，随后同行就是。'

"钮大成等一齐叩头称颂好汉，并告了罪，才立起身来等候。

"王大亨吩咐手下，好好保着他的小老婆，带着细软物件，即刻动身，送到老早预备下的安全地方去，不可迟慢。并命人飞速赶到凤凰厅去，报知兄弟二亨和拜弟陆舜卿。自己等手下人保着如君动身，及往凤凰厅地方去的走后，方才笑嘻嘻地说：'害得各位上差久等，王某心甚不安。如今没有别事了，请领着王某同去见官吧！'

"钮大成等因畏惧他的威，所以适才不敢阻止，只得等候。此时见他说走，便簇拥着他，同往城内府衙而来。

"到得府衙班房里，钮大成到里面去见本官回话。随即出来，说本官即要审问，向着王大亨下了一跪。

"王大亨笑了笑道：'不必客气。'

"钮大成向着弟兄们一努嘴，说：'好好儿服侍。'大家会意，随即答应着将镣铐等刑具取来，给王大亨上了。王大亨笑了笑，也不言语。

"一会儿，知府升座问案，吩咐带王大亨上堂。钮大成将王大亨从班房里带到堂上。知府将王大亨一看，头发花白，已是五六十岁光景，满面凶光，立而不跪。知府喝令跪下，王大亨笑骂一声：'狗官！你配要老爷跪吗？你简直不必问，该当定什么罪，就给你王老爷定什么罪。无论是谁做的奸盗邪淫、杀人放火等案，都是我王大亨一人的指使。'知府大怒，也不再问，即援笔定了死罪。

"钮大成将他押送进大监，加穿上他的琵琶骨，换上重镣。

"王大亨初时原丝毫不在意下，这时听说要穿琵琶骨，吃了一惊，即暗暗留意。当时跟着钮大成等一班公差，出府衙，往大监走。到监门口，王大亨止步不走，对着众公差道：'诸位今日的功劳总算不小，赏银大概总可领到了，我总算成全了各位。现在送我进监，我和各位说句要紧的话，大家交情交情。如各位能依则依，不能，休怪王某作半吊子。'

"大家忙问：'王大哥有何吩咐？'

"王大亨道：'我既顾全众位的交情，使各位不费吹灰之力将赏领到了，各位亦应顾全一点儿交情，送我进大禁，可切勿给我穿琵琶骨。各位能依允吗？'

"钮大成毫不迟疑地应道：'这有何不可？那是对付不值价的人，才用这种恶方法，对于大哥，绝不敢用的。'

"王大亨道：'难道你们敢不依贵上的话吗？'

"钮大成道：'那没什么要紧，本官如不来查监，是绝不会看见的。'

"王大亨笑道：'对了，下大禁的人罪已定了，当然不再审问了。不查监，不会看见的。好，请各位送我进去吧！'说罢，即移步前行。走到里面，狱官接着，问过案由名姓，亲自伴送到元字号房里去。

"钮大成即命弟兄们出去，叫了桌酒席来，邀狱官及众弟兄做陪客，算是请王大亨吃酒的。酒席间，大家恭维王大亨，直捧他到三十三天，你言我语，齐夸奖他是当今第一英雄。王大亨好不快活。大家你敬一杯，我奉一杯，又豁了会儿拳。王大亨一时大意，不知酒内下了蒙汗药，竟被大家用酒灌醉了，失去知觉。

"钮大成大喜，命弟兄们用细麻绳浸透了水，拿来将王大亨的手脚捆绑结实。同时用铁索将他的琵琶骨穿了，上了重枷，项内再加上一道铁链，锁上鬼吹箫，钉上重镣，换上重铐。

"王大亨被他们摆布得不能转动，头发亦被用细链条吊在梁上，痛得醒了过来，才知已上了当，只得忍痛不作声，专等陆舜卿来救。其时他的手下奉命飞速赶到凤凰厅城内去见王二亨、陆舜卿报信。二亨手足情重，急急赶到陆舜卿家中去，拜求陆舜卿，设法救他的兄长。

"陆舜卿叹道：'真是冤孽，如果早依了我的话，何至于有这样的事呢？'

"原来，陆舜卿每次见了王大亨，总劝他洗手，说天下做强盗的，如没有报应，或是不破案，天下做强盗的人还要多至千万倍以上呢。王大亨正在高兴头上，岂肯听他拜弟的良言呢？及至此次新巡抚上任后，风声陡紧，王大亨得到各处报告，也知道不能再在本省立足，因即存心远走高飞。但一时不能就走，须得先将部下散伙，并将家眷人口送到安全地方去才好。因此召集羽党会议散伙，并派人先到湖北宜昌去，买了所大房屋，将在凤凰厅及在长沙两处的男女老幼，完全搬到宜昌去。预备停当，正在实行，忽然发生钮大成来捉拿的事。

"王大亨被捉时，他知道兄弟在凤凰厅有买卖产业等关系，断断不曾走，所以才飞派手下到凤凰厅家中去报信，本与陆舜卿无关，何以又要报知陆舜卿呢？皆因他知道陆舜卿是位极重义气的侠客，本领既极高强，心思又极细密，报知他的意思，乃是希望他保护二亨等一家脱险，并来救自己脱难。望他救自己的心，当初并不重，因为他自己艺高人胆大，自恃本领可以随时好越狱，无须要人来救。却不料被人穿了琵琶骨，无法可想，所以才希望陆舜卿来救，这是王大亨未入狱、既入狱先后的事情。

"当时陆舜卿得到信息，念着如兄拜弟的交情，虽不忍坐视，但因王大亨平时的行为不正，便被国法所诛，亦是分所应得，所以亦有不欲过问之意。无如被王二亨跑来哀求，打动了心肠，不得不应允去救。因此对二亨道：'现在事情紧急，大哥已被捉去。我料本地官厅，不久即要来捉拿人口，查抄产业。在前所以不来惊动的，因为大哥在各地的势大，深恐引出大祸，所以不敢来惊动。现在情形已经两样，二哥这里，宜乎放弃了家业，赶紧率领全家老幼，远走高飞。大

95

哥那里，我即日就去。只恐省里将大哥捉住后，即刻就地正法，我赶去已来不及，那便无可设法。倘或不曾死，我到了长沙，准可将大哥救出来。二哥可飞速收拾，搬到宜昌去，我们即在宜昌会聚吧!'

"王二亨拱手申谢，作别回去。

"陆舜卿送王二亨走后，即刻将家中事务，吩咐过家中人等，自己带了伤药及银两、衣服，打好一个小包袱，急急动身，如飞往省城而行。当日即赶到省城，住在客店里。

"其时省城里正因捉住了王大亨，深恐他的羽党暴动，所以防务特别加紧，稽查行旅客商，防守监狱城门，巡逻街道，川流不息。

"陆舜卿住店后，目见这种情形，料知王大亨尚未遇害，在闲人口中探听出消息，果然王大亨尚未曾死，不过已定了死罪，下在大禁里。因恐他的手下人发生乱子，所以省城特别戒严。

"陆舜卿探知消息，心中大喜，当日即到各街坊去逛，探明了来往大监及出城的路。

"到半夜里，陆舜卿从客店上房里出来，由屋上飞行到大监里。正苦不知王大亨住在哪一号房内，却猛然听得下面屋内的哼声，那声音非常熟悉。仔细一听，不由大喜，原来正是他所要寻的王大亨，他脚下的房屋正是大禁内元字号房。因即在屋上向四下里望了望，见无人来，遂在屋上将瓦揭去一大块地方，即在身边取出刀石敲着，点燃了千里火筒，向下面一照，跃身入内。

"王大亨见火光一耀，已看见是陆舜卿，不由大喜，精神陡振，立刻将疼痛忘了，低低唤声'贤弟，你来了!'

"陆舜卿且不答言，手指一弹，放出道白光来，如闪电般飞向那脚镣、手铐、铁链、重枷等物上削去，绕了几绕。只听得咔嚓、哗啦、咣啷一阵乱响，王大亨身上的刑具已完全落下地去。

"陆舜卿初进来时不曾看出，这时才看出王大亨不但头发辫子被系在梁上，而且琵琶骨也被铁索锁了。心想，怪道他不能越狱逃得走，原来他琵琶骨被穿锁了，功力气都使用不出，哪能逃走得了呢？边想边又指使着剑光，将那系辫发的细链割断。放下辫子，又削断锁琵琶骨的铁链和锁，低声对王大亨道：'大哥忍一忍痛，我给你将这根铁链抽出来。'说着，便伸手将那根链子，从洞穿着的肩背上抽了出来。本喜他将穿在前面的铁索割剩甚短，所以抽出时，痛得虽然厉害，还不过于十分重。

"王大亨低唤一声'哎呀！'已晕了过去。及至醒来，已被陆舜卿救出大禁，出了长沙城，睡在岳麓山顶上一株大树下面。陆舜卿已给他将创口用伤药敷好，见他醒来，即对他道：'这地方亦极不妥当，不过到此暂且歇一歇足。你可在此地坐着等我，天亮后，即便到此相会。'

"王大亨这时伤势正重，不能转动，即问：'贤弟此刻往何处去呢？'

"陆舜卿道：'我住在客栈里，半夜不见，必令人生疑，所以要急急回去，一则结算店账，二则拿东西，三则换衣服。此时东方已发鱼肚白，转眼即将大亮。我立刻就要来的，你放心。'说罢，一扭身体，已飞身回转城中客店里上房内来。急急更换了衣服，以免有血污被人看见，然后开房门，唤小二打水冲茶。梳洗毕后，即结账，提了小包袱，出店离城，飞步到岳麓山顶上，与王大亨相见。即在包袱内取出干净衣服，给王大亨换了，所有之血污及肮脏的衣服，一齐扯破扔在山涧里。即在身边取出把预先备就的利刃，忙给王大亨将头剃了，修好面。又用梳子将他的辫子梳过，复运气凝神，给他将伤处创口按摩着治了一番，便扶着他下山。到河边雇了民船，从水路径往湖北宜昌地方来。在路上给王大亨治伤养病。

"行程多日，方才得到宜昌，上岸寻到王大亨派人预先买好的住宅。

"其时王大亨在凤凰厅及长沙两处的家眷人口已先后到来，只有王二亨同着其余的家眷人口尚未曾来到。王大亨住在宜昌，虽已改了名姓，但仍恐露出马脚，不大稳全，便和陆舜卿商议安全方法。

"陆舜卿道：'大哥在湖南本省做的事太多，认识的人亦太众，宜昌虽然僻静，然而离湘省不远，仍恐不大稳当。依我之见，不如将家眷安住在此，大哥可带领几个有本领的心腹弟兄，从襄樊一带，经河南南阳，往北道上去，却不往北京，即由河南省绕往山东省去。我早先常听大哥说，在山东省城，曾和一位朋友合股开着一爿当店，又开着一爿浏阳鞭爆和夏布的铺子，大哥不如即到那里去安身立命，比较在此地又安全得多。大哥如往山东去，小弟可以奉陪。'

"王大亨听罢，忽然想起，说：'贤弟，真是当局者迷，我山东不但有铺子，且有亲戚，大家在前原都是黑道中很知己的朋友，不过现已多年不会罢了。贤弟肯同去走走，那是再好也没有的。'因此王大亨、陆舜卿等到王二亨一行人到了宜昌后，即领着两个伴当，名唤崔名贵、鲍成功的，同行往山东省城来。

"到得省城后，即与在济南省城开当典的湖南人成子安，及开炮仗和夏布铺的湖南人佟国柱会见了。这两人原先本在湖南做强盗，得了彩，跑到山东省来避风，即开设典当铺子，做买卖生意人。当他们初到本地时，与本地的黑道中人颇有认识，直到开店铺后，还时有往来，因此，他们与沈三友亦是相识。

"沈三友本极慕王大亨的名，此时王大亨到济南省城，恰巧沈三友来拜访佟国柱，与王大亨会见了，遂结成相识。因为这个缘故，那送到章宅的信上，才会写上金步云的名字。金步云才会遇见同乡，几乎将性命送却。"

究竟详细及结果如何，请看本书后集《武当剑侠》便知。

武当剑侠

朱　序

　　畏友张子个侬，近为大亚书局撰一武侠长篇。书凡四集，而四其名，总称之则曰"四大剑侠"，盖从大亚主人请也。自客冬，该书之第一集《少林剑侠》出版后，风行一时，艺林叹赏。

　　兹者，该书第二集《武当剑侠》又已脱稿，付铅问世，以与读者相见矣。

　　吾尝读其初集《少林剑侠》书首之自序，引列子殷帝之宝剑三一段文字，以证剑侠之说为非诞妄，言简而意赅，证明而典实，从可知张子之所以先享盛名，尊为当代传武侠之巨擘者，盖有由来矣。是无怪邻下者流莫能望张子之项背也。

　　愚因读张子此作，而亟欲其后二集早观厥成，以竟全功，而快先睹。故特为之赘一言，借以促成之云。

　　　　　　　　　　　　时维民国十九年七月十日
　　　　　　　　　　　　吴门修竹庐主人朱瘦竹楚荪
　　　　　　　　　　　　识于上海罗宾汉报馆

自　　序

　　《武当剑侠》说部者，盖予赓续《少林剑侠》说部之作，而为"四大剑侠"之第二集者也。缘予从大亚书局主人请，作剑侠小说四种，颜曰少林、武当、峨眉、昆仑，而总名之为"四大剑侠"。盖为便利读者购买力之经济，与夫出版之资金也。

　　初集《少林剑侠》既刊行，读者纷函该局，转促不佞速脱《武当剑侠》稿，以觇究竟。不佞重辱读者谬赏，乃于溽暑烦热之时，提前将武当一种稿杀青，而峨眉、昆仑两种，则正在属草中也，行亦将与读者相见矣。

　　谨先志数言，以告读者，而慰喁望，亦以兼示谢悃也。

　　　　　　　　　　时在民国十九年食瓜之月望前
　　　　　　　　　　丹徒张竹识于个侬编辑室

第一回

被嫁祸侠客入囹圄
白奇冤道人解桎梏

话说在山东省城济南府历城县南门外大街路南，有一所招商客店，市招唤作历城公寓，乃是所高等的卫生旅馆。屋宇高大，房间甚多，设备既较别家完美，价目亦比别家昂贵。在济南城厢内外，虽不能算作第一价贵屋美的旅馆，但亦不在第二三等之次。

当数天前，傍晚时分，从江西九江府来了位少年客人，身穿行装，背负黄布包袱，是个练过精深武艺、出门闯道、访会能人名家的模样。接客的在门外接着，将他让请到后进三十号上房内去，请问客人的姓名、年籍，登记了连环簿，并在公寓门首店堂里悬着的旅客题名一览表上。那九江客人所住的上房号数下面，写明"法自求"三字，并于姓名下面注明从九江来，及到此住店的日期。

法自求住店后，当晚休息无事，第二天清早起身，梳洗漱口早点毕后，即匆匆出店，去访会当地精娴技击、著有声誉的名人，直到晚间方才回店住宿。

如此经过了两天，便有许多本地的练武之士先后络绎着到来回拜。内中并有好几位是法自求不曾去拜访过，却先来访问的，因此三十号上房内宾客常满，尽日无虚。

如此又过了两天，法自求正拟结算店账，动身他往，恰巧他所住的上房隔壁二十九号上房里住着两位从张家口到济南来的镖师傅，法自求冷眼旁观，见那两位镖师都生得威风凛凛，相貌堂堂，颇显露着英雄的气概。又见他俩的随从甚众，所保的乃是支大宗贵重的镖，即此可以忖知他俩是极有本领的好汉，绝非普通借着镖局内旗帜，在外行道儿的滥竽充数者可比，因此颇生欣慕之思。遂拟暂缓行程，小住着伺机拜访他俩，以免将两位英雄失之交臂。遂暗地留心，趁着两位镖师得有空闲的机会，即便走过去拜会。

常言："英雄识英雄，好汉爱好汉。"当时彼此双方会晤之下，谈不一息，便已一见如故，顿成莫逆之交。那两位镖师都是张家口著名的好汉，一名秦二游，外号人称飞天豹，一名柯荣卿，外号人称巴山子。二人乃是姑表兄弟，往年同师事包头镇的著名拳师周茂卿学习拳棒，各练就一身惊人的武艺。艺成之后，二人即回家同投张家口永兴镖局做伙计，借此出门闯道，结识水旱各路英雄。仗着本领，从未被人败过一次，因此威名日益加甚，几于遐迩咸知。

当法自求从九江动身，路过安庆省城时，即已听得镖局中人传说，得知北道上有这么两位驰名镖师，所以当时会面后，两下都有相见恨晚之感。因此法自求决计再住两日，俾得和两位镖师畅叙，并守他俩事毕，即和他俩一齐动身北上。庶几仰仗他俩的名望，沿途得多会晤些有真实本领的豪侠。

这日午后，三人相约同到郊外去游玩，赏览风景，并找块空旷平原地方，彼此好较量几手拳脚，故此三人离历城公寓时，秦、柯表兄弟俩曾吩咐手下伴当，说："咱们去去就来，你们大众休得乱跑乱走，须得分头去干正事。将各镖交付了后，还须各去接洽回头的货物银钱，等候咱们俩回店时回话。"

法自求亦吩咐小二锁好房门，三人这才一同离店。

直到黄昏时分，秦、柯二位手下的伙伴们已分别事毕，各从外面回店，等候他俩，好久不见回来。正等得心焦，问小二时，三十号上房内的九江客人亦尚未回来。公寓内已开晚饭，伙伴们腹中已饿，只得相约先吃。

刚吃到一半，忽然见秦、柯、法三人同着一位年已苍老的道士走进房来，遂即齐放下碗筷，起身迎接，请问可曾用过晚饭。秦、柯二位回令："大众不必客气，且各自在用饭。"一面即转身让那老道士同行出房，由法自求唤小二开了隔房的房门，即便一齐走进三十号上房内去坐下。小二冲茶打水绞递过手巾后，法自求即令他去厨房内要酒菜，拉开桌子，在房内款待那道士和秦、柯二位。直至酒醉饭饱，四位散坐休息，又叙谈了好一会儿，那老道士才兴辞谢别而去。三人送出公寓门外，和那道士约定明天同到他下处里去回拜。

守那道士走得远了，已看不见他的人影儿，方才并肩同走进来。

法自求回转本房去取钱，交付小二，抢先算清了账，并代二十九号上房内食用各款，亦会过钞，以防秦、柯二位随后代自己会账。一面秦、柯两位亦径行回进二十九号房内，询问各伙伴们所办的各事，并命小二取了把算盘来，核算了好许多账，忙到半夜，方才就寝。

次日起身，秦、柯二位带领伴当，分往各主顾铺家去接洽事务。待至午饭时分，方才回店，更换过衣服，正拟约了法自求，一同前往那老道士住的下处内去回拜老道，并拟定在明天一齐动身。刚隔着板壁高唤法爷，询问："咱们就此刻同去回拜老道士，可好吗？"

法自求在隔房回称："我已恭候二位多时了，此时同去，正是午饭时候，就请他同去上馆子，岂不是正好吗？"

正在这个当儿，猛听得一声吆喝，忽然从外面拥进一大队马步捕快和一队兵勇来。各人手中都拿着明晃晃的刀枪，高嚷着："内外上下男女老幼人等，无论是店家或是客人，大家都不许自由行动，听候搜检。"边嚷着边将队伍分散开来，每一房间门首，分派两名把守，余人都吆喝一声，蜂拥进隔壁三十号房内去。

秦、柯两镖师猛听得这种吆喝的声浪，即已齐着一惊，移步到窗口向外一望，看见大队捕快兵丁拥进后面来，分开把守各房，禁止声张行动，即又急急冲进隔壁房内。看光景，已显见是来捉拿法自求的。不知究为何事，心中格外惊诧，呆了半晌，说不出话来，只留神侧耳静听隔房举动。

只听得捕快兵丁等拥进三十号房内后，便有人开言喝问："呔！你就是江西佬，名叫法自求的吗？好个大胆的强盗，居然敢杀人越货，题壁留名。你以为远走高飞，此地又无人认识你，准可以逍遥法外，所以才大胆乐得做此风凉事儿，杀人留名，显扬你的行为光棍来？现在你的下处已被我们探得，奉命特来捉拿你到案讯办。你既是个不怕事儿的汉子，不必假作痴呆，赶快漂亮些，随同俺们弟兄一齐到衙门里去面见本官回话，免得烦劳俺们弟兄动手。假使你不漂亮时，可休怪俺们无情！"

又听一个接口道："头儿，还和他说什么？常言'犯法身无主'，他既已做出来了，俺们还和他客气什么呢？呔！姓法的，跟着俺们走吧！"

接着便听见里面抖铁索，哗啦锒铛的声音，忖知已经套在法自求的头颈内了，不由齐给法自求捏一把汗。

却听法自求很镇定地问道："列位上差，来拿法某，所为何事？无端地硬栽法某杀人越货的罪名，这却是什么缘故？"

又听差人们喝骂道："好个善于假作无事的强盗，你自己做的事，还推说不知吗？倘非你自己在庭柱上题名，俺们哪能得知凶手就是你做的呢？不用多讲，弟兄们，快将他带了走！"

又有人道："俺们且在他房内搜搜看，有没有赃证物件，好一并带去呈报县令。"

接着，便又听见隔房翻床、拉桌、掀被、解包、抄腰的种种杂乱声浪，顷刻间便已听得嚷骂道："狗强盗，这不是赃证吗？你还想狡赖到哪里去呢？不用说了，走吧！"于是即听隔房差人们恶狠狠地不容法自求分辩，拉扯了法自求，拥出房外。

又听差人们道："姓法的，你既是光棍汉子，现在这副手铐却是你应该戴的首饰，快老实些戴上了，好同俺们去见县令，免得俺们不好上堂回话。"

法自求道："列位上差，常言'王法虽严，不罪无罪之民'，我法某从江西到此，乃是个安分守己的良民，怎么竟要我上手铐呢？见官回话，我可从命，上刑具，我却绝对不能依从。倘诸位不肯鉴谅，可休怪我法某粗鲁。至于这口血淋淋的短刀和这两个包袱内的许多现银，从哪里来的，怎么会藏在火铺下面，连我亦不能明白。如果即以此物硬指为我犯罪的证据，我可不能承认。"

差人们笑骂道："事已犯了，还装什么佯？狗强盗，现在可由不得你了，戴上了铐子，跟俺们走吧！"

法自求大怒，喝骂道："好一群瞎了眼的东西，你们当真要使你法大爷戴上刑具吗？你法大爷清白身家，岂甘受此冤诬？走便同你们一齐走，要我套铁索、戴手铐，那可绝对不行。"说着，即听得哗啦一声，那根铁链已被法自求从颈项内挣脱，抛在地上。口喝一声走，便听他迈开大步，推开大众，抢先走出外面去了。

差人们齐声嚷叫："快追！别被这厮逃跑了，可不是耍的。"

于是即听得大众争先恐后地飞步向外就追，落后走的两名差人即将隔房搜出的两个包袱和一口血刀，以及法自求本人的黄布包袱分拿着随后跟在大众后面一齐走出店去。秦、柯等众人，以及各房的旅客看守兵勇、捕快等走后，即亦紧紧从房内走出店外，看其究竟。

刚到门口，却被店家阻止住步道："各位贵客，请暂停贵步，休得跑出去。因为这是俺们小店的干系。"

可是他们虽这么阻止，各房间内的旅客却无人肯听他们的话住步，依然先后远远追在差勇等后面，跑进城去，一径赶到历城县衙门前面。只见差人、兵勇等纷纷拥挤着立在门外，料知那个先走的犯人已很值价地径自投案。大家远远地止住脚步，不敢再走向前去，怕讨没趣儿，便已有多人悄然回身，仍回公寓。

有那好事的，仍遥立着听消息，这其中秦、柯二人亦立在群众队内，因为探不出个所以然来，心中释放不下，便大胆走向衙门外面，向那些立在衙门外面的差人打听："适才一阵乌乱，究竟因为何事？"

差人看两位衣冠齐整，不敢得罪，即说："是因为捉拿杀人越货的强盗法自求，那强盗要充好汉，不肯上刑具，即抢先跑进衙门投案。大家误认他逃跑，所以在后追赶。"

二人闻言，仍不能明其底细。忽然灵机一动，想着："昨日会见的那个道士本定此刻同法爷一齐去回拜他的，不料现在因此事一岔，竟致忘记了。如今何不径去拜他，顺便托他进衙门打听打听呢？所好者他有陆地神仙的外号，和本地官厅以及绅商人等都颇有往来交情。如托他去问信，定能立刻明白，何苦在这里像在闷葫芦内摸天，一线光明也没有呢。"想到此，二人一商量，所见正同，于是即一齐匆匆前往金道士的下处内去回拜。早有别个好事的人，看见他俩曾上前和衙前差人们说过话，以为他俩定必已知其事，便迎上前来，问："二位可知究为何事？"

二人摇首道："差人不肯说，咱们亦不晓得。"边说边迈步前往金道士的下处，会晤那位老道。

那道士俗家姓金，名伯先，后又更名步云，乃是位少林派剑侠。现充泰山东岳庙住持，道行很深，剑术高妙。此番他到省城，亦系因为一件公案。有人冒他的名，绑架肉票，勒赎财神，他才一怒挺身而出，赶进省城来帮官厅办案，领限缉拿正犯。

看官们凡是看过本书上集《少林剑侠》一书的，当然已能明了，不用编书的再向读者报告了。

当时秦二游、柯荣卿两位镖师一口气跑到金道士所住的下处里，和金道士会见。金步云接见二位，即说："贫道恭候已久，直到此时才见二位驾到，还有位法爷呢，怎么并未偕同二位到此呢？莫非还在后面吗？"又问道："贫道看二位的气色颇露着慌张神情，莫非今日有什么事故，所以才致二位耽延时辰，或者事尚未了，二位因已约定贫道，不得不来，所以急匆匆地跑来，以全信约吗？如此说来，二位真乃信实君子，使贫道钦佩之至。"边说边让二位坐，亲给二位献过茶。

二人遂回说："早起出外接洽事务，因而耽搁，回店正约法爷同走，忽见大队兵勇、捕快到来捉拿法爷到历城县衙，归案讯办，口口声声都说法爷是杀人越货、题壁留名的大盗，并在法爷住的上房内火铺下面搜出血刀一口、包袱两个，说是赃证已获。法爷力辩冤诬，无如争论不清，只得跟大众同到县衙。因为差人们要给他上刑具，法爷因被冤诬，不肯铁索银铛地身受刑具，故此抢先赶进县衙投案。咱们俩紧跟在后，在衙外哨探不出消息。因恐道长久候，故此赶紧到来拜见仙颜，并请道爷设法，打听法爷究竟所犯何事，是否真为法爷犯罪。不过以咱们俩推测，法爷乃是位侠义之士，断不致作奸犯科、行为不检，何况系越货杀人的血案呢？推想起来，或许法爷今儿的事亦和道长前几天所遇的事相仿佛，先后一辙，亦未可知呢！果真如此，可就真是无独有偶了！"

金步云听罢，沉思了一会儿，即说："天下竟有这等奇事，可就真正奇怪极了。二位且请稍坐，容贫道前往县衙去走遭，回来再请二位同去上馆子。"

秦、柯二位起身道："县衙东首大街路北有家德盛馆，荤素两便，乃是省城内一家著名的大菜馆，满汉筵席式式俱全，咱们俩就先到那里去恭候。道长可径往县衙哨探消息，倘或法爷是被冤诬，就请道长设法将他保释出来，总算咱们和他倾盖相交，有朋友之谊。如果官厅要限令他访缉正犯原案，他不得已而领了限期时，咱们弟兄亦不防再耽延几天，帮他一回忙，守到案破之后，咱们再走。因为咱们弟兄生平最所痛恨的，乃是以暗箭伤人的无耻之辈，那人如和法爷有仇，何不当面一刀一枪地对敌？既不敢明斗，却用此卑劣的无耻手段，未免太不够汉子了。"

金步云见二位说话时义形于色，不由暗暗钦佩，遂说："很好，贫道和二位就在德盛馆楼上雅座相会吧！"于是立身起来，同二位一齐出外，匆匆来到德盛馆门口，方才分手。

二人进门登楼，金步云赶速前往县衙，对门口差人说知："东岳庙住持道人金步云有紧急事求见。"

门差认识他是最近破章培德绑案，杀毙大盗，擒获奸夫淫妇，救出肉票的金道士，素知他和本省的文武官都有交情。县官因他的道法高玄，十分钦敬，焉敢耽误不报？遂满面堆笑地招呼他请在外面稍待，回身急向内面回禀。

其时，县令正在堂上审问法自求，因何在南城门外本县边界的黄家集乡镇上客店里越货杀死二人，在柱上留名，喝令他承认。法自求对于此事完全不知，当然没口子呼冤。

110

县官仔细详情，法自求乃官宦之裔，非穷困可比，何至作盗？既已杀人，因何不走，更何至题名自承姓氏？这其中已很易显见他是被冤诬了。不过赃从他的下处里搜出，如说他不是凶犯，凶犯更有何人呢？因此委决不下。

法自求亦因赃证从铺下搜出，难于辩白，正在无可推诿。县官正在盘诘他本省有无冤家仇人，几时到省住店，连日所做何事。忽见门差进来跪禀金步云有紧急事求见，遂命暂将法自求带过一边，吩咐请金道长进来。门差应声起去，到外面对金步云说知。金步云遂整了整衣冠，走进衙门，来到大堂上。知县从公座上起身迎接，邀进二堂去招待，请问道长有何见教。

金步云将来意说了，即问："大人可曾讯明案情？"

知县将疑虑之念说出。

金步云道："大人明鉴，法自求昨晚尚与贫道在一处，焉能�夜做此勾当？显见是被仇人陷害，正和贫道遭受冤诬一般无异。依贫道愚见，法自求乃是个正直侠义之士，遭人冤诬，心必不甘，不如大人即恩赏他一个限期，责令他如限破案，缉获正凶。他如敢领限，此案不久便可水落石出。倘如大人不罪贫道，信任贫道时，贫道愿具结保释法自求，出外访缉凶手，克期破案。倘如法自求逃跑，大人将来可向贫道追索他归案讯办。现在大人第一要着，即是须要查明这被杀死的二人究竟是谁，哪里人氏，招尸属认领；如无尸属，可悬赏招认。贫道因不忍见法自求以正士被诬，亦愿助他一臂破此疑案，不知大人可能俯允所请，见信贫道吗？"

知县闻言大喜，即说："既是道长肯出力帮助，并担保法自求领限破案，本县岂有不肯法外施仁之理呢？"

金步云闻言大喜，忙打稽首称谢，于是知县即偕金步云走出大堂，重升公座，传唤法自求到案前来，将金步云来保他出外、访缉正犯完案的话对他说了，问他敢不敢具结领限。

法自求叩头道："小民蒙大人恩准保释，给限访缉正犯，恩同重生，怎敢推说不能领限呢？小民愚见，那凶犯具有杀人本领，又能送赃到小民的卧床下面，可知绝非无能之辈，料想他定必住在本地不曾远走。小民请求大人恩赏两月限期，准可破案获凶。"

知县点首应允，吩咐他亲自具过结，当堂将他本人的物件认明领回，并请金道士具结写了保状。倘法自求日后畏罪逃走，均归金步云负责。金步云依言写了字据，即别过知县，同法自求相偕着下堂出衙，径到县东大街北德盛菜馆楼上雅座里，和秦、柯二位镖师相见。

毕竟四人相见后，如何商量破案，此案正犯谁何，请待下文细写。

第二回

巧取豪夺借刀杀人
甘言令色设计诱敌

话说金步云保释了法自求，二人从历城县衙出来，径到德盛馆楼上雅座里和秦、柯二位相见。二位见法自求已被释出，不禁大喜，连忙起身迎接，拱手给法自求道惊，并向金道士申述敬佩，谢他劳驾。又问究竟所因何事，案情如何，边说边让二位就座。吩咐堂倌，将已点的酒菜络绎送来，请二位边啖边讲。又请问二位，可要添几色什么菜肴。法自求忙逊谢着让请金道长点菜。金道士逊谢了一会儿，推却不过，只得又添点了两样菜，命堂倌唤了下去，边由法自求将案情经过告知二位，并谢二位关爱。

看官，法自求所为何事？被何人陷害？编书的只有一支笔，同时记不得数方面的事。当在本书的前集《少林剑侠》书中，正写到法自求、秦二游、柯荣卿三人在章古氏家中和金步云会见，由金步云将章培德被绑后，他领限访缉破案的经过情形说出。正说到和同乡遇见，被邀到下处里，几乎送却性命，即已因篇幅关系，暂和读者告别。究竟其详如何，经过情形怎样，现在本书继续《少林剑侠》之后，自应先将前书未完之事交代。交代过金步云的事，再从金步云的事交代到法自求的这一件事上去。

原来王大亨被陆舜卿从牢中救出，逃到宜昌之后，即由宜昌同到济南府来。佟、成二人所开的鞭炮夏布庄和典当铺子，原和王大亨是合资开设的。王大亨既为股东之一，当然有股东的主权，况兼佟国柱、成子安原都是绿林旧友、知己之交，此时急难相投，以友谊而论，亦应该款接。所以王、陆、崔、鲍四人到济南后，即寓在佟国柱的鞭炮夏布庄里。

　　适巧其时沈三友因与他表妹何芝芳发生了情爱的肉感问题，恐怕章培德到官告发，或先到何玉瑚那里去啰唣，虽然在事先章、何两家已办过彼此断绝来往，不认作亲戚的交涉，但是在事实上仍恐纠缠不清，故此沈三友为先发制人计，特意指挥部下，先用绑票的方法，将章培德绑架了去。明知章母年迈家寒，绝对无款赎取章培德，所以原意想即趁此将章培德杀了，并不要章母备款来赎，但又恐显露了痕迹，兼因在事前本与何芝芳约定，在绑架章培德之后，准定照着绑架勒赎的手续做事，派人到财神家中送信，约期取赎，并说明即于派人送信来时，暗将自己的所在地点告诉何芝芳，俾使何芝芳好照着那地点前往，和与自己成为长久夫妻。

　　沈三友因要送勒赎的信，当局者乱，心中不定，想不出那信上该用何种名义具名出面，以及如何措辞，故此到佟国柱铺内来寻佟国柱商议。到得佟国柱铺内，和成子安、王大亨、陆舜卿等众人厮见了，沈三友因王、陆二位大名久已在佟、成二位口中听得说过，慕名已久，并知王大亨与佟、成二人都有很深的关系，所以这时见面，深恨相见甚晚。又因彼此都在道中，故此双方当下即一见如故，非常融洽。沈三友因知王、陆等人系到此地来作客，有事在身，正要仗自己的潜势力护持，当然不致因自己与表妹通奸的事忽然不顾本身的利害表示反对，代一个已经被绑、无拳无勇的章培德打抱不平，所以毫无顾忌地将来意向佟国柱及大众说了，请问大众，写信该用何种名义具名措辞。

陆舜卿初时闻他说绑架自己的表妹夫，还要借送勒赎信去的机会告诉他表妹，约他表妹逃走，好做天长地久的良缘夫妻，不由心中生气。正想开口规劝他几句，叫他不可如此胡为，天下的美色尽多，何苦定必强占表妹，夺有夫之妇呢。还未开口，王大亨冷眼旁观，早已留意看见，忙伸足向他一蹶。陆舜卿朝他一望，王大亨急忙使了个眼色，陆舜卿会意，即起身推说解溲，走到阴沟口小便池那里去，拉开裤子撒溺。王大亨接着也说要小解，走到一处来，低声问他，因何面现不悦之色，莫非因为听沈三友说要伤害他表妹夫，夺占他表妹的事吗？陆舜卿点了点头。

王大亨道："他们恋奸情热，你我何苦拂人所好呢？况且我们此来虽系为了投奔佟、成两位，顺便查看历来的营业情况，暂时避祸，但亦未尝不想于便中杀却那个王八蛋的老道金伯先，给我们已故的许多弟兄好汉报仇。沈三友在本省颇有相当的资格，是个地头蛇，我们何苦为了没相干的旁人得罪了他，失去一个好帮手？况且正好借此用借刀杀人之计报我们的仇恨呢！"

陆舜卿被他一说，不由将一团怒气压了下去，不再作声，只点了点头。

二人小便罢，回转到屋内。王大亨即问沈三友："可知有个湖南人做老道的金步云吗？彼此是不是相识？"

沈三友笑道："金步云嘛！我们山东人谁都知道他陆地神仙的诨号，只不过他的来历谁也不能清楚，便是我们寄身道中、浪迹江湖的人也不能明白。我当初也是只知其名，只晓得他善给人用神符治病，料定他这个老道定是半路出家，必曾做过使辰州符咒治病的术士，或是祝由科的走方郎中，却不曾晓得他以前是专和我们道中朋友作对的人。我这话是和佟、成二位无意中闲谈起才知道的，我和他是风马牛完全不相及，因他的名气虽大，在我们山东乃是作客，客不来拜主，主岂有反先去拜客的道理？况且他自从做老道后，便安分守己地不预外事，绝未和本省的道中人作过对，所以我和他不但毫无交情，并且觌面不相识。"

王大亨听罢暗喜，接口又问道："金步云现在虽已安分，不与我们道中人作对，但他究竟从前伤害我们同道朋友的性命不少。他现在溜出了湖南，跑到你们山东省来讲义气，山东省内的道中好汉就该将他做了，给我们湖南的已故英雄报仇才是，不该让他们这么大模大样地隐居在泰山上享受人家的供献，这且不去说他。如今你老兄所做的这件事正好嫁祸到金道士身上去，一则你老哥可以如愿以偿，自在安闲地将一件掳人撕票的罪名轻轻移在金步云身上；二则借刀杀人，将金道士除去，给我们道中的已故英雄报仇，一举两得，不知你老哥意下如何？"

沈三友听罢，暗忖："据闻金步云道法高明，有起死回生之能，又闻他是位少林派的剑客，武艺高强，往年在湖南省内曾做过不少惊人的侠义事业，从未被人败过。如今年纪虽迈，本领却仍与昔无异，岂是轻易惹得的？他又从未与我作过对，我平白地去得罪他做什么呢？"沈三友心中虽这么想，但又怕说出不欲嫁祸给金步云的话来，被王、陆、崔、鲍、佟、成诸人耻笑，因此沉吟不语。

王大亨见他不即回答，已忖知其意，因此不待他开口，即笑说道："沈大哥，我们道中人最重的义气，平时讲的是有福同享、有难同当，方才称得起英雄好汉，倘或畏首畏尾，便算不得响当当的汉子。现在你老兄如系因为怕金步云的本领高强，不敢为我们湖南已故的各位好汉报复仇恨，请明言，不必吞吞吐吐。这并非我兄弟冒昧，直言开罪，以小人之心，度君子之腹，实因你老兄含糊不语，所以不免生疑，还请你老兄恕兄弟直言之罪。不过以兄弟推想，你

116

老哥是位顶天立地的大丈夫，绝不是胆小怕事的人，这无非是兄弟胡猜罢了。果真怕金步云的本领大，现有我们众人在此，谅来尽可对付得了，请老兄放心吧！"

沈三友被王大亨这几句话一激，不由怒火生烟，精神陡长，勇气倍增，立即带怒笑应道："老哥所言未免太将沈某看轻了，沈某虽然无能，何至怕事到如此地步？所以觉吟不语的，乃是思忖如果具金道人的名，那信上该当如何措辞。又因他在本省颇有微名，官厅方面倘如不信他作此案，一面限捕访查，这还可以不怕，一面限令金道士本人破案，否则将他拟抵。金道士定必领限出死力查访，这一层，却不得不虑，所以我才沉思。既是承诸位的高情，慨允帮助，合力对付这牛鼻子老道，使我得能一举两便，那是再好再巧也没有的事，我又何乐不为呢？当然是谨遵台命了。但不知那信上的话该如何写法才可以切贴？"

王大亨笑道："照老哥所言，怕官厅不信金道士会做掳架撕票的血案，这话颇有见地。不过丈夫做事，怕不得许多，既然已做就做到底。依我愚见，反正官厅要疑心那信上的言辞，不肯见信的，不如就索兴抄袭历来人家接财神所写的勒赎信件的老文章，大同小异地照样写上一封，派个胆大的弟兄送去就是。"

佟国柱听罢，即说："很好，沈大哥的手下人多，回去即可照王大哥的意思办理。"

沈三友点头称是，遂即告别回去，命手下善于执笔的人起稿写信，一面自己写下一张字条儿，将自己新近所布置的住址巢穴知照他表妹何氏，约她明日即动身来，这里准即派送信的原人，带伴当在半路上迎接。写明了，吩咐手下的一员勇敢悍泼伙伴，教了他一番狠恶的言辞对答那章古氏，并说明差遣他的使命，命他将信送到章家去。"另将这张字条儿悄悄递与何氏，倘不便，即搓成小纸团儿扔在地下。章古氏年老，目力已差，绝不会看见的。"

那人领命照办，果然何氏接见字纸条儿，即便照计行事，如约离家到来，与沈三友同居在离城很远的一所乡镇上僻静之处，颠鸾倒凤，俨如夫妇。一面沈三友不再常进城去，即便有要紧事，非自己进城不可的，只得前往，每次亦都是改装为乡村佃农人家的长工，或是做小贩，或是做苦力。总之，每次进城，前面必先派遣三批手下人在前探道，并带着几名精娴武艺的手下人，在前后左右随行保镖，以防不测。一面又暗派党羽到济南府、历城县等各衙门，以及泰山东岳庙去打听消息，一面不时与城内外各处的痞棍首领及佟国柱、成子安、王大亨、陆舜卿、崔名贵、鲍成功等人通声气。

依沈三友、何芝芳的意思，很欲立即将章培德杀去，派人送信到章家去，即说是过期不赎，所以撕了票。却被陆舜卿阻住，说："不必定要先将他杀死，且等到官厅方面办案，及金道人方面有了确信之后，再杀他不迟。"这本是陆舜卿因念章培德妻为人占，复又丧命，不忍他上有老母，下有稚儿，从此无人侍奉养育之故。

当时金步云因章培德被绑的事，飞行回转湖南原籍去打听，得知王大亨被救越狱逃走的信，究竟王大亨是湘省的巨盗魁首，手下人多，行动当然难于隐瞒得住。金步云既是出家人，又是本省口音，说着黑道中术语，向黑道中人打听消息，当然易于探得。金步云既知王大亨被救逃走的确信，即追踪到宜昌去访问，知道他们一行四众已经往山东省去，遂又取路追踪，回到山东来。他既知王大亨等来到山东，便料定他们定已与本地的人物有了联系，若要在本地的道中人口中探访消息，断定绝对探听不着，或者还许上当。因这一想，遂转念到侨寓在山东省城的同乡人身上来，或可在他们口中探得着确信。再一想："也不大妥当，因为居住在此的同乡定系正式商人，或是在军政界混事的人，这班人焉能和盗匪认识呢？倘或是相识，当然有交谊，或竟是漏网逃避在外的党羽，他们焉肯将实信告诉自己呢？"

金步云想到此，才想出条亲探虎穴的良计来，即是："利用着江湖上术语，以及出门闯道访友告帮等规律，到省城里来，不论是同乡或是本地人，只要有人来招呼自己，即和他攀谈。他如果系盗党，定必乘此用计，将我诱引到他们的机关内去。那时我即可从这人的身上得到他们的所在，及以往的内情。"想定主意，遂即前往闹市街道中一家茶馆门首，做了个姿势，叉腰立着，立有一会儿，忽然来了一人，从面前走过，看见了他这种出门访道探路告帮的姿势，忽然立住了脚朝他端详了一会儿，反身从来的路上走将回去。一会儿引了一个人来，雄赳赳、气昂昂地挺胸凸肚走到面前，即止步用道中相见的姿势向金步云打招呼。金步云亦即做起姿势来回答，于是那人即同了引导的那人，一齐上前来问话，将金步云让到茶馆里面僻静的座上去喝茶，照例盘问过几句道中的言辞，即便问金步云的法名及访问的来意。

金步云听那盘话的人口音亦是湖南人，已料知他是王大亨的党羽，那引导的人是本地口音，料知他定是本城有相当资格的人，遂故意将本人的法名来意和盘托出，说："因要访会王大亨等一行四位好汉，和本地的领袖沈三友，好查问清楚，以便完案。"

那人笑着，亦故意将以上王、陆、崔、鲍等在佟国安铺子里和沈三友相见前后的经过情形说了，末后说："不敢当面欺瞒道长，晚辈非是别个，乃是随同王大亨大哥到此地来的四位之中的一位，姓崔名名贵的便是。因为自从章培德的这件事发生以后，王大哥等即老早料知你的鹤驾定必就要到来，所以分派多人在各处迎候，以便招待。现在既与道长见着，真乃是晚辈的三生之幸，晚辈到此后，因不欲搅扰人家的铺内不安，且为避本地机关中人的耳目起见，故

119

此另外独住在本城三义栈里。只因晚辈想欲借此机缘得瞻仰道长的仙颜，才耽延未走，否则早已动身，往京城去找同乡谋干差使去了。三义栈离此甚近，敢请道长屈驾前往，好与道长畅谈下情，尚请道长勿却。"说着，很显露出诚恳的神态来，遂又使了个眼色道："道长放心，你我说话，打着乡音土白。这位引我同来的本地人他不仅未曾到过湖南，即湖南人亦素少接洽，我们说的话，他连一知半解都不明了，所以他在如不在，我才敢直言实告。"

金步云听罢他以上的说话，察言观色，知道他所言确系实情，听他说就是崔名贵，不由一呆，见他相邀，本来自己的意思，是在冒险，亲入虎穴，才好得到沈三友及王大亨等的住处下落，所以并不推却，随便起身算给茶钱，同着崔名贵及那个引导的汉子一齐同往三义栈来。果然相离很近，只从这条街道转了一个弯，即已到了。跟着崔名贵一径入内，来到后面上房门外，小二拿钥匙开了房门，三人进内，崔名贵让了座。小二提茶壶及面盆出去，一会儿送将进来，分倒了三杯茶，打过了手巾，方才退身出去。那做引导的人喝了一口茶，即便告辞，说另外有事。崔名贵起身相送，那人说请留步，彼此同说了句再见，那人即已出门走了。

崔名贵随手将房门掩上，即和金步云畅谈，申述："自己当初因被王大亨的威力胁迫，无奈才做了盗匪，实在心中不愿。此番跟他出来，并非愿意欲做他的走狗，实在存心想得一个机会，好出首拿他治罪，并为自己赎罪。一路行来，只因有陆舜卿那厮相随，又有鲍成功那厮和他是至亲，自己孤掌难鸣，有心无力，没奈何，只得隐忍在肚内。正就了两句俗语，叫作'明知不是伴，事急且相随'的话头。现在晚辈之意，意欲乘着章培德的事，道长被激引出来的机会，想和道长商量条计策，里应外合，使王、陆、鲍三人猝不及防，有了道长，陆舜卿的本领纵好，当可无足顾虑。那鲍成功的本

120

领，晚辈自信还可以敌得过，唯有王大亨那厮，晚辈自知不敌，必然颇费手脚，该当如何，还须道长赐教，才可万无一失。"

金步云闻言大喜，以为崔名贵果真悔罪，欲求自新，深信他所言是真，遂说："无妨，只要你将王、陆、鲍三人所住的地方，及沈三友绑架章培德的地方，与他和何氏居住的所在告诉给我，并非贫道夸口，凭着贫道的一点儿道法末技，定可将他们完全捕获……"

金步云说话时，心中快活，一时大意，再也想不到那茶壶里放着蒙汗药，说得高兴，不觉咕嘟咕嘟地已喝了两杯茶下去。正说到"完全捕获"的一句话，忽然觉着天旋地转，头昏眼花，身不由己起来。知道中了计策，心中大怒，立起身来，想抓住了崔名贵，先捏死了他，且先得着个现的，再作别的计较。哪知身才立起，还未移步，已听得崔名贵拍手笑道："倒也，倒也！"只觉得眼前一阵发黑，身不由己地扑通向前栽倒在地，手足失去知觉，不能动弹，口舌失去知觉，不能言语，只得任凭摆布。

崔名贵见了大喜，即拍手笑着向房外唤了声来，便有四个大汉应声推门进来，随手将门复又掩上，四人各从怀中取出一根用水浸过的细长麻绳来，一齐动手，将金步云的双手反绑了，又将双足倒系了，连同身体捆了个结实。又由崔名贵从自己身边取出根细麻绳来，将金步云颈项内打了个活结，系好在他手上，预备金步云如果挣扎，活结定必收紧，好使他用力不出，自己勒死自己。

究竟金步云性命如何，请待下回续写。

第三回

弄巧成拙引狼入室
恶贯满盈遇盗身亡

话说崔名贵所住的三义栈，原是沈三友的同参弟兄白面虎楼家庆所开，平时沈三友招待来往的朋友都住在三义栈内。这三义栈虽非最优等的旅馆，然而却亦可算是中上阶级的旅舍，平时安寓的客商颇多，但因楼家庆本人及各弟兄招待朋友的关系，和沈三友不时须借作机关的缘故，不得不成年整月地留下两间火铺上房和两间下房，免得临时要房间时，无有空房。这上下四间房间的费用完全由沈三友及各弟兄担任，楼家庆本人也多少认一些份儿，按月预收。关于这四间房间的小工，亦由楼家庆分派自己的门人，分为日夜两班，轮流担任职务，以免将寓居着的道中朋友的秘密泄露出去。担任差遣的门人亦照着小工的薪水外快，加双倍支给。这笔费用，亦由沈三友及各弟兄公摊，所以崔名贵见了金步云，即引他到三义栈上房里来，照计行事。

本来沈三友因为信上是具的金步云之名，谨防他出来访拿本人完案，并因防捕快等受比限不过合力对付自己，及防何玉瑚向官厅催告，访查他女儿下落。素知官厅怕何刀笔的诉状厉害，愁他不肯笔下超生，因此种种关系，才通盘筹划用釜底抽薪的方法，一面派人写一封很客气的信，外加巨款去送给何玉瑚，堵塞了他的诉状，免得他向各衙门递禀单状子，同时又派人将一口小尖刀和一支钢镖封在一个纸包内，另写封恐吓信，一同送去，叫他受款享用，休多管闲事。倘不安分，准叫你在尖刀、钢镖下送命。两封信收尾的署名都用"知名谨具"四字。

果然何玉瑚被利所诱，为威所胁，不敢多管。本来他对于芝芳女儿与沈三友的暧昧情事，认为门楣莫大之羞，又被章家闹过退婚，心中恨极，所以芝芳失踪逃走，他本暗中称快。只不过心中给他那忠厚老诚的女婿叹惜不幸，恨他女儿心太狠毒罢了。正想乘此名利双收，一方面给女婿打抱不平，好博一个大义灭亲的美名，重办沈三友及芝芳女儿，出一口恶气，一方面拟借此敲诈那当地官一笔款子，好发一注小横财（婿家不幸，丈人反发横财，可谓奇谈，亦可见世之刀笔先生，毫无心肝）。他正在这么打算，还未曾将诉状的稿子拟好，已同日先后接到沈三友的两封来信。虽然名未博得，利却已经到手，总算于己无损，所以亦只得不管这件事，推说有病不见客，以防亲友的责难，和章家亲母来登门啰唆，并为保本身的安全起见，果真悄悄地离了省城，前往他乡下庄子上去暂住。

沈三友将何玉瑚一个劲敌用威逼利诱的手段吓跑了之后，即又采用同样的手段，黉夜着人贿买威吓了那济南府和历城县两位父母官，及两衙门的捕快头儿、刑名师爷，使得上下不催不紧。两衙门的捕快公人也多少各受了些好处，本来平时大家和他都是有交情往来的多，此时得人钱财，与人消灾，上面又不催，当然乐得敷衍搪塞府县县官。两位县官虽因本身的利害关系，欲责成各捕快加紧破案，但因忽然有人黉夜进衙，送来了巨款，并附有信件、小尖刀，做官的能有几个不贪财、不怕死？因此只得虚张声势，故意张皇，出海捕文书，捉拿绑架章培德的真犯，敷衍章古氏，却一面将金步云传唤到省，命他取保具结，领限捕凶释放，做了些官场例行的公事。

这一来，沈三友的釜底抽薪计已完全收效，遂和王大亨等商量应付金步云之策，当由鲍成功发表意见，料定金步云早晚准到省城，托沈三友转命他的手下，在省城内外随时随地地注意。只要一见着金步云，即刻到三义栈通报，马上派机警的人前往，将金步云诱到三义栈来，用蒙汗药将他麻醉，擒获住了，立刻杀去，即此可以完事。倘或诱他不着，只要由同党的弟兄们在暗中跟随，探实了他的住处，晚间即合力去行刺。或即由机警勇敢的弟兄们改扮，冒充了府县衙门的捕快前往他所住的下处里，或用奉县令差遣的话头，见面即偷冷点住他的穴道，将他上了镣铐，绳捆索绑，并穿上他的琵琶骨，押他到城外来，随即杀却；或用甘言蜜语，说奉县令示下，特来和道长商量缉案的办法，他当然不疑，于是即邀他同往外面，随便哪家馆子里去进酒食，即偷冷于酒菜内下蒙汗药，或即在他下处里，同他一齐进食，也照计偷冷下药。总之同去的至少四人，才好合力对付得了，才能两个陪着同吃已下过药的酒食，使他不疑。两个守他倒了，一个解救同去已中过药的人，一个捆缚他。总之，力攻不及计取。

鲍成功说出了以上的几条计策，大家都听得眉飞色舞，一齐拍手称赞妙计，却被陆舜卿冷冷地问道："计算虽都很好，可是有一层，金步云非比寻常无能之人，一则他会得道法，二则他精通剑术，能够顷刻千里，来去无踪。姑不论他老于江湖，未必即能中得蒙汗计，即果中计被擒，料来他的武功极佳，岂能即完全得以任人摆布？万一他吃药不多，醒来极快，捆缚未毕，他已经醒来，剑光飞出，难免反为所害。即便完全被我们绑缚结实，但是应用何种功力兵器才能伤害得他的性命呢？这一层却不可不先为虑到，才可免得临时慌促，周章误事。"

大家被陆舜卿这几句话一说，恍如兜头浇了一勺冷水，立刻将一团高兴打消，复又从长讨论。

王大亨忽然笑道："我们真是当局者迷，陆贤弟不也是精通剑术的人吗？如果计诱不成，即将照计前往力取，有陆贤弟剑敌金步云的剑，再有我们大家的武艺敌他的武艺，好汉尚且难敌四手，何况金步云的武艺未必即在我们大家之上呢？"

大家听了，一齐欢喜鼓舞，又高兴起来，遂即定了计策，令沈三友派遣手下照计行事。原来王大亨等人因住在佟国柱的铺内怕人多日久不便，特意分为两起，崔、鲍两人即住到三义栈内去，做发号施令的指挥。王大亨、陆舜卿两人却住到城外乡镇上沈三友的家中去，受沈三友的款待，预备守此事完毕后，陆舜卿即动身回湖南去。王大亨则以股东资格，久居在成子安、佟国柱两面的铺内，崔、鲍两人即算是两铺内雇用的伙计，分在两铺内做买卖经纪，这乃是他们预定的计划。哪知他们恶贯满盈，除去陆舜卿外，皆不能容他们逍遥自在，任他们快活安闲。

原来，当日由沈三友手下的一名头目在长街上看见了金步云，回转三义栈，向崔、鲍二人报告了。崔名贵即命鲍成功预备一切，自己遂跟着那头目同到茶馆门口，将金步云先让到茶馆内谈了一会儿，再诱他同到三义栈来，照计将他麻倒捆起，捆起之后，即拔出刀来，想挥为两段。哪知金步云于领限访案之前即已画好防身符箓贴在着肉的紧身汗衫儿内，以防不测。那符箓能避刀枪水火等危险，因此崔名贵一刀向金步云头内砍下，震得手腕生疼，几乎将虎口震裂，竟致撒手扔刀。拾刀一看，刀口已经卷起，不能再用，心中吃惊，暗忖："果然不出陆舜卿所料，他会得道法，杀他不得。幸亏是计取，如用力攻，准得先吃眼前亏。"边想边使刀尖儿向金步云的肩

125

窝一戳，想戳他个透明的窟窿，好穿他的琵琶骨。哪知用力甚猛，嚓吧一声，刀尖儿折断，跌落在地。

看金步云时，不仅皮肉未损，即衣服亦未曾破碎一点儿。崔名贵格外吃惊，只叹了一口气，捆绑的四个汉子见了，也都伸长了舌头，半晌缩不进去。

崔名贵忙命四人将金步云用被卷好，取了张棕棚来，将金步云连人带被放在棕棚上面，另再用被盖好。同时鲍成功已走将来，见此情形，亦吃一惊，遂与崔名贵二人各带兵器，命四人分班负肩，抬起金步云，同出三义栈，出城往乡镇上沈三友的家中来，请陆舜卿用剑术杀他。一路怕金步云醒转，紧紧地催促四人快跑。

跑到沈三友家中客堂屋内放下时，恰巧金步云已是醒转，觉得浑身麻木，不能动弹。张目一望，浑身被绑，被蒙头盖睡在被内，才略挣扎，即觉得颈内绳索忽然收紧了些，知是扣的活结，遂不再动。正欲放出剑光来削断手上的绳索，忽觉被已掀动，即忙假闭二目，微睁着眇见一人将被掀开，立在面前，正是诱擒自己的崔名贵。又听得屏后脚步声响，先后走出三个汉子，两个正届中年，一个却是少年。

却见一个中年汉子当先走到面前，微微笑指着自己骂道："金伯先，你这妖道，也有今日吗？"

认识来者正是凤凰厅城内人氏，在湖南做大盗魁首的王大亨，后随那人亦是湖南凤凰厅口音，也指着自己笑说："金伯先，我陆舜卿本与你无甚仇怨，只因你与我的朋友有仇，所以我才代朋友出力，用飞剑取你的性命。"说着，将手指一弹，嗖的一缕白气，寒冽冽、冷森森地直向自己哽嗓咽喉飞来。金步云听他说出陆舜卿三字，即已猛吃一惊，早将自己的飞剑预备，见他手指一弹，急忙也将剑光放出，迎住了来剑。因剑已御敌，不能同时再作割断绳索之用，急中生智，忽然想起了松神咒，急忙默念了一遍，高喝一声："疾！如律令，敕！"说也奇怪，金步云浑身所缚的绳索一齐应声不解自落，松落在地。

随王大亨之后出来的少年乃是沈三友，正和崔名贵、王大亨紧立在金步云身旁。鲍成功及四个捆抬金步云的汉子正分立在窗前檐口，大家不约而同地目光一齐注射在金步云身上，看他如何死法。却不料陡然听他一声大喝之后，绳索齐落在地，霍地翻身起来，一伸手，即已夺下了崔名贵手中的刀，顺手一刀，已将崔名贵砍翻在地。大众一齐大惊，吓得齐声呐喊，各仗着手中兵器，向金步云围攻砍杀。陆舜卿也亮出剑来向前助攻，同时两人的飞剑嗖嗖嗖盘旋飞舞地缭绕着在头顶上交锋。那四个捆抬的汉子惊看得呆了，要想走，竟被吓得拔脚不动，只觉见众人头顶上白气迷漫，仿佛两团云雾在那里射来射去，激荡不已。同时也只觉得耳边乒乒乓乓的兵器震响，和飞跃上下左右的人影儿及刀光剑气耀眼，竟看不清听不出谁是谁来。

惊呆了好一会儿，方才能挣扎着提起被吓麻木了的双足，拔步向外飞跑。心慌意乱，忘却了脚下石阶，不约而同地竟都一齐扑通扑通震响跌倒在天井里大方青皮石上，吓得又慌忙挣扎着爬起来，飞步逃跑，竟连跌痛都忘却了。他四人这么跌倒爬起不要紧，可是这一阵扑通，却将在堂屋里交手的王、陆、鲍、沈四人的心思都各分了神。

金步云仗着飞剑在上面敌住了来剑，仗着灵符和运用着遍体的内外功，不避众人的兵器，只留神提防陆舜卿手中的剑是宝剑，所以尽管王、鲍、沈三人的兵器砍刺到身上，并不避让，也不架拦，反而若无其事地迎将上去，一面专心与陆舜卿交手。此时乘着大众分神到天井里跌倒的四人身上去的空儿，即抖擞威风，喝声"着！"

一刀向鲍成功砍去。鲍成功避闪不及，连肩带背，竟被他砍落下来，立刻红血溅飞，尸身倒地。恰巧和崔名贵的尸首叠成了个十字形。

沈三友、王大亨、陆舜卿齐着一惊，这一惊，手中的兵器遂格外分神，迟慢了些，又被金步云乘空进身，霍一刀向王大亨脖项内挥去。王大亨慌忙低头挫身让时，头顶发已被削去好些，不由格外吃惊，复被金步云飞起右腿一踢，将他踢着，从地下飞有屋梁高，身不由己，扑落下来，跌了个面磕地。说也凑巧，恰巧王大亨自己手中的刀锋对着脖子，跌下来，头向地一点，正磕在锋口上，割断了咽喉，立刻身亡。

沈三友一见，魂胆俱飞，岂敢再战？慌忙脚下明白，待向屏后飞跑，早被金步云飞步从后追上，掷刀砍去，正中他的后背心，向前扑地栽倒，刀刺在背，鲜血直流，虽然不曾呜呼哀哉，但已是受伤甚重，不能动弹了。

金步云对付毕了众人，正待专力来战陆舜卿，拼一个你死我活，哪知陆舜卿非常漂亮，眼见众人都已伤亡，料想自己亦不能独力取胜，因即飞身跃到天井里，一扭身形，上了屋檐，收回了本人的飞剑，纵跳飞跃着越房过屋，顷刻间出了街头市梢，来至一所大树林里，即便飞身进林，来到深处。回头看时，金步云已从身后紧紧追来，直追到林外方才止步，骂了声："狗贼，你道爷姑且饶你多活几天，暂时宽宥你一回。下次如被你道爷遇见时，准叫你身首异处！"骂罢，唰一声，纵身飞跃回去。

陆舜卿守金步云走得远了，方才透了口气，暗说一句惭愧，定了会儿喘息，收剑入鞘，席地坐息了一会儿，想起王大亨结拜一场，同行出外，不料他却死在本地。想到此，不由伤感悲哀，情不自禁地低声饮泣一阵，即在林内地上撮土为香，向空遥遥哭拜了四拜，起身拭泪，拂去尘土，飞步急急进城跑到佟国柱铺内，见面未曾开

128

言，即已大哭。

佟国柱惊问何故，陆舜卿呜咽着说了句："王大亨、崔名贵、鲍成功、沈三友等一班人都已被金步云杀死了，只我能逃得性命，特地飞赶进城报信给你，望你飞速着人报知成子安，即刻动身，不可留恋在此，自取杀身之祸。"

佟国柱再要问细情时，陆舜卿跺足拭泪道："他们大家都已死了，我报信给你和成子安，你俩快些动身，务必即刻就走，迟了万来不及，定必有杀身之祸，飞速，飞速！要紧，要紧！我们日后有缘再见吧！"说罢，即回身走出铺去。

佟国柱追身出门时，两头一望，已不见了陆舜卿的踪影，忖念他的言语动作，不由惊骇，一阵心酸，落下泪来。慌忙进柜，将所有的现银一齐收束在一个包袱里，到自己卧房里，取了把自己出门常用防身的腰刀，挂在腰间，开箱取了几件要穿的衣服，打在包袱里，也不和伙计们说明，只说："有要紧事故，须出门一行，早晚就要回来。铺内一切事务，望大家照常办事，我回来自当酬谢。"吩咐罢，即提了包袱，走出铺去，一径跑到成子安的典当铺内来。

恰巧成子安拿着根旱烟管，立在店堂里安闲自在地抽吸旱烟，一见他失张失智地跑来，忙问："老佟，何事慌张？"

佟国柱将他扯到后进屋内去，悄悄将陆舜卿跑来送信的话对他说了，即催促他立刻上路。

成子安吓得扔了旱烟管，赶紧到银房里，用包袱将银柜内所有的大小银锭一齐包好，也不及取衣服和吩咐各朝奉掌柜，即便同着佟国柱二人匆匆动身出城，向南方疾行。在路上打了尖，雇了牲口，直赶到掌灯时分，来到一处乡镇上，投店住宿。开发了脚钱，命赶牲口的回去，当夜同住在一间上房内。

次日，红日高升，二人还未曾起身，店小二怕二人久睡，耽误了他俩出门人的程途，特地敲门叫唤，哪知敲门敲得震天的响，敲得手疼，唤得嗓哑，里面并无人答应。店小二不由起疑，即去报知柜上，柜上的人听说大诧，立即跟着小二同到房外来敲打叫唤，见仍不答应，遂命撬开房门，推门进去，向两张床上一看，只见两张床上一般都是帐子一头挂起着，被褥枕头上都满染着鲜血，直挺挺地各睡着一个鲜血淋漓的尸首。不由一齐大惊，狂嚷一声："不好了，两位客人在半夜里忽然都被人杀死了，你们快来看啊！"边嚷边一齐回身跑将出来。

这一声张，早惊动了阖店安寓尚未走的行客，和本店的内外上下男女人等，闻声纷纷赶来，齐问何故。柜上人和小二慌张着说道："十二号上房里，昨晚掌灯后，来投宿了两位湖南口音夹本地口音的客人，洗面净脚、用晚饭、喝茶，都好好的，直到半夜里，还听得二人在里面床上咳嗽的声音。不知如何，会被人一齐同时杀死在床上。房门窗槅都关得紧紧的，直到此刻，我们喊他俩起身不应，才撬开了房门进去看见的。这不是件奇事吗？"

大家听了，一齐称奇诧怪，遂同走到十二号房间里去探望。有那胆大的即走到床面前细看，胆小的只掩身在人背后或房门外张望，不敢细看，便已跑向别处去了。掌柜的这时也来看罢两个死者的情形，转身出房时，忽然在房门旁边靠洗面盆架子的庭柱上发现了一块新被刀削去了的白痕迹，约有寸来阔，尺来长大小。在那新削的白痕迹上面，有墨笔写着的几个黑字，不由咦了一声，说："这字迹从何而来？几时有的？"边说边走近前去细看。

不知那庭柱上黑字写着什么话，请待下回分解。

第四回

孽因恶果命丧招商店
香消玉殒魂归离恨天

话说店掌柜的回身出房时，才发现那房门旁边靠近洗面盆架子的庭柱上有被刀削去一块寸来阔、尺来长的新痕迹，白迹上并有墨笔写的几个黑字，不由咦了一声，问道："这字迹从何而来？几时才有的呢？莫非杀人的凶手还胆敢留名不成？"边说边走到面前，用目细看。因为这位掌柜的是近视眼，远光极其模糊，当先原系平光，只因幼年读书太认真，想从诗云子曰的八股文章上博取功名，所以一味地苦读死书、精研章句，因此才由平光变作了近视。人家因他是个屡考不第的考呆子，特借他近视眼的谐音，拿他开玩笑。大年初一，在他家大门上用朱红笺纸恭楷写了几个字道：

报捷，贵府某某大老爷，高中某某科进士榜眼及第。

故意将"进士眼"三字当中的一个"榜"字写得蝇头般大小。那时，掌柜的往人家拜年，出去时并不知道，及至回来，方才看见有一张红字条儿贴在门头上，苦于目光短视，看不清楚，命人搬了张凳来，站上去细看，才能看出。不由又好气又好笑，笑骂了一声

131

"岂有此理"，随手将字条儿扯将下来，团了抛在字纸篓里。如此类的被人取笑事件很多，不须尽表。

后来因考试都不能中，遂改行学贾，又由贩卖商改业了旅舍，虽然开设在乡镇上，但因这地方为往来南北及进省城的孔道，行旅甚众，所以生涯鼎盛，营业十分发达。自从开市到现在，从未发生过窃案，休说是人命重案了。

当时他因远看不能清楚的缘故，只得走到那刀削新痕的面前，细看那白痕上的黑字，只见上写：

杀人越货者，九江法自求也。

十一个字，行书潦草，写得歪斜不整，墨迹亦浓淡不匀。掌柜的看罢，回身一移脚，觉着足底下有东西一绊，低头一看，却原来是十二号客房里桌上的小蜡烛台，连着半截隔夜未曾点完的蜡烛，跌落在地上。掌柜的弯身将烛台拾起，顺手搁在桌上，边口中咕噜着道："这杀人的凶手，其好大的胆子，杀人之后，居然敢在柱上题留地址姓名，目无法纪，一至于此。如不缉案严办，还当了得吗？这分明是他用蜡烛照着在柱上题字，写好后顺手将烛台扔在地上的。"边说边放好烛台，走出房外，往柜上去和各伙友商量。

大家都以此事人命关天，非同小可，纸包不住火，赶快唤保正同去报本镇的保甲局，再进城去报告历城县衙门。掌柜的见众议念同，只得如众所议，立即打发一名小二，飞往地保家中去唤地保。小二奉命飞步出店，走在街上，恰巧迎面遇见地保，遂将地保一把扯住，往本店就走，边走边将夜间本店发生人命盗案之事告知地保。地保听罢大惊，赶紧跟小二到店踏勘，边又说了个地名，请店东转令小二快去唤他的伙计到此地来看守尸身，办理事务。店东闻言，当令小二去照办，一面请地保随同本人前往保甲局去报告。保甲局得信，立刻齐队赶来察看，将那昨夜轮班专伺应上房旅客的小二暂时看管了，并令所有住在本店上下房的各旅客一齐监视着，逐房搜查，查问："一早可曾有过哪个旅客结账动身吗？"

这一来，自店东以至小二，方才觉着，凶手或已逃跑，本店颇有私纵凶手的嫌疑。因此齐各吃惊，即对保甲陈述："在本日清晨，小二尚未发觉此事之先，本店上下房的旅客都系过路的客商，早起洗漱后，打过早尖，哪还肯耽延时候，误却赶路呢？所以在一早即已走了不少。待至小二发现此事，声张出来后，出门人谁不怕事呢？所以便又有多人匆匆赶紧走了。"

保甲闻言，把脸色一沉，嘿了一声道："什么话？你们做着客栈买卖，对于旅客的生命安全应负有保护责任，岂能于发生人命盗案之后，竟敢擅自放走了许多客人，难道你们都不知道，阖店上下人等，以及各房旅客全体都有嫌疑吗？"说罢，即又查询："这两个死者来住店后，可曾有人跟着他们俩随后一同来此落店吗？他俩所住的是十二号上房，在十二号左右、对面、背身，各号房间内，所住的客人现在可曾都已走了吗？他们的来踪去迹、姓名籍贯、年龄职业，可都明白吗？最要紧的，是否有湖南、江西两省口音的人在内？"

店东等见问，遂去取过连环簿来，当面交保甲查看，并逐房查问，和十二号房间邻近各房的旅客，现在是否都已走了。又唤过小二来，详细问他昨晚各房的客人有没有掺着两湖、江西等省口音的人在内。

小二低头沉吟了一会儿，摇首道："没有，没有，讲到那些旅客

133

何处人氏，掺着何地方言，恕俺不曾留意，未能听出问明。不过有一层，出门人向须带着三分假，不肯完全对人说实话，何况那凶手又存心作杀人越货的案子，那更不肯以真心实话示人了。"

保甲闻言，暗忖："亦颇有理，凶手既存心作案，哪还肯说真言呢？"因此亦不再问，只录取了店内主客东伙等各人的口供，偕同店主东，一齐乘马进城，到历城县衙门报案。历城县官闻言大惊，当即委二衙带通班捕快，和一队缉捕官兵，连同书班、皂役、仵作人等，即刻赶在出事地点，仔细调查破案，并须设法将那柱上题留下人名的笔迹照样描缮一张纸，回来好作将来捉住凶手时核对笔迹。

当日二衙等一行人众出城时，已将近傍晚，及至来到该处镇上，已是二更之后。大家由店东招待饮食，住在那爿客店里，二衙遂连夜升座，将各房旅客、各店小二等人逐一严密研讯，始终不得要领，只得安息。

次日，绝早起身，二衙即令仵作检验两个尸首，逐部报上来，填写毕验尸表格，又设法请一名裱画匠来，将那柱上写的笔迹移到纸上，折好放在身边。当又唤过店家，吩咐店家暂且先给两人收尸，权时厝着，守到店家已将收尸的事办妥，时候已将近傍午，遂由二衙乘马，带着兵捕，押着那夜轮值的小二，一同进城。到得县衙时，向县官陈述经过情形，县官早已为此事心中犯疑："杀人越货之后，居然敢题名，胆量既大，本领亦必不小，只恐此人名乃是凶手的仇人姓名，故意留名诬栽，或者系凶手故作疑云。这'法自求'三字名头，或许竟是凶手虚造出来欺人的，亦未可知。只不过目下不得不暂以捕拿法自求为破案的第一步办法。"捕快等领命退出，到班房内和各班快手等商酌，如何访拿方法，当即约定，大家分往各处去打听访查，得信随即回来。领兵士及通班捕快同往合力捉拿，以免

134

被他逃跑。

当时由一名马快在历城公寓内旅客人名表上看见"法自求"三字，不由暗暗惊诧，当即悄悄到账房里一打听，法自求是何处人，到此地后，干了些什么事业，曾否有人来拜访他，访他的人是何色人等。账房内人见他是公差，哪敢怠慢？遂据实回答。马快大喜，即刻飞跑回衙，在班房里会集了全体马步快手，约好了一队兵勇，立刻各带兵器，风卷也似的跑到历城公寓来，捉拿法自求到案讯究。

其时，法自求还蒙在鼓里，正和秦、柯两位约好同去回拜金步云，却万不料祸从天降，被捕快等指称自己为强盗凶手，心中大怒，所以一口气跑到县衙，供述本人何时离家，何日到的济南，到济以后，每日白天里曾访会本地的某某名人，晚间和本地的某某好汉聚餐，都属有名的人物，应请大人明鉴，分别清浊。县官核供，已知他是被冤屈。适巧接着金步云得秦、柯二人报信，亲到县衙来请将法自求交保，领限破案，缉拿正犯。县官亦即答应。

当时四人在德盛馆楼上雅座内聚饮畅谈，金步云对法自求道："法爷，从来不入虎穴，不得虎子，'冒险'两字，却是人生应有的事。假使贫道不冒回险，何敢跟崔名贵至三义栈，入他们的机关呢？倘非冒这么一回险，王大亨的党羽怎能剪除得了呢？王大亨本人的面，那可就更难会着，难保他们不再接再厉地弄出别的大事来陷害我了。贫道愚见，法爷的这件事亦宜像贫道一样，冒一回险才好。"

法自求道："道长之言有理，但我有一件事为难，因为绝对不知这冒我的贱名杀人越货的强盗究竟是哪一个，所以我虽想去入虎穴，擒虎子，但苦于无从入手。"

金步云笑道："你这话真不像聪明人说的了，凡人自己做的事，总该还记忆得起。法爷只要自问在家乡地方，以及此番出来闯道，沿途曾否和人结过怨，如其有之，即从这个冤家方面去入手。第一

135

个不对，就去打听第二个，几个有仇怨的人打听不出来，那可就要舍去本身的冤仇寻思府上或令师等方面可有什么冤家没有，也许他们刨不着西瓜刨黄瓜，将别人的仇报到你的身上来。像这种事，俺在往日未出家前亦曾遇见过，并不足为奇。现在只要你能多破费些时间，思忖思忖，便就得了。"

法自求被他一提，陡然想起，在曹州三里店和白家弟兄相争的一件事来，遂道："哦！是了，莫非就是他们弟兄吗？"说罢，即将在白家和白大有弟兄激斗，并双方比试剑术的事告诉三人。

金步云道："白大有乃是本省知名的一位侠义，生平作为极其光明磊落，冒名嫁祸的事，以贫道看来定系白大有的手下人所做，绝不是他本人所为，此层贫道可以保险的。法爷既已想出是白氏兄弟们所为，凡事须要办得快就赶紧从速调查破案，一则显出你是个汉子；二则显你爱护名誉。"

法自求闻言，连连称谢，并恳求三位帮忙，三位亦即答应。

看官们，看到此处，必要纷起责难，主编书的太将漏洞漏大了。在本书上集《少林剑侠》书中，说到金步云在章宅和法、秦、柯三人相见，本书第二、三回即从法自求的事叙写到金步云的事，以紧接前书。本回忽又岔开，难道章培德、何芝芳夫妻的一重公案就不交代了不成？

哈哈！编书的如不将章、何夫妻俩的事交代清楚，法自求被诬陷的一案又将从何了结呢？

编书的现趁四人仍在德盛馆楼上雅座内饮酒畅谈的机会，且将金步云当日在沈三友的机关内奋勇大杀的事写叙一番。原来金步云当日被崔名贵诱到三义栈，用蒙汗药麻倒后，捆缚结实，诈作病人，用被盖好，抬押到城外沈三友的寓所内，正要动手。金步云已是醒来，心中大怒，又见王大亨立在面前，不由格外愤恨，遂挣脱绳索，抖擞威风，和大众厮杀，又放出飞剑来，和陆舜卿对抗。当场被金步云将王大亨、崔名贵、鲍成功三人格毙，沈三友杀伤，伤重倒地，不能动弹。手下党羽见首领都不是老道对手，早已吓得胆落魂丧，哪还敢再上前来和老道拼回死活？故均呐喊一声，纷纷四散，抱头鼠窜。陆舜卿亦乘此机会，跃身收剑逃走。

金步云大获全胜，深恐沈三友死去，失去活口，无从对证，反从身边掏出包刀伤药来，给沈三友敷在创口，定痛止血。但又怕被他逃跑，故此顺手点了他的穴，使他不能动弹。一面使刀锋在他面门上试着，威逼他吐露实情，现将章培德隐藏在何处。沈三友举目四顾，手下徒弟头目等众都已逃亡，所未走的都和自己一样，受伤睡在地下，不能移动身体，除去听得大家的哼声哎呀不绝于耳之外，别无其他声息，那新交的朋友王大亨等三人都直挺挺地倒卧在血泊子里。这种景象，何等的可惨可痛，忍不住泪流满面。被金步云用刀锋威逼着，不由把心一横，长叹一声道："唉！牛鼻子道人，你听着，杀落颗头，不过是留一个碗口大小的创疤，再过上二十年，你沈大爷依然又是一位好汉了。你使刀锋试着，想吓唬俺吗？那可是你做清秋梦呢。姓章的那个脓包，不值价的东西，早已被俺杀了，你还要问他做什么？何芝芳是何玉瑚的女儿，俺的表妹，与你这牛鼻子道人何干？要你来多管什么闲事？快给俺滚你妈的……"

话未说完，早被金步云唰的一个巴掌，打得他口中喷血，折落了两只门牙，大骂道："该死的囚徒，你这寡廉鲜耻乱伦的王八，还亏你说得出口，何芝芳是你的表妹，你为何将她奸占了，又绑架了你表妹夫，唬吓得你老母亲章太太日夜啼哭不安？你这狼心狗肺的贼子，我如不看在要留你的活口，到历城县原案时，早就将你就地正法啦，你还敢大言不惭地骂人吗？"边说边伸手又是一个嘴巴，打得沈三友鼻中血流如注，头昏眼花，晕在地上。

金步云看了看，四面并无一个能动弹身体的人，料想无人可以救他，遂移步去将前面大门闩好，回身进来，将沈三友和他手下但凡受伤倒地、不能移动的人逐一就地倒拖进旁边一间房内去，解下他们的腰带，给他们甲左手联系好在乙右手上，连环着一个一个扎蟹般连接着紧紧系好，使他们一个也逃跑不了，这才寻向后进房屋内去。走进后面，忽听见一旁房中有人窸窸窣窣的抖战声息。冲进房内去一望，却原来是两个丫鬟，吓得面无人色，隐身呆立在壁角里，战战兢兢地乱抖。一见金步云冲进房来，吓得二人手足无措，竟妈的一声大哭起来。

金步云看了，陡生恻隐之心，平声缓气地对二人道："你俩不要害怕，我决不把苦给你们吃的，你俩尽管放心，只要你俩将章培德现被藏身在何处、何芝芳在后面哪进房屋里告诉我，并领我前去，我不仅不难为你们俩，还要救你们出去，送你们两个回家，并各送你们许多银钱首饰衣服，使你们回家去享受快活。"

那两个丫头毕竟是女孩儿家，年事尚轻，听说不难为她们，又答应送她们回去，还给她们许多首饰银钱，登时恐惧心变成了欢乐心，拭泪答道："姓章的现被拘禁在后院柴房土牢里，已断了三天食了。何芝芳现居后面正屋右首上房里，此刻正在里面抽着大烟呢！你如真送我们回去，并给我们许多值钱的东西，我们便引你去。"

金步云大喜，和颜悦色地对二人道："那是自然，我这么大年纪的人了，还和你们开玩笑吗？"说罢，即请二人前行，引导自己往后面去。

两丫鬟依言在前引导，金步云在后相随，穿过了一进房屋，来至后面正屋。二人指着右首房间，低声对金步云道："俺们太太就在这里面，你自己进去吧！"

金步云点点头，掀门帘迈步闯将进去。只见里面铺陈极其华美，恍如天宫玉阙一般，只见那旁象牙镶的红木炕铺上，侧身睡着一个鲜衣美服的冶容少年女子，一言不发地躺在那里，此外门内别无他人。

金步云走到那女子面前看时，呀！原来那女子已是香消玉殒，魂归离恨天去了。遂唤两丫鬟进来，问她们俩："这就是何氏吗？"

两丫头道："正是俺们太太。"又惊讶道："哎呀，怎么竟服毒寻死了呢？"

原来何芝芳正在后面房内烟炕上抽大烟，猛见仆妇、丫鬟们慌张失智地接连跑来报告，说："陆地神仙金道士被俺们的人用计策将他捉住，抬到此地来开刀，了却后患。不料那妖道忽然醒来，和俺们的人在前面厅上厮杀，俺们的人被他杀死了不少，几个湖南人和俺们爷都被那妖道杀得死的死，伤的伤。太太还是快做良图，逃走了吧，免得被那道人冲杀进来，受惊吓羞辱。"仆妇、丫鬟们说罢这番话后，即纷纷乱乱地自由行动起来，开橱门、翻皮箱，各抢了些衣服首饰等件，匆匆出房，开后院门，各自逃跑了。

何氏目见这种情形，喝止不住，心中一痛，料知道人进来，定被捉送到官，前后总是一死，不如此刻死了，还免得出乖露丑。因此，咬牙发恨，把心一横，拿起面前烟缸内的鸦片烟膏，一口气吃下肚去，登时毒发，身死在炕上。

金步云进房时，何氏死已有几分钟了。

毕竟如何结果，请待下回分解。

第五回

树倒猢狲散且趁火打劫
牢破机关毁聊顺水行船

话说金步云见何芝芳已死，不由惋叹道："可惜这么一个如花似玉的美人儿坏子，竟因纵欲恋奸之故，身败名裂，惨遭这般结局，真是何苦来呢！"叹罢，即对两名丫鬟道："这死鬼何氏的贵重首饰、衣服，料想适才那些仆妇、丫鬟等人虽然各人都是趁火打劫，但是匆促之间，逃命要紧，定必不能将所有的衣服、首饰完全顺带了去。你俩领我到后院柴房土牢里救放出章培德后，在未曾报官之前，这房间里的东西准许你们俩对半均分，只要是你俩看得中的，爱拿便拿了走，我都可以做现成人情。"说罢，便令二人前行，引导自己同往后面院落内去。

是时，后院门已大开，所有未在前面被杀伤的恶奴豪仆，以及沈三友门下的徒子徒孙、羽党等人众早都纷纷从后院门向外逃跑，那些仆妇、丫鬟亦都恐后争先地从此后院门逃出。他们逃出门时，深恐后面尚有道人的羽党埋伏着等候，所以十分畏怯。及至逃到后面，见无人拦截阻止，心中定了，胆大的忽又转生贪得之念，以为里面的东西哪一件不是很贵重值钱的呢？乘此机会，顺带不为偷地拿几件出去，立刻可以发一注小财，仍乃是毫不费力的外快，岂可失之交臂？因此遂有那财迷心窍的，复又冒险回进院墙门来，往前面正屋内去搬运物件。也是活该倒霉，迎面不期正和道人撞着。

金步云一见有人到来，不由抖擞威风，抢步迎上去喝骂一声："该死的囚徒，去而复返，真乃自投罗网。不要走，看掌！"边吆喝边上前一掌劈面打去。

那贪心的仆人猛不防忽然遇见魔星，早已吓得呆了，慌了手足，竟不知如何是好。想避让时，早被一掌击中面门，打得头昏眼花，仰身跌倒在地。当先的被打得哎呀跌倒，后进院门来打野食的一见情形不妙，赶紧脚下明白，转身向外飞跑。可巧正和另一个贪心外快财物的两下撞个满怀，立足不住，一齐撞得踉跄跌倒在地。慌忙忍痛地爬起身来，向外逃走时，早被道人瞥见，跃身过来，一伸拳，打倒了一个，一抬腿，跌倒了一个。院外尚有不知死活、想进门来的，听得哎呀跌倒声音，知道不妙，伸脖项向门内张望，瞥见了道人影子，早已吓得心惊胆战，哪还敢再进门来呢？赶紧急急地拔步飞跑，一口气跑了十来家门面，方才停止了足步。回头看了看，无人追来，方才放了心。

金步云打倒数人之后，仍恐再有人进来，遂到门外张望，见除去有人飞步逃跑外，别无人向此走来，遂回进门内，扑通将门闩上。看那几个被打倒在地上的恶仆时，都伏在地上装死，不敢挣扎起身，连大气儿也不敢出。不禁指着他们笑骂了一顿，信步走过去，各赏了他们一脚，踢点了他们的穴道，免被他们逃跑。

两名丫鬟遥立着看见这般情形，可怜吓得她俩只管像筛糠般在那里抖战。金步云处置毕众人后，遂命两名丫鬟指引着自己往柴房中土牢里去救章培德。到得柴房门外，只见双扉紧闭，铁环上锁着把长大的铁锁。金步云叠起右手食、中两指，向锁上一击，那把铁锁立被击成两段，碎落在地，抬腿一踢，双扉应脚而开。走进柴房，只见里面满堆着柴草之属，高与梁齐，只留着中间一条狭窄的甬道，那甬道仅堪容得一人侧身行走。

丫鬟在门外立住，不敢进来，只说道："爷，脚下留神，须防踏着机关，跌下去可不是耍处。"

金步云本极心细，所以进门后，只四面上下打量，尚未移过一步。听说，即移步前进，使足尖儿试实了，方才踏脚向前。边问两名丫鬟，土牢在这屋内何处。

两名丫鬟道："就在这柴堆背后，看去像似柴堆，实系外面虚掩着柴草遮人眼目。那假草堆里有所隔开的铁壁，铁壁上装有铁门，铁门开辟进去，就是很深的土牢。倘在柴房屋外背后张望，沿墙脚下阴沟槽边砌有许多雕成方孔的铁板，那便是土牢内透空气和光亮的气窗。铁门上锁的暗锁是由一个专打锁的工匠精心发明出来的，据说比外国的什么弹簧锁还要坚固牢实、玲珑巧妙百倍呢。俺们这里的人，除去俺们的大爷自己会开会锁以外，只有俺们大爷的心腹大徒弟会开会锁，别个都不懂得如何开锁法。"

金步云听罢，已走过了外面的柴堆，来至第二重柴堆面前，借着屋上天窗内透进来的光亮，仔细观看，果然看出那柴堆上半截的确是堆的柴草等物，下半截距地约有五七尺高模样，完全是虚靠着柴草把儿遮掩着痕迹的。遂立定身体，以防失足误踏机关，伸手将那虚靠着的柴草把儿分拨向两旁甬道空处去，果然露出一重镔铁铸成的厚壁，壁上如天衣无缝，并看不出哪里有一扇铁门。不由望着铁壁发呆，忖念该如何着手。忽然想起道："呆鸟，平时所学的剑术和一切道法，此刻不是正用得着吗？何苦来呆立在此无法可施呢？"遂索性脚踏实地，仍从甬道原路退出外面，吩咐两名丫鬟退后立着，即便手指一弹，放出道白光来，向那柴房内飞去。嗖嗖嗖、嚯嚯嚯、扑通、哗啦、窸窣、淅沥……一阵大小声响，杂然并作，登时将那座柴房柴草堆连屋顶梁椽和铁壁铁门一齐砍削得破裂摧毁，四面塌倒，显露出一座铜墙铁壁的土牢来。

金步云纵身立上柴堆，向土牢内探望，才知道上牢的构造极其坚固精细，四面顶上俱用钢铁打成五寸来厚的铁板，用生铁熔化浇铸成功，下面平铺着青石板。那铁门出入口处，有石阶十来级，约莫那土牢下面的深度，距离柴屋内平地大概有二丈光景。那靠柴房屋后沿墙脚的阴沟槽边砌就的方孔，乃是一物两用的，作为透光线、通空气的气窗，固然可以算得。但如算作放水冲进土牢，立改土牢为水牢的，亦未为不可。那青皮石上正偃卧着一个面容憔悴、毫无人色的汉子，那光景气息奄奄，已成垂毙的模样。

金步云看罢，知道此人定系章培德无疑了，本拟跳身下去，将他背负着跃出土牢外面，只因恐那地下铺的青皮石未知究竟虚实如何，倘如误踏虚石，跌落下机关内去，那时救人不成，反将自己的性命送却，可不是要处。因此遂指着章培德，画了道符，口中不住地念念有词。念了一会儿，喝声"疾！"那章培德的身体便从土牢内腾空而起，恍如驾着云雾，白日飞升一般，直被提到土牢外面金步云所立的柴堆上来。

金步云弯腰伸张两臂，将章培德拦腰抱起，跃身到柴堆下那柴房外面院落内空地上去。放下来仔细观看，才知章培德是被关锁在土牢内日期已久，断绝了饮食，所以才被饿得头昏眼花，闷闭得气息仅属。只要将他救到外面，好生调养，便可以生命无妨。于是金步云吩咐两名丫鬟："速往前面正屋内去拣选自己所爱的衣服、首饰、细软等物，赶紧收拾打好包裹，即刻从后院门出去，各自回家。"一面金步云自己将那章培德放平在地下，从头至足给他推拿按摩了一会儿，活动他周身的血络。又去厨房内寻着了温水，倒了一杯来，给章培德灌下。章培德登时清醒了许多，张目伸腰，对着金步云望了一眼，即又闭目不语。

金步云见他已醒，不禁大喜，同时两名丫头已各从前面收拾了两大包裹衣服、首饰、银钱，欢天喜地地分双手提着，匆匆走来，向道人申谢。金步云走去开了院墙门，放她俩出去，吩咐两人径行回家，休在路上耽搁，免遇歹人，被歹人觊觎。两名丫鬟再三道谢，相偕着匆匆走了。

金步云这才回身入内，闩好了门，飞身从院墙上出去，径跑到历城县衙门，不待通报，即已抢步入内，跑上大堂。恰值县官在堂上审理案子，见道人匆匆跑来，面有喜色，向上打稽首行礼，忙立起欠身答礼，问道人可曾得到案情线索，有无佳音。

道人遂侧身立在案前，将上文所述的经过从头细述："回明县官，请大人速派通班捕快前去锁拿人犯，援救章培德出险，并派令仵作人员到沈三友的巢穴内检验各犯尸体。"

知县见报大喜，即令差役："将现在审理的各犯带在一边，候本县回衙再行审讯。"一面传齐本衙的全体捕快，及仵作人员："随同本县前往城外去锁拿人犯，检验尸体。"一面起身让请道人进后衙稍坐，等候他更衣，并再三申说，给道人道劳称谢。

差役应命上堂将人犯带下，县官邀道人往后衙待茶，请师爷陪着，并请师爷当着道人，代道人起稿缮好诉状，陈述被沈三友等设计诬陷的案由，和领限缉案的经过。一面命门子出外，传命轿班执事人等，预备一切，一面自去房中更换过衣服，出来命门子："吩咐厨房，整治菜肴，待会儿本县回衙，款待金道长，给他洗冤道劳。"

门子应声晓得，并打千儿回话："已遵命吩咐过轿马执事人员伺候。"回话后，即起立垂手，缓步走往后面厨房内去传命。

知县即问："师爷可曾已经完全明白案情？"

师爷回称："已由金道长对职员说明，本来前次金道长投案请领

144

限缉正犯破案时的声请状亦系属员经手代拟的底稿，并且代为誊录，所以此刻易办。"

知县点了点头，说："请师爷就动笔吧，守本县偕同道长回衙时就要看稿子的，好于审过本案后，办文详请列宪回批定罪。并请颁给金道长的褒奖状，以明其已往的受诬。"

师爷应声："晓得，属员遵即下笔，大人回衙时，谅来已可脱稿呈阅了。"

金道人闻言，接着便向师爷稽首道谢，并谢县长的盛意。知县回揖道："道长休得客气，本县素知道长乃是位方外的正直光明之士，早已料知道长是被宵小诬陷，不过万料不到是被贵省湖南地方的歹人在暗地里作祟罢了。现在据道长陈述，这群匪党之中，有个陆舜卿在逃，是个有极大本领的要犯，深恐他来乘县衙的不备，或有意外发生，预令本县防患未然。本县极其感激，且待本县回衙审过各犯后，再定缉拿该犯，及防他来捣乱的办法。"

说罢，即令门子先出去传话："本县即将出来。"

门子叫应声是，退身出去传话。

县官即邀请道人同行。金步云应称："大人前请！"别过师爷，即偕同知县，齐出外面。到得县衙大门外面，全班执事、通班捕快、轿班仵作、文案等各行早已都齐集门首，见大人出来，齐上前行礼回话。知县一摆手，大家分别退下，排列先后次序。知县即先让请金道长乘坐了小轿，自乘了绿呢大轿，轿班等向道爷请示过方向，遂即传令前行的执事，鸣锣开道，一路往城外进发。

不多时，已到了沈三友的巢穴所在。金步云在轿内遥遥看见，早已指明地方。通班执事、捕快等簇拥着两顶轿子，到门首停下。金道人首先下轿，至县令轿前，请大人稍待，并请转令通班捕快，将该屋前后各门分别派人把守。县令依言，即命捕头通知全体捕快众人，分往前后门把守。金道人这才回身来至近墙壁处，一扭身形，已纵上了屋。大众看见，不禁齐喝声彩，再看时，道人已是不见。不由齐声称奇，遂由捕头传令通班快手，吆喝助威，一面令人通知本地的保甲局和地保等，立即赶来听传。吆喝声未毕，金道人已将大门开放，让请各位公差进内拿人，并请县官下轿，入内踏勘。

金道人开过前门，让县官等进内后，即转身飞步到后院内，将院墙门开了，让在后面把守的差人进内，吩咐顺手即将后门闩上，先将后院内地上倒卧着的几名贪心自讨苦吃的汉子逐一套上铁索刑具，即由金道人将各人的穴道点活，令差人将各犯锁拿到前面去见本官回话。可令两名差人将章培德抬着，同到前面去。

差人依言照办。金道人即率引众差往前面去见知县，知县已从前面各处逐一踏勘过，令文案："将逐屋踏勘的情状写成草稿，边令各差将睡在地上的活人逐一上了刑具锁好铁链，分有伤无伤的为两处，各由两差合力相抬，或就地拖着，分别禁押在一边。所有的尸首亦一齐抬至一处，命仵作逐一检验，照填尸格表，并令差人在该厅正中设好公案，并于旁边设立了座位，备作道人的坐处，一边另设桌椅，俾便着令文案录取口供，查抄各屋内所有的物件。"

县官正在吩咐，道人已率各差锁带着各犯，抬着章培德，来到前厅。县官见了，即请道爷引导，偕往后屋去看女犯何芝芳的尸首和柴房土牢。道人依言前行，县官领仵作、差人、书班后随，先将逐屋略行看过，即径到后面正屋右首上房内看了女尸，命抬往前面去同验，一面点查房内所有粗硬细软的物件，分别开列了表格，一面再到后院内去查看柴房土牢。县官见那屋宇的倾圮塌倒状况，不由格外钦仰道人的法术玄妙高深，连声赞叹，并令差人们搬过柴草，察看那土牢的机关情形。差人们将柴草搬过一边。

有一名差人偶不留心，脚下一失足，踏着一块活动的大方砖，

146

忽然方砖一翻，腿往下沉，接着别处的机关同时忽都发动，扑通、咪嘿、嗖嗖、哗啦、锵锒等声响杂然并作。那差人的脚竟被机关的吸力吸住，恰巧正落在机关内装就的一个狗头口里。那狗口张大着，机关一动，狗口一合，足被咬住，动弹不得，疼痛异常，哎呀一声，身体栽倒。那机关因此发动，各种声响同时杂然并作后，四面八方射出许多毒药制过的箭，打出各种石子、钢镖，向四面打来，伸出各种短刀、宝剑，乱刺乱砍，掷出许多英雄胆、铁弹丸。

县官等听得响声，慌忙四下远避时，饶你走得快，已有了好几个人被石子、弹丸、药箭等所伤。仅金步云眼明身快，一见那差人误踏机关，即已大呼大众快退远些，边嚷边已纵身飞跃到院墙上去立定，向下观瞧县官。因系文人，足下不及差人们快，又立身靠近柴堆，所以竟被石子、弹丸、墨雨、飞蝗、钢镖、暗箭等所伤，所幸都中在腿部，身已跌倒，上身并未被伤。金步云看见，忙又呼："大家以身伏地，免再被暗器所伤，且待贫道再行略施道法，遮住了机关内的各种暗器，使各种暗器射不到人身上来，再给各位施救。各位放心，有贫道在此，保可无虞。"说罢，即伸手向着土牢四面的机关一指，画了道符，口中念念有词，念了一遍咒语。猛喝一声"疾！"说也奇怪，那机关内所发出来的各种流星、石子、飞镖、暗箭等兵器虽然仍旧如贯珠般分向四面乱射出来，可是忽然都像被一堵围墙将四面团团围住着一般，那许多兵器都一齐忽然中途坠落下地，或是被倒撞了回去，无一能射出圈子外来。大众看见，无不惊奇。

一会儿，机关内的各种兵器都已发射完毕，只空余着那些刀、枪、剑、戟、戈、矛、叉、棍等项在那里乱砍乱刺，乱击劈，乱戳个不休。道人看罢，遂又口中念咒，手指那些兵器画了道神符，说也真正神奇，咒念完，符画好，那些兵器被道人喝罢一句："急急如

147

律令敕！"后忽然都如受了什么束缚一般，登时一齐停止，不再乱砍乱劈、乱剁乱刺、乱戳乱打、乱击乱挑乱钩。

金步云这才从墙上下来，先对着各受伤倒地的人各画了一道符，念了遍咒，定住了各人的病。凡是被镖箭等所伤的人都给他拔出镖箭等兵器来，验看过那镖箭是否毒药制过，凡是被毒药制过的，立刻给他在创口四周画了个圆环，画了道符，念了道咒，顷刻间毒水从创口内流出，依然变作了好肉，不再蔓延。又画道符，念遍咒，给他止血定痛。如此逐一施过法术，遂又对着那被机关内狗口咬住脚不能逃出、身受重伤倒地的差人手指一弹，唰的一声，放出飞剑来，割断了那只狗头，削破了狗口，松放了被咬住的脚，收回宝剑，又对他念咒画符，将他从地上像救章培德般提得腾空而起，用手一招，直落到面前来，卧倒在地上。道人又念咒画符，给他将各剑口都定痛止血。

大家都止痛平复，神清气爽，一齐对道人行礼叩谢，称颂道人法力无边。道人慌忙回礼，对各人普遍地总打了个稽首，口称："贫道无德无能，不过仰仗菩萨的慈悲，替天行道，援救各位的难星。蒙各位如此叩拜称颂，贫道实不敢当。敬谨回礼，请各位休再客气，容贫道先用剑术将这土牢内机关完全摧毁，免再害人。"

县官连忙拱手称谢，却阻止道："道长且请缓用飞剑摧毁，本县意欲暂时留此土牢、机关。"

道人见说，忙问："大人留作何用？"

不知知县留此土牢、机关何用，如何回答，请待下回分解。

第六回

留盗窟机关县令具深心
讯贼酋口供道士用砂手

话说知县见问，不由笑道："金道爷，你是聪明人，这还用问吗？你要问我留上土牢、机关何用，本县却要先反问你，因何适才破土牢救章举人出险时，不就马上将此土牢连同机关一齐摧毁烧去了？你才将所留着土牢、机关不摧毁焚烧的意思，和本县此刻要请道爷暂时留着的意思是完全相同的。"

金步云听罢，这才明白县官的用意，遂说："贫道方才所以不即摧毁土牢、机关，使它完全消灭、不留痕迹，乃是留着待大人亲来踏勘，做贼党幽囚章培德所在地点的凭证，以明贫道所报告的并非虚语罢了。大人此刻留着吩咐暂缓摧毁，难道要留待上宪衙门委员来查考察看吗？"

知县点头应道："道爷真是明人，只消略一点破，即已完全明了，本县的愚见正是为此。不过另有一层，就是为了欲表彰道爷的功德，拟请道爷暂缓一两日，守上司衙门委员来查看时，再请道爷当着上司衙门派来考察的委员面前，一显道爷玄妙高深的道法和锐利光芒的剑术，使他们借此格外信仰道爷，明白道爷此番确系被诬。倘如道爷果非真正诚实忠信的君子时，凭着道法、剑术，又何往不可、何事不能为所欲为呢？更借此可以寒一寒本省，或连全国的上下文武官吏之胆，使他们知道目今世界上有道爷这么一位方外高人，任侠仗义，专一诛暴安良，吓得他们心胆俱寒，不敢再生贪污作恶的歹心，道爷的此番功业和积的德行可就真不可以道理计了。倘在修道行的方面讲，此次道爷所为实可胜过诵经千万遍，茹素数十年呢。愚意如此，不知道爷以为如何？"

道人听罢，不由大悦，尤其是"欲借此寒各文武官吏之胆，不敢再生歹心的话"最足令他心中痛快，遂即答应，暂缓使用道法、剑术，毁灭土牢、机关的事。

县官此时虽已腿部受过伤，然因被道人的符咒治病治得灵捷迅速，并未多流血，所以并不十分觉得痛苦。县官是文人，尚且如此，那些捕快等辈都是粗皮糙肉的健壮汉子，平时缉捕盗贼，被戳上几刀，因迟到误命，或因案受比限被打一顿板子，已是视同家常便饭，所以此刻一经道人用符咒给他们止血定痛治痊创伤后，都已视如稀松平常，认作不足为奇了，哪还觉得痛楚呢？

当由县官发话，吩咐差役："传当地地保和保甲到来。"

差役应命跑到前面去看，保甲、地保等正都已被传到，立在厅前阶下伺候呢。闻唤，遂即跟随差役跑到后院内叩见县官，自陈失察，请求大人法外施仁，原情恕罪。

知县将面色一沉，喝骂地保道："好个酒囊饭袋的狗才，地方上有这么一所贼巢，你所管何事？难道竟会毫不晓得？这分明是你和沈三友本人或他的党羽有什么利益均沾的交情，故此才置若罔闻，有心知情不举，该当何罪？容俟本县回衙审出本案各衙和你果有关系时，定必从重究办，不仅革去你现在做地保的饭碗。"

慌得地保连在地上碰头，哀求大人宽恩，并没口子地呼冤，称述："如果下役得知沈三友等在此地设有机关窠巢时，下役便生有斗大的胆，亦不敢不报告大人缉拿他们这班恶贼到案究办。"

县官哼了一声道："嘿！不用强辩，且待本县审出口供后，再来问你，不怕你逃跑得了。现在本县将这所柴房内的土牢、机关交给你，着令伙计们分班看守，这里面的机关消息非常凶狠灵疾，你须知照伙计们谨慎，休得妄动手脚，自讨苦吃。守本县呈报上司，派委员来会同本县查考察看时，才许你和伙计销差。更有一事，这所房屋内，前后共有好几进房屋，依本县推想，空院落的柴房内既装有机关，难保前面各进房屋内不设有何种机关埋伏。现在着你督率伙计，偕同保甲局内的员丁，分段逐步仔细踏验，倘或查出别屋内的埋伏，以及秘密所在时，本县法外施仁，准许你将功赎罪。如果你系真实不和贼党通气时，本县还可酌量给赏。后面土牢的看守责任，乃是你和伙计的专责，以防或有贼党早晚到来破坏。前面各屋的看守责任，却是你和伙计，及保甲局同负的责任，不仅看守门户，查考有无别处埋伏，并须在内守候。如有贼党目下尚未知道巢穴已破的情形，从别处或本地赶到巢穴内来报告或会议事务的，你们务必将他们当场捉拿，押解进城，归案讯办，不得违误。倘有得贿纵放，私讲交情的事被本县密派在此地的探子哨探着消息，回禀本县知道，定必将你们一体严重治罪。"

吓得地保诺诺连声。县官又对保甲道："此地密迩省城，乃是往来要道，所以地方虽小，亦特地设立保甲局保卫地方治安，责任何等重大。贵局平时所司何事，乃令本汛地方容留异言异服、五方杂处的人民，丝毫不加检举，可谓有亏天职。现在正犯沈三友虽已因伤被擒，但尚有许多羽党，及本案要犯在逃未获，此处既是他们的窠巢，难保他们不再有人到来探望，故由本县特留县衙的捕快数名在此帮同贵局人员及地保、保伙等人看守贼巢，详细查抄贼穴内各项物件，列表造册，呈报本县转请上司核办。贵局应派全班员丁在此坐守，以便有贼党到来时立即加以拘捕，解送进城，归案讯办。倘贵局以后再有放弃责任，汛地内容留歹人，漫不加察的情事，一经本县闻知，定必严重究办，决不宽恕。今日所破获的本案人犯情节繁复，倘经本县审出贵局人员有和贼党沟通声气情事，本县定必详请上宪，严办贵局负责人员，以儆效尤。"

慌得保甲连声恳求："大人明镜高悬，恕职局一时疏忽失察之咎，此后当恪遵谕示，保卫地方，严查宵小。"

知县冷然微笑，吩咐起去。保甲、地保同应声是，叩头起身，退了几步，才依谕转身往前面去传令所属，分头办事。

知县同着金步云，率领差役人众察看过后院各处，又开门出外看过出路通达的地点，回进门来，仍令闩好，遂到前厅去升公座问事。一面让道人在旁边座位上坐下，道人这才想起沈三友等一干人犯都被点了穴，行动不便，便遂下座往两边去给他们各将穴道点活，俾便县官传唤他们，不便行走到案前听审。

点活各犯穴道后，道人回至座上。知县即首传沈三友到案前来，喝令跪下，厉声拍案，逼令快招，免得皮肉受苦。

沈三友到此地位，眼见徒党被擒，朋友伤亡，心伤目惨，凄然不能自已。又见差人从后面抬出表妹何氏的尸首，痛心更甚，见问，即强颜苦笑道："瘟官！你现在要你沈大爷快招些什么呢？你沈大爷虽然犯法，但是犯法太多，要招也不知该招哪一件才好。现在还是由你先说了吧，说得对，俺便点点头，不对时，俺即不承认，好不好呢？"

知县大怒，喝令掌嘴。差役们大半和沈三友相识，且颇有交情，此刻当着本官，奉公差遣，身不由己，只得依谕上前，给沈三友两颊上各打了五下。手下容情，打得并不甚重，但已牙齿迸出血来。沈三友被打，亦勃然大怒，喝骂："瘟官！你要俺招的哪件事，自己先不肯说，就胡乱吩咐打人，岂非浑蛋已极！现在惹动了你大爷的火性，反正你会打，俺便索兴不招。前后总是死，乐得给你这瘟官个刑毙人民的罪名，使你打破饭碗滚回你的家乡原籍去。"

沈三友逞性忍痛，嗓子愈骂愈高，骂过了知县，又对两旁立着的捕快、公人们道："列位老哥，你我交情多年，今日到此关头，你们下手无情，俺姓沈的绝不嗔怪你们。不过你们既打，就得干脆些，最好一下子就把俺打死了，使这狗官担受刑毙的罪名，要他革职丢官，岂不是你我交情一场的值得吗？朋友们快请用沉重的手劲儿来对付俺吧！俺如讨饶，便算不得汉子，也不做济南省城一方的首领了。"向两旁差人们道罢，又指着金步云喝骂道："牛鼻子妖道，俺姓沈的和你无冤无仇，此番借用你的贱名，乃是为代朋友出气。现在俺已被你所伤，朋友又已被你所杀，你总算已得到全胜，俺总算倒霉，占了下风。不过你且留神着俺姓沈的虽死，江湖上的朋友却未必都死完了，如果由得你回泰山时，也不算俺姓沈的是山东省城的一霸了！"

知县见他如此狂言胡语，不由怒气勃发，正拟喝令差人用大刑。金步云已立起身来道："大人息怒，容贫道来处治他，不怕他不招。"说罢，即走下座去，来到沈三友面前，执起他被铐着的双手，使自己两手的十只手指和他的两手十指相间着夹在一起，运动指功，紧紧一收。沈三友初还强忍着，痛得满头黄豆般汗珠儿直滴，面无人色，仍咬牙挺刑不招。金步云二次收紧，喝骂一声："狗奴才，你还敢不招吗？"

沈三友仍坚忍着痛，只不作声。金道人遂放下右手，将他十指并捏在左手掌内，喝一声："快招！"

原来金步云的指掌功往年曾经苦练，练成铁砂手，运用起来，极其厉害，凡是敌人练有硬功的，只要被他运用铁砂手，指弹掌击，即已将周身的硬功破去，何况沈三友的功夫平常，又因好色过度，身体亏弱了呢？因此被金步云的指夹掌捏，不由熬受不住，哎呀一声，痛晕了过去。

金道人回顾差人，命取凉水来，喷了沈三友一头一脸。沈三友被喷醒转来，实难再受，只得骂道："妖道！你敢死和你沈老子作对，你沈老太爷便作成了你这妖道，免得你再用对付俺的手段对付别个吃不起苦的吧！"说罢，即嚷叫："松手，俺招了就是。"

金步云将手松了，笑道："着啊！光棍做事，一人做事一人当，方才不愧称作汉子。倘如贪生怕死，不敢实招，意欲嫁祸于人，自己挺刑而死，死后还得不到好汉之名，岂不死得太无名义、太不值得了吗？"说罢，即回坐到原座上去。

县官拍起惊堂，喝令沈三友快招。两旁差人同声齐喝堂威："快招快招，免再受苦！"

知县又喝问道："沈三友，你是何处人氏？家中尚有何人？现居哪里？可还另有什么名字？生平所做案件共计约有多少？你今年多少岁数？何时与何芝芳通奸，和诱后如何设计逃走？因何绑架章培德？主意是谁所出，信系何人所写，曾否暗中与何玉瑚一家通告信息？你的巢穴除本宅外，尚有几处？现在已被杀死的羽党是什么名姓？何处来历？你同党共有多少？现在在逃的住址在何处？土牢是谁承造？机关是谁想出来的方法？因何恐吓信上做冒金道士的名字？是受谁的主使？快快从头招来！"

沈三友见问，心忖："与其熬刑不过，将许多羽党徒弟的姓名地址完全招出来，一个也逃跑不了，不如一齐独自承当，死了也使人感激。"想定，遂对堂上招道："瘟官听清，俺姓沈的行不改名，坐不改姓，本城人氏沈三友的便是，别无什么名字。讲到俺家中还有何人，人口却亦不少，不过因俺在外行为不正，家中上下长幼男女

154

人等都已和俺脱离关系，所以现居何处，你亦尽可不问。俺本人住处就在此地，别无他处。俺生平所主谋或合伙做的案子非常之多，实言相告，济南府属各地的人命盗案，和奸淫偷窃各案，不论年月日时，皆是听受俺的指使，所以俺已完全记忆不清。历城县所有的各种未破的档案，统并归在俺一人身上，一笔勾销了吧，免得再累别人。至于俺和表妹何芝芳和奸私逃、绑架章培德、设计嫁祸于金妖道，说来话长。瘟官，你且从头细听。"

说着，便将本案的起因结果，从头至尾供述无遗后说："俺和何玉瑚一家感情本不对，此事发生后，绝未通过信，只有写信给何玉瑚那老匹夫，令他休多管闲事，将来自找苦吃，所以他被吓得像乌龟般缩头在壳内，始终不敢出头，即是因此。土牢、机关皆是俺一人想出来的巧妙方法，并无别人设计，造成功后，俺怕事泄于外，当将那承造的工匠一齐用短铳铳死了。至于现在已死的人，守俺看过尸首，当逐一指认，现在不能乱说。在逃未获的各位好汉，他们都是寄迹江湖，到处为家之人，一宿三餐，都无一定之处，俺亦不大明白。那个在逃的陆舜卿是已死的王大亨之友，俺更不明了。"

知县见他供得干脆爽直，便令他画过供，遂令将他带下去，逐一指认已死的尸体，在验尸的表格上逐一填明姓名、年籍。一面另传别个犯人上来，逐一问明姓名、年籍、住址，并用刑严究他们尚有在逃的党羽姓名、年籍、住址，和城内有无聚会的机关，王大亨等如何得与沈三友认识，由于何人的介绍，并诈说："沈三友本人已招，你们都是从犯，何苦挺刑不招，反担重大罪名呢？"于是各人才将三义栈及佟国柱所经理的浏阳鞭炮夏布庄、成子安经理的典当铺，和另外别处几所聚集之地照实招承，并说："崔名贵、鲍成功系住在三义栈，计诱金道士的即是他俩主谋。王大亨、陆舜卿乃是由成、佟两人介绍认识，陆舜卿现在逃走，或许躲在城内他俩的铺内，亦未可知。"又道："在逃各犯的住处本都在三义栈和此地居住的居多，另外租房子住的很少。现在既已逃走，定已鸿飞冥冥，无处可寻。"

县官见各犯都已招认，逐一令他们在状供上画过押。各犯审毕，县官又令传本屋四面的邻舍到来，逐一问过，亦具结释放。

当因时已近午，遂命退堂，将各犯押解入城，收入大禁，一面打道回衙。

章培德是已有功名的人，不比寻常百姓，嘱令："抬进城内，径到本城官医叶铁豪大夫家去诊治，服药稍憩过后，再抬送到他自己家中去。如大夫怕他回家多谈话劳神，于生命有危险时，可即任其住于叶大夫家中医治，守病好后，再由其自己回家。现为保护其生命安全起见，着捕头分派两名差人，随侍在章培德身旁保护一切，守本案各犯已处斩之后，差人再回衙办公不迟。"

捕头打千儿应称下役晓得。知县即偕同道人起身离座，相偕出门上轿。执事已奉命排齐，守县官、道人都已上了轿，即便鸣锣喝道。所有获案各犯，未伤的缧绁系着，桎梏锁着，紧跟在县官轿后、道人轿前，由一半差人四面簇拥着步行进城。那已伤的，由地保雇好偏车，缚在车上，推车跟在道人轿后，亦由一半差人四面围住同行。保甲、地保及当地民众直送到街头上方才散归。

县官等一行进城回衙抵署时，日已过午，县官令捕快等立即将各犯押送入监收禁，以免疏虞，一面令大众各散，饭后到县衙听候呼唤。捕快等依谕退下，照示办理。

县官即邀请道士同进后衙品茗进食，酒饭茶毕后，知县令师爷将代拟的道士诉状底稿拿来看过，并请道人亲自过了目。当经道士略加修改后，遂交由书记照录誊清，县官即令门子携带亲笔信前往叶铁豪医寓内去探望章培德病状，代表本县慰问。又请师爷代拟了本县中详列宪的公文，边令各文案将犯人的口供一齐照缮了一张副本供词，夹在详文里，详文上由知县用过历城县正堂的印信。

金步云当即起身告别，县官请问："道爷现寓城内何处？如上司批示，命委员到来，会本县请道爷同去查看土牢及机关时，须至何处可以寻访得着？"

金步云见问，心中想了一会儿，忽然想起，即对知县道："大人如定要请到贫道才可以破土牢、机关时，贫道来时匆匆，并未住下处。此时想起，离衙前东街不多路，有一家客栈，招牌唤作什么，贫道因未细看，故不知晓。现在贫道因急欲到章培德家中去见他家老夫人，告诉她详细，也好使她老人家欢喜放心。贫道由章府回来，即去住店。大人如欲立刻唤贫道进衙议事，或同去查看土牢、破其机关时，可着门子到贫道下处里来呼唤，随唤可以随到。大人此时可赶紧派人去捉拿佟国柱、成子安两人到案，究办陆舜卿，如能捉住更佳，如擒捉不住，须要调兵防护大禁内外，以备不虞。"

县官点头称谢，口称："多承指教！"亲自送道人出外，直至大堂阶下，被金道人再三回顾，口称："谢大人步，请留尊趾吧！"知县这才拱手送客，守道士出了衙门，方才回进大堂。

毕竟金步云往章家去，有无事故发生，请待下回分解。

第七回

一去不返盗党作黄鹤
甘罪无词英雄请领限

话说金步云去后，知县即刻升堂，传命捕头，分率捕快前往佟国柱、成子安两家铺内，捉拿佟、成两人，及陆舜卿到案。诚恐佟、成、陆三人本领了得，特给捕头一角文书，前往道台衙门请调两队兵，分往两处协助捉拿三犯，并令别的公差分往三义客栈及各犯所供述的羽党匿身所在的各地点，逐处搜查捉拿。诚恐本署的差役人数不敷，特给文书一角，前往知府衙门，请派通班马步快手分头协助捉拿，愈速愈妙，不得违误。

捕头、公差等去后，只留下几名戴红、黑高帽子的皂役伺立在堂上，听候呼唤差遣。知县遂将上午审问未终和提出待质所及监牢未及审讯的各案原被告一齐传唤到庭，由书吏捧呈上各件档案诉讼词来，县官逐案传审。审讯刚及一半，差人已陆续回衙禀报。

首由捉佟国柱的捕快上堂跪回道："下役等奉示先到府衙、道署会合府衙差人、道署官兵去拿佟国柱时，不料佟国柱已闻风逃走。据佟国柱铺内的掌柜、众同事供述，系由一位姓陆的同乡气急败坏地匆促跑来，拉了佟国柱到后面去，附耳悄悄地不知说了些什么话，佟财东即面容变色，对着姓陆的拱手道谢，谢他劳步，并称：'我遵即照办，绝不耽延。'姓陆的又和佟财东附耳低言了几句，即便告别而行。佟财东口中正留他稍坐待茶时，他已走出铺门外面。佟财东忙追着送客出门，到得门外，已不见姓陆的踪影了。佟财东回身进来，即到柜房内查问铺内共有多少现款，吩咐完全取出，交他应付急用。财东说罢这几句后，匆匆往后屋内去收拾衣服，打成了一个包袱，完全改装作他往日出门时的形状，急急走出店堂里来，伸手隔柜台要了铺内所有的现款，不及点验数目，即向怀中一塞。口中吩咐各同事，说：'适才陆大爷来给信与我，说我家中有紧急要事，打发专人赶到此地来，和他先在茶馆内会见，刻不待缓地唤我立即回家乡去料理一切，现在来人正坐在茶馆内候我一同上路。我想已有多年不回湖南去了，不如乘此机会，回家探望家中长幼人口，料理一切事务，顺便到浏阳去亲自多采办些货。我此去如在家无多耽搁，来回的日期极快，否则或当多住些时，亦未可定。我去后，铺内各事望各位照常办理，倘收有货款，务望都买成汇票，从钱庄票号汇寄到我家中，以便我收到款子好去浏阳现付货账。现钱批发，价目可格外讨巧些，铺内亦可多盈余点利子。一切各位费心，我回铺再当面谢，就此告辞，回来见。'说罢，即转身向铺门外拔步就走。同事们因他是财东，又说因家有要事，所以不便追问，亦未曾疑心。'现今他已动身走了，我们实不知情'等语。下役等据他们的所供，恐有虚伪，不敢擅专，故此下役们已将该铺内的各同事以及学徒、司务、出店等人完全带到衙门，请大人讯问定夺。该铺内现由下役们酌留四人会同府衙各公差、道署各兵勇等在彼看守。"

这一起回禀过，另一起捕快上堂回话道："下役们奉命会同府衙各捕快、道署各官兵，偕往拿成子安。到他当铺内时，成子安业已闻风逃走，据立头柜的朝奉回称，成子安正在铺内，忽见佟国柱完全行装打扮，匆匆跑来，见了成子安即唤：'老成，我和你有要紧话谈。'边说边往后进屋内就走，成子安紧随他到后面。佟国柱附着成子安的耳朵，不知说了些什么，成子安登时面容失色，急急跑到前面柜内，向账房支取了所有的现款，吩咐：'赶紧拿折子到钱庄银号内去取银子洋钱等现款，现款未到时，只得推说今日临时止当候赎，如能来得及，接济得上，止当的话就可以不必提起，以免摇惑人心。'并对众同事宣布，说：'家乡有人到此，现被同乡邀在茶馆内喝茶谈心。来人说舍间有紧急要事，立刻催促我回家料理。佟先生特为此事赶来给信与我，并因佟先生本早已定在今日动身回湖南，所以乘便来约我去会来人同行。我因家事紧急，刻不待缓，方寸已乱，所以立刻就要动身。铺内各事，拜托列位费心。我回家无多耽搁，马上就来，一切守我到铺时再面谢各位吧，就此告别，回来见。'说罢，尽取了铺内现款，匆匆跑进后面屋内，打起包裹，亦和佟国柱一般，更换了行装，背起包裹，同佟国柱一齐走到前面。又向柜台内各朝奉、同事拱手作别，说了些拜托的叮咛语，即和佟国柱联袂并肩地急促走出铺外。众同事送到门外时，二人已走得很远。下役们据他们的供述，恐怕不实，特将该铺暂时停闭，所有铺内各朝奉、账席、学徒、厨司、阍者、护院等一干人众，全体带到县衙，仰乞大人酌夺，并留伙伴同府、道两衙的捕快、官兵在该铺看守。"

　　这一起差人回禀后，又有数起公差上堂回话，说："下役们奉示去捉拿某某等犯，到他们家中及下处时，大半都是早上出去，直到此时并未回家及回下处。下役们只得将他们的家属人口，和居停主人带到大人台前，听候大人发落。下役们另留伙伴在各该犯家中及下处里守候该犯回来，拘捕到案。另外其余一小半，内有某某数犯，正巧回来收拾行装逃走，适好被下役们撞着，当将彼等锁拿到案。另有某某数犯已回家收拾好行装，在先下役们到他们的家中时，已全家逃跑了，只留下一所空屋。下役们除派人留守该屋，等候或有

160

人来，即便拘捕外，特据情回衙禀报，请大人示下定夺。"

又一起公差上堂回禀："下役们奉示，会同府衙各捕快，道衙各亲兵、壮勇等前往搜捕三义栈后进上房内各贼党，不料该贼党各犯都已在先时得到信息，逃走无踪。即该栈主人外号白面虎的楼家庆，亦于下役们未到之先，率同该栈柜内各伙计、小二、接客等，以及他的家属男女人口，都已逃跑，不知去向。下役们只在该栈各房内拘获嫌疑犯数名，特带同该栈四乡及各嫌疑犯回衙报告，并留伙伴数人，会同府衙捕快、道署官兵，在该栈监视各旅客行动，守捉或有回店探信的贼党。"

县署各公差头目陆续上堂回话后，济南府及兵备道衙门委派的各捕头兵目等亦先后上堂禀见，报告姓名，及奉派案的经过。

知县听罢，忙说："列位辛苦，容俟本县查明列位出力办案的功绩，按名一律重赏，并函请贵上司备案记各位的功劳。"说罢摆手，大众叩头退下。

知县遂令差人将现在所审的各案犯一齐先行还押，改期明日再审。一面令将各处所已获的一干人犯带上堂来，逐一先问过姓名、年岁、籍贯、职业、住址。那班人跪在堂上一片声齐呼："冤枉，求大人开恩！"知县令将各犯带下堂去，分别各押在一处，不许他们会见谈心，以防串供。即便逐名传唤上堂来，隔别审讯。知县因存心仁慈，故先将三义栈内所获的男女各嫌疑犯和四邻人等略加审讯察言辨色，凡经认为无关的，即先行具结交保摘释。认为有关的，亦命各交连环保，具结出外，听候传讯。讯释过三义栈的旅客四邻后，即传讯成子安典当内的一干人犯，将其中认为与本案有关的分别收押和交连环保具结出外候审，余则具结交普通保摘释，所有在逃各犯的家属人口亦分别押交，和交保释放。其余现获的各犯，一律问过口供，铐镣收监，预备详请府、道两上级官，转详省城各上司委员，定期会审，以示慎重。一面行文各处，缉拿在逃各犯。当日，直审到晚，方才退堂休息。

次日早堂，知县升座，审问昨日未审的各案。才要退堂休息，忽然南门外乡镇上那该管的地保已偕同店掌柜、小二、东伙，和该镇近处的保甲局人员飞速赶进城内来县衙报案，陈述昨日傍晚时分，有两位行客到来住店，半夜忽然被人暗杀。凶犯居然敢大胆在房门角洗面盆架子前庭柱上，用笔写出"杀人越货者，九江法自求也"十一个方寸大小的行书字。该两客各人所带的一个包裹都已被凶手劫去，特来报案，请大人派员查勘，检验尸体。

地保又禀称："下役于今早得知发生凶案后，赶往该店查看，查得该案凶手乃系从屋上揭瓦而下，杀人劫财后仍从原处出去，铺好屋瓦。据屋上血迹足印，和该店屋后足印，该凶犯系向北方而逃。依下役推测，该犯既胆大包天，敢杀死二命，留下真名，系自恃本领，毫无畏惧。目下定行不远，或尚匿迹在省城附近地方，以观官厅动静。推其用意，或尚有试验省城各衙门捕快、公差的办案本领之心，亦未可知，否则何敢如此狂妄，故意留名呢？"

知县据报大惊，暗恨："近来自己的官星隐晦，到任以来，素颇顺利。不料近日忽然连续发生奸盗、人命各种重大案件。昨日才借金步云道士之力破获了章培德被绑的重案，以为可以稍安。不料又有这么大胆的强盗敢于事后题留姓名、籍贯，真乃愍不畏法之徒，实属可恶至极。"边忖边即询问店掌柜、小二东伙俩的姓名、年籍、住址，令将发觉盗命重案的经过详细诉述。掌柜、小二遂先后将发觉的经过供述出来。知县即刻委派二衙，带领仵作、公差人等，前往该镇验尸，详细查看情形，回衙具报，并令地保、掌柜等先行回去，预备一切手续，一面唤本日该值的捕头上堂，限其在三日内查出本案凶手法自求的匿迹所在，获案讯办，不得迟误。

那捕头姓林名敏，系历城本县人氏，为人精明强干，在县衙当差久，办案极有经验，因功擢升至马快总头目。当时奉谕，即叩头回说道："大人容禀，如说凶犯是别个，下役一时不能知道他的下处。唯有这九江人法自求，下役却能晓得他的下落。因为下役昨晚散值回家，出城正遇着省城保甲局人员查街，该局人员大半原和下役相熟，因此下役被他们拦住，相邀一同巡查。下役因他们所巡行查察的地方街巷正和下役回家是同路，因即跟随同行，一路逢有客栈，照例入内查看循环簿。查至历城公寓内，曾见连环簿上写明三十号房内住有九江人法自求的姓名，下役本不曾留心，只因查看别房旅客，走过三十号房外，正见金步云道爷同着三个别处口音的汉子走将进来。下役见了金道爷，遂向他点头请晚安，道谢他援救下役和帮助破案的恩惠。金道爷将下役当和那三人介绍，下役才知这三人中有一法自求在内。邀下役进房小坐，下役怕耽延时候，家中等得心焦，所以辞谢作别，随同保甲局人员出外。下役家即住在该公寓附近的巷内，走过巷口，下役即和大众作别，径行回家。大人现在要下役捉拿法自求到案时，既请大人多派差役，并函请守备衙门，派兵协助缉拿。因昨晚下役目见和该凶犯同行的两人乃是两位镖师傅，万一该犯拒捕，两名镖师傅仗技帮凶，可就非下役们所能敌了。"

知县点头道："英雄最怕软如绵，该犯既敢杀人留名，当然系自命为现代的英雄好汉了。你们去拿他，须用软骗，休用威逼。漫说有两个镖师，恐怕他俩帮凶，就但有法自求一人，恐亦非你们所能敌。你们去拿他到案，切不可粗暴。依本县揆情度理，法自求昨晚尚和你在公寓内会见，又有金道爷在一起，怎会分身前往数十里外那个小镇集的客栈里去行凶？这其中或许尚有别种原因，所以你们去拿他时，不可出言伤犯他，须得将机就计地行事。本县另发一角

163

文书给你，到守备衙门去请兵本署的马步快手公差，尽量由你调去听差，办得好，回来重重有赏。"

林敏应声是，叩头立起，垂手侍立在公案旁边。守知县将请兵协助拿人的文书写好，接过后，即便匆匆出外，到班房传齐手下捕快，并招呼了本署同事的各捕快，只留下轮值站堂听差的不调遣以外，余人一齐由林敏统率着飞步前行。来至三岔路口，林敏命手下副头目："带领各伙伴先行前往历城公寓，取包围形势，把守该公寓前后左右各门，只许人进去，不许人出来，无论谁，都禁止出来。守俺请兵赶到，再行进内拿人，不可违误。"

副头目应称晓得，即率众伴当火速前进。林敏跑到守备衙门，叩见守备，呈递文书。守备即令调本署官兵一大队交由林敏统率指挥，事毕即回本署销差。林敏叩谢告别，率领官兵，全身武装，各执兵器，杀奔到南门外历城公寓客店里来。到得门前，副头目一见兵到，即吆喝着："捉拿强盗，弟兄们快冲杀进去！"众公差得令，似流水价涌进店门，直冲到后进三十号房里去。林敏率兵在后，见此情形，不由大惊，深恐把大事弄僵，立令兵丁把门的把门，进去的进去，分头把守各房间门户，禁止声张出入。一面飞速亲自赶到三十号房门口时，副头目已将法自求的火性激发，大怒如雷，横冲直撞地闯出店门外面，径奔进南门城内去了。

林敏正拟上前行礼，和法自求说话时，法自求已是迈步闯出店外，不仅彼此并未交言，即法自求连林头儿的人面亦未曾留心看得见。林敏不及埋怨副头目及伴当，只得飞步率众追赶。法自求出店进城起步时，吆喝手下将在房内搜得的赃带了，说罢话，他已跃身大步地领众遥遥追在法自求后面。

柯、秦两镖师在二十九号房内，因被禁止出外，所以亦都未能看见林敏，否则亦不致在县衙门首打听不着消息。法自求因已到济南数日，路径已熟，所以能一口气冲到县衙，不待通报，即已跑进里面，抢步上堂，对知县唱喏，躬身单屈右膝，自己报名，说："正是九江法自求，特来向大人请教。因为法某乃是个安分良民，此次由江西省北上，乃是学武的人，出门增长阅历，寻师访友的俗例。不知因何被大人忽然差派兵队捕快，如临大敌，口口声声诬称法自求为杀人越货的强盗。法某虽然不才，然而系出名门，先父亦系显官，何至如此不肖，做此败坏家声、辱没祖宗、玷污门楣的事呢？请大人明镜高悬，辨明是非，严咎冒名诬陷的正犯，实深德便。"

知县正在堂上审理别案，猛见他突如其来，满面怒色，心中明白，定系差役等将其激怒，才致如此，因此忖度："法自求确实系被人诬害，凶手另有其人，不然，他何至如此怒形于色、毫不见色厉内荏的神态呢？"才拟往下问，林头目已从飞步进来，上堂跪回办案经过，说明他率兵赶到时，副手已率众伙伴冲进去拿人，以致犯人法某大怒，冲出门外，径奔到大人台前投案。又说："副手率众伙伴在法自求的下处里，搜出赃证，共系两个大包裹、两把凶刀，包袱上染有血迹甚多，刀口上亦都有血污，现在由副手率众分拿着，就在后面……"

话未说完，副头目已同着伙伴共提着两口刀、一柄剑、三个包袱，呈献上堂。副头目原为要讨功，所以才抢先喝令弟兄们进内拿人。不料把事弄僵，几乎被凶手脱逃，幸喜搜得证据，所以心中略定。当时向本官打千儿回话，陈述情由，说："因搜出凶器赃物，已证明非虚，所以才令该犯上刑具，不料他却咆哮如雷，胆敢拒捕，冲出门外，夺路想逃。因被下役们在后紧追，大声呔唤，路上行人、两旁店铺、诸色民众，见了齐声大呼拿强盗。他才慌促得无路可逃，只得跑到县衙，抢一个自己投案的美名，希图减罪。如此刁民，实在可恶，应请大人严刑重责，定罪收监，请示正法。"

法自求听他回罢话，不由大怒，喝骂一声："好个善于诬害良民的恶差役，此地如非法庭，又在大人案前时，我定必使你命丧九泉，以昭炯戒，庶几以后当差吃公门饭的奴才们不敢诬陷好人。"骂罢，即向知县行礼道："大人明鉴，小民如果杀人越货，留名于柱，分明欲告诉人了，何必到此不认呢？况且天下岂有杀人越货而后，反自己留名示人的狂妄之贼？我如系因财谋命，何必又取其刀，如系仇杀，又何至劫其财？现在大人有一点极易证明的，就是那写在庭柱上的字是否小民的亲笔；更有一点可以证明的，小民昨晚在下处里和金道士及秦、柯两位镖师叙谈拳棒，研究武术多时，岂有来去将近百里，又须揭瓦杀人越货，留名盖瓦等许多事，在下半夜有限的时间里，即可完毕的。再则小民倘如劫得钱财，因何原赃不动地扔在床下？请大人详情忖度，实为万幸。"

知县喝问道："话虽如此，但是赃证从你的床下搜出，难道系飞进你的床下去不成？你还想狡展吗？本县劝你还是快快从实招了吧，免得本县用刑。"

法自求正拟分辩，诉述不知凶刀包袱从何而来，忽然见人影儿一晃，一个老道士陡从外面闯进来，抢步上堂，来在自己前面，向上对知县打稽首代陈："法自求被人冤诬，请求保释法自求出外，领限破此疑案，务获正凶归案严办，以明被诬。"说罢，道人又将昨晚和法自求等叙话后、散回时，天光已是不早的话细细陈述了。知县和法自求及各公差看来的道士时，认识正是外号陆地神仙的金步云。知县亦料知法自求是被诬害，所以见道人出面来保，即令法自求具结领限，又令道人具结补保状，将法自求交其领出县衙，所有法自求自己的东西亦随同认领带出。金、法叩谢出衙，径行同去上馆子。

毕竟如何破案，请待下回分解。

第八回

溯往事小结前文
议本案忽翻旧账

话说法自求由金步云道士具结保出，提着自己的黄布包袱、防身短剑，跟随道人同到县东街德盛菜馆楼上雅座内，和秦、柯两位镖师会见。上文说过，金步云乃系由秦、柯二位跑去拜会，送信请他到县衙保释的。金步云和秦、柯、法三位何以得成相识，且可如此密切呢？

这一层，凡是看官们看过本书上集《少林剑侠》的，当然都已很明白。金步云和秦二游、柯荣卿、法自求三位乃是在章宅会见而成为相识，遂一见如故的。不过编书的在上文记叙之中，未及立即交代罢了。如今且掉转笔来，交代交代，免被读者吹毛。

看官，本书上文第六回尾，金步云乘小轿随知县的绿呢大轿率领县署通班捕快、仵作、文案、执事等进城回衙，金步云当曾告别知县，说明去章宅报信，以免章老太太不放心。彼时编书的因为记述县堂上的各事，未能兼及金步云会章母的话，现在且叙写金步云去见章母送信的情形，以作上文的总结。

原来金步云告别知县，径赴章宅，照例，知县应该打发差人，随同或单独前往章宅，通知章母，一则使她放心；二则传她到县衙

167

听审沈三友的供词，以完结她儿子章培德被绑、儿媳何芝芳卷逃的案子。只缘其时知县正因本署的差捕都须出差去分头捉拿在逃各犯，人数尚嫌不足，实觉无闲人可差，所以遂托金道士顺便将本案破获经过，及本县之意通知章母，说："料想本日来不及审结，且待详文上宪批示下来，或许还要会同府、道各上级官开庭会审，才可判断结束。待至彼时，章培德本人的身体或者已可复原。本县自当专人通知，传他母子到庭完案。现在只需她详细开具失单，再进一张诉状，细述本案发生的前后各情，备作完案时的查考，马上就请人代笔，递送进县衙，固然甚佳。或守她令郎身体平复，亲自拟状，稍缓时日，亦不为晚。"

金步云当时领了知县的言语，匆匆走出县衙，径往章宅。到章家时，章母正领着孙男荣生往郊外去了，尚未回来，由那奉命看守家园的老妈好生招待着道人，让座奉茶，并说："俺们太太同小少爷出去已有了时候，大概最多也不消个把时辰，她祖孙两代定可回来了。请道爷稍坐一会儿，如道爷怕等得心焦时，俺们主家有的是诗书，道爷不妨翻检阅览消遣。"说罢，不待吩咐，即已径自去主人的书房里书架上，随意翻了几本书，拿到客厅内，送在金步云坐的面前桌上，口中说："请道爷看书消遣。"

金道人举目看那取来的几本书，恰巧面上的一本即是道书，暗忖："这老妈颇有知识，居然善能看人打发，真乃有其主必有其仆了。"

哈哈！其实金道人的揣度完全出于误解，那老妈本目不识丁，只不过是信手拿的几本罢了。她何尝得知什么道书呢？

金步云见她招待殷勤，遂伸手拿过那本道书来翻阅。老妈立在旁边伺候，深恐道人寂寞，起身走了，故此又从肚皮内搜索枯肠，想出些寒暄的问候语，和时事世情的闲文来，径着道人闲扯。道人亦借此和她问答，以破沉寂。

过了一会儿，听得外面有人叩门。老妈听得声音，喜道："道爷，俺们老太太回来了，道爷且请坐着，俺去开门去。"边说边兴冲冲地走出客厅，跑去开门。果然系章太太手偕荣生，同着三位陌生汉子走将进来。老妈见了老主母，开言便说："道人到来已久，正等候得心焦呢。"

章母闻听道人来了，不由大喜。荣生见已到家，便挣脱了他祖母的手，跑去玩耍。章母让三位同到客厅上，一面抢先向道人问好谢步，表示不安，并问道爷可曾得有什么好消息。金步云先逊谢了几句，即回问过章太太的好。又见有三位异地口音的汉子偕同章太太回来，遂且不回答消息如何，却先向三位请问姓名。同时章太太亦让请三位就座。见问，遂给他们两下引见，说："这位道爷就是老身才谈说的那位外号陆地神仙金步云道长，这三位，一系从九江到此的法自求大爷，两位系从张家口保镖到此的镖师傅秦爷二游和柯爷荣卿。"说着，又对道人道："道长放心，这三位都是疾恶如仇的好汉，老身才在郊外哭泣，被三位问明原委，极端地给寒门深抱义愤，都情愿帮助老身，多管这件闲事，所以特地老身同到舍间来，认一认地址，以便三位设法帮忙。"说话间，老妈已分别给宾主各献上了盏香茗。

金步云暗暗留神三位好汉，都各满面一团正气，兼又精神饱满，气宇轩昂，腰腿俱健，手足矫捷，尤其是三人的双睛，无一不炯炯有光。金步云是精研少林派内家拳的人，且又兼通道法、剑术，久闯江湖，岂有不能识破三人的理呢？遂即料定三人确实都是正人君子、侠客义士，绝非什么歹人，因此遂毫无顾虑地说："本人得信后，亲到县衙投案，具结领限。当日思前想后，自知在齐鲁境内素无冤家对头，哪会有人冒名诬陷？定必另有原因，于

169

是遂想到往年在家乡地方，行侠作义，和盗匪及一切恶人等作对太甚，结怨极深，也许是他们哨探着贫道的踪迹，特意到此地来，联合了本地的一群歹人，做下这件掳人勒赎、撕票的重案，陷害贫道，亦未可知。因此贫道仰仗道法，日夜趱程，赶回湖南原籍去向人哨探，才知湘省的水旱两路，各帮各派、各会党的总头目王大亨因被长安府的著名捕头钮大成设计擒获，下在省城大禁里，被他的结拜兄弟陆舜卿率领他的部下各心腹头目设法内应外合，把他从牢里救出来，逃往湖北宜昌地方去暂避，并拟暗中布置，徐图报复钮大成的仇隙。不料到得宜昌后，湘省缉捕他到案讯办的风声甚紧，并有两湖总督接据湖南巡抚转来长沙知府的陈报详情，请令各属，及转知南北各省各地的文武衙门，一体严缉的风传，宜昌地近湖南，王大亨深恐或有不妥，遂依从了他部下头目崔名贵、鲍成功等的计划，急急偕同崔、鲍两贼，并邀请陆舜卿，一行四众，即日离去宜昌，经河南省境，跑到山东省城来投奔住在山东的他们同党。

"贫道从湖南探知他们已逃到宜昌，追踪到宜昌去访寻时，得知他们已离去宜昌北上，遂又急急从宜昌赶到山东省城来。贫道因久知沈三友乃是山东省城一带的首羁，王大亨等到此定必投奔他无疑。沈贼虽和贫道无仇，王贼却系和贫道有积怨的，因此贫道遂敢确定沈贼等绑架令郎、拐逃令媳、故意嫁祸贫道，乃系听受王贼等众人的唆使，存心是想激引贫道出来，彻究其事时，他们好在暗地里合力对付贫道，代以前湘省被贫道所诛的贼党报仇。贫道既已测知他们的诡计，遂决定冒险作一回亲入虎穴、以擒虎子的事，所以贫道回到本地后，利用帮规出门访友的方法，在大街上一家茶楼门首立着诱引他们的羽党来招呼自己。果然才立下身，即有一个本地口音的大汉来招呼贫道，问知贫道的来历，遂让贫道到茶楼去坐下品茗，他却去唤了一个和贫道是同乡的党羽来，将贫道转让到三义栈他们所设的机关内去，使麻药将贫道麻倒，捆缚起来，抬送到城外乡镇上沈三友的住宅总机关内去。贫道其时性命几乎不保，幸喜贫道乃系有心人，在往三义栈去的时候，即已将周身的功运好，以备不测。

"到栈后，虽曾喝茶，究还喝得不多。当被抬押着来到沈三友的巢穴内，即由王大亨对贫道举手开刀，并由陆舜卿放出他的飞剑来对付贫道。幸喜贫道恰巧于此时醒转，遂赶紧运功以敌来刀，放出飞剑来迎敌来剑，挣脱了绳索，即和王大亨交手。贼党看见，遂由沈三友督率着和贫道交锋，当被贫道运用功力，将王大亨等杀死杀伤，陆舜卿见不是事，遂慌忙脱身逃走。贫道因欲救人，所以不及追赶，当将各被伤的贼党点了穴道，转身杀奔进后屋内去。其时，令媳何氏已畏罪怕羞，吞服鸦片自尽，令郎被囚在土牢里，绝食已有了两日，被贫道设法破了土牢，救出牢外，飞速进城，跑到县衙报告。当由知县率通班捕快等人跟随贫道同往该处去勘视，锁拿人犯。救护令郎回城后，一面将令郎径行抬送至官医那里去调治养息，一面出差分往各处去拿人。却由贫道到府上来送喜信。

"章太太，你老人家从此可以安心了吧！贫道那天对您老说的负责话，总算办到了，不曾失约。知县的意见，以为此时令郎在官医那里将养，恐怕您老人家前去望他，多说话既恐劳神，又恐母子们见面后或有哭泣等事，伤害了令郎的病体，所以知照贫道，转嘱你老人家，能缓日再去探望令郎固然很好，假如放心不下，定要去时，务必略谈即走，见面切勿流泪。"

章太太闻言，心中极其感激道人的义勇和知县的用情周密，不由破涕为笑，连忙向道人万福称谢，道人遂即回礼。秦、柯、法等三位好汉听罢道人的话，颇以知县的为人前后颇大不同，忍不住向章古氏及道士俩询问，说："颇闻沈三友先前曾贿买府县各衙门的上下人员，对于此案不加深究，何以现在忽然又陡变前态呢？"

章古氏尚未回答，道士已回言道："三位初到此地，或有所未知。历城县知县正堂本系两榜出身，到任以来，颇能以廉洁自爱，办事亦颇认真，并不怎么含糊敷衍。只不过对于沈三友的事有些投鼠忌器，不敢马上就贸然下手罢了。因为一则访悉沈三友在省城一带的潜势力极厚，平时对各衙门的办公人员多有联络；二则何玉瑚是省城有名的刀笔，倘或稍有不慎，岂不大有不妥？所以只得暂时延搁，徐图办法，一面却借着有贼人冒用贫道名姓写的恐吓信之故，责成贫道设法破案，此乃知县料知贫道为爱惜名誉起见，必然不肯就此模糊过去。又晓得贫道略通武艺、剑术、道法，定可胜得贼党，所以专责贫道，深信不疑。现在既已破案，当然要彻底追究，况且当事人章培德又系有功名的人，非寻常人可比呢？"

章古氏亦道："老身因为念子情急，所谓关心则乱，故此对于知县迟迟处理本案多有触望，啧有烦言。"

三人听罢，这才明白，遂请问金道长的下处，坚邀金步云同去上馆子，畅叙仰慕之忱。法自求更将本人在从慈云长老学习武艺时，即已听得恩师提说，知道泰山东岳庙有位陆地神仙金步云的大名，今日得见仙颜，真乃三生有幸等话说知。

金步云听他说是慈云的门徒，不由陡增了一重爱慕亲近的感念，因为他和慈云僧原系方外的莫逆之交，在往年彼此素有往还，互相切磋，烧丹炼汞，修仙学道，及研讨武术、飞剑等各种学问，极有进步。金步云素知慈云的为人，秉性极其耿介忠正，轻易绝对不肯收徒。由此推测，法自求既是他的门人，当然亦系品学兼优、崇尚侠义之士，否则绝不能得传他的武技，又何况是剑术呢？因有这一重见解，遂由屋及乌，颇愿和法自求订为忘年之交。更因法自求的关系，遂对于秦、柯两位镖师傅亦颇表示钦仰，于是遂将下处地点告知三位，并应允了三人之约。

别过章太太，道俗四人相偕着同往馆子里去就食。是时已将近天黑，沿街各家店铺都已先后掌灯。四人寻至一家酒菜馆，上楼就座时，天色已完全昏黑，万家灯火时了。当由法自求做东，要了几色荤素菜肴，冷盘热炒，及四斤原酿高粱。大家浅斟低酌，互相倾谈，倾盖之交，顿成莫逆。谈了会儿枪棒拳术，论了番江湖见闻，说到行侠尚义的快人快举之处，不由都眉飞色舞、恣啖畅饮。饮罢四斤，又添四斤，因此毫不觉得。饮啖的时候已晚，直到大家都有几分醉意，方才住杯传饭。醉饱以后，擦脸漱口，同行下楼，由法自求同柜上会过钞，走出门外，三位坚邀金道士移驾至历城公寓小坐茗谈，意欲各向道人叨学些武技。金步云仗着酒意，兴致甚豪，遂即应允偕行。迨至到得历城公寓，会见查夜巡街的公务人员，金步云才知时已不早，遂在两边房内各坐了一会儿，即起身告别，进城回转下处。临行，坚邀三位："明午过从敝寓，贫道准定在寓所内恭候，同往市楼，共图醉饱。"三位当即答应："准到贵寓回拜。"说话间，三人已相送金步云出公寓大门。

金步云回进城内寓所，因为连日奔波辛苦，一觉睡去，直至次日红日高升，将近傍午时分，方才起身。洗漱整容后，略进了一点儿茶点，即端坐在房内等候三人到来，好同往市楼买醉，以复昨日之东。等到午时过后，仍未见三人到来，不由心中恚怒，暗忖："三人与长者约而后时至，未免太不知敬礼，且待三人到来时，当面诘责他们几句。"正在心中怙惬，忽见店小二从外面引进两个彪形大汉来，正是秦、柯二位。只见二人面色仓皇，满头大汗，不由一惊，即问："二位何事慌张？法爷因何不曾同来？"边问边让二位就座。

173

二人不及坐下，即慌忙急促地将法自求忽然遭人诬陷被捉入官的话告知金道士，并恳求金道爷的法力，先到县署将法爷保释出外，再作打算。

金步云听罢，不由惊讶，这才知三人所以迟来之故，遂和二人先到县东街德盛馆楼上去，就雅座内清洁僻静处坐下，遂别了二人，跑到县衙去向知县陈情具保，请释法自求出外，领限访缉本案冒名的正凶。县官亦因先已听得捕头林敏的陈说，得知法自求隔夜尚和金道士一处，所以亦料知法自求是被人诬陷，故此毫不留难，即将法自求交金步云具结保释，并将他的包裹物件交他认领带出。

两人同出县衙，前赴德盛馆，和秦、柯两镖师相见。秦、柯二人当给法自求奉酒道惊，询问详细情形。

法自求道："这真叫作：'闭门家里坐，祸从天上来。'休说别人莫名其妙，即我本人对此事亦觉茫无头绪，我乃从此地经过的过客，又未开罪于人，何至结此冤家？如说我亦和金道爷老前辈一样，系被故乡地方的对头探知我的行踪，故意做此恶辣事件嫁祸于我吧，我在家乡那儿从未和人交过手、结过怨。"

秦、柯二位接口道："法爷是当局者迷，一时或许记忆不起罢了。你一路行程到此，到处访友，岂有不和人交手之理？既然交手，当然分判高下，或竟由此结怨于人，亦未可知。常言：君子报仇，三年不晚'，也许往年你在府上时即已得罪过人，你自己胸怀落拓，早经忘却。那对方却牢牢记恨在心，故意守你淡忘已久之后，才做出此事来害你，恐亦说不定呢。比如金道爷此番的事，还是许多年前的呢，却也会在冷灰里暴出热星来，陡然发生此事。可知天下出人意外的奇怪事情正多着呢！"

他表兄弟俩的一席话不打紧，却将法自求的灵机触动了，陡然回忆道："往年在九江街上，当众羞辱过那个卖西洋景致的山东佬，忽然此次会在曹州三里店他的家中，和他们兄弟遇见双方交手，结果仍是我占的上风，也许是他兄弟们暗中尾随在我后面乘空偷冷，做下这件杀人越货、留名移赃、诬陷我入囹圄的事来，亦未可知。"法自求想到白氏弟兄和他自己激斗的事，愈想愈像："因为那赃物塞在床铺下面，如非有过人的胆量、惊人的本领，绝不敢来冒这个险，兼亦办不到这么轻便灵活。"想到此，遂对金、秦、柯三位将往时本人和白念圭无意结怨："此番路过曹州，拜访白大有，不料即是白念圭的胞弟，仇人相见，分外眼红，遂不相让，略不客气地和我拼命，并使出飞剑来和我激战，结果，白大有被我杀败，我亦即由曹州动身。此番之事，或许竟是他们兄弟做出来的，亦未可知。不知在三位的意下，以为如何？"

秦、柯、金三人同道："据法爷讲来，白念圭是个粗汉子，他的本领也不行，料想他绝无此胆量，亦无此本领。试想，那出事地点离城颇远，杀人之后，移赃到城，倘非具有极大本领的人，何能如此迅疾到达？依理推测，此事大概系白大有所为。但是白三在江湖上的名誉颇佳，像这种害人的事，颇又不像是他干的，除去了他，却又推想不出究竟是谁来……"

正说着，忽见县署捕头林敏从楼梯上匆匆跑来，见了金步云，好说："金道爷，奉大人面谕，有要紧事嘱令立请道爷就去呢。"

不知究为何事，请待下回分解。

第九回

使飞剑施道法方外士任侠
仗武艺运神功槛内人逞能

话说四人正在德盛馆楼上低言悄语地讨论陷害法自求的案中正犯是谁，话犹未完。忽见捕快总头儿林敏匆匆从下面跑上楼来，径到雅座里，先向大家唱了个普遍的无礼喏，算是打过了众人的招呼，这才向金步云道："金道爷，您老人家在此用酒呢，不知可能就此住杯用饭了吗？下役奉大人面谕，因有紧急要事，着令下役来敦请道爷同往县署里去，立等道爷的鹤驾呢！"

金步云笑道："贫道乃是闲云野鹤，无拘无束的人，又不在县衙里当差应命，县太爷纵有什么紧要公事，亦应和列位上差商议办理，怎么却呼唤起贫道来了呢？可不是奇闻吗？难道又有什么第二个不怕死的沈三友，胆大包天，敢再做一件血案陷害贫道不成？林头儿，你不用慌忙，既来之，则安之，何妨就和我们同坐，共谋一回醉饱呢？好在我们并不和你客气，为了你添菜。"说罢，即起身让座，又唤令堂倌添设盅筷。

林敏连忙逊谢，向道人奉揖道："道爷的法旨虽然很是，并不在县衙当差应命，焉能如此随人的便？但是今番之事却稍微有些不同，常言：'送佛须送到西天，行好须行到底。'本官命下役来奉请道爷的事，非为别情，仍系为的道爷破沈三友巢穴后，尚有一点儿小手续未完毕，此刻各上司衙门会委济南府知府正堂大人赍列宪文谕亲到县署，晤见本官后，宣示列宪回批，令提全案卷宗，传集本案人证，明儿同到府衙听审。今日先令本官陪同知府前往城外乡镇上去会勘沈三友匪巢的布置，以及情节最重大、犯法最厉害的紧要物证和那所柴房内私立的土牢。同往会勘查阅的人却不仅知府大人一位，另外还有督抚两宪衙门的两位司长，连府县统共四位官长，大家一同前往。现在两位司长和知府大人都已联袂驾临县衙，约会本官出发，故此本官谕令下役，赶紧来奉请道爷，务望道爷成人之美，就此同下役前往走遭，千万勿再见却。"

金步云听说仍系为了沈三友一案的事，此案虽然现在已破，究尚不能说与本人无关，因此即笑道："原来仍系为的此事，却又劳动上差的大驾，实使贫道不安。此事贫道既已被拉扯在内，当然现在不能脱身事外。不过林头儿，您老既屈尊到此，何妨同饮几杯，稍进一点儿饭菜再去呢？反正这是贫道赖不了的公事。贫道既已答应同去，决不会食言不往，你老尽可放心吧！"边说边又让座。

同时，法自求等三人亦邀他同坐，并说："昨晚相见，匆促不及畅谈，此刻乐得聚叙，又有何妨碍呢？"

林敏见大家殷勤相邀，不好意思过却，遂即侧身坐了下首的位子，早由堂倌另取过一副杯筷来安放在他面前。林敏执壶起身给各位斟酒，具述向慕之忱，又向法自求申叙："适才之事乃是奉公差遣，身不由己。伙伴们一时失察，行动粗率，务望法爷切莫误会，不要见罪。但望法爷能早日将该案正凶访实，缉拿归案，水落石出，洗明冤枉，则所大幸。"说罢这番话后，林敏即又给众位奉菜，口中说："下役今日借花献佛，改日当另请列位畅聚，务请列位届时赏光。"说罢，已轮流给各位奉过酒菜，遂和众人照过杯，即说："金

177

道爷，下役恐本官等候心焦，回去见责，现拟先行回去，回禀本官及各位官长，就说道爷正在用酒饭，守酒饭用毕，即当到来。如此，庶几可免本官的盼望，并责怪下役不善办事，下役就此叨扰告辞。恳求道爷用罢酒饭，随后就来可好吗？"

金步云见他甚为要紧，深知此乃他的地位使然，遂亦不再坚留，并允许他："贫道稍停一会儿立即到县衙来会晤各位官长，同去查勘贼巢内布置的一切情状。"

林敏拱手称谢，举步待走。金步云忽又将他唤住，问道："林头儿，你怎么会晓得贫道在此地和三位聚餐呢？"

林敏道："道爷同法爷二位从衙门里出来时，下役手下的伙伴们在大门外面的原很多，他们因曾在沈三友的巢穴内亲见过道爷的剑术、道法，承蒙道爷的慈悲援救，所以对于道爷不仅拜服得五体投地，极端地钦仰，并且十分敬畏感戴，所以他们对于道爷的言行极其重视，又兼适才道爷系为保释法大爷的事，故此他们便又格外地注意。当即有几名伙伴因欲觇道爷和法爷出衙后究竟何往，遂相约着远远地暗中尾随着道爷二位。及见二位同进这馆子的大门，往楼梯上便走，料知二位系上楼进餐，于是他们内中有神经灵敏的人遂猜测到二位上楼，或许另外有人约好在此，否则何以不往别家，却特地拣到这里楼上来呢？因此他们遂公推出一人，悄悄从外面跟进来，径行上楼，假作寻人模样，立在楼梯口上，东西张望了一会儿，见二位走进雅座，和秦、柯两位爷相会，坐身下来。他遂假作寻人不着的神态，口中咕噜道：'说是在此，怎么竟会不在楼上呢，莫非自己因等不及而先去了吗？'边自语着，边已跑下楼去。出门和众同伴会见，一齐跑回衙门。

"恰巧这时，知府大人同着两位司长乘轿到县署里来。本官接见三位，得知来意后，一面招待着三位，一面吩咐下役赶紧到贵寓奉请。下役领命出衙，深恐道爷同法爷出城往历城公寓去，遂问在门外的伙伴，曾见二位往哪里去。他们据实回答，下役才得知道备细，故此一径赶来。"说罢，即又匆匆向四位作别，下楼回衙而去。

林敏走后，四人又饮啖了一会儿，即便推杯盛饭。饭罢，金步云意欲抢先会钞，哪知堂倌回答："早已由秦爷先乘空付银存柜，嘱令食毕照算。"边说边走下楼去，将他们四位所食的各品开列账单，结算清楚，连同所余的尾数，一并拿上楼来，交给秦二游。秦爷接过，并不核阅，即拿来向怀内一塞，另取了些零款赏给堂倌。堂倌欢天喜地地连声称谢，重又给四位泡壶好茶，各倾满一杯，奉给四位，又另倒了四杯清水来，请各位漱口，忙着回身又去绞手巾，打开送给四位擦过手脸（作者传此，盖为今之酒、茶、旅、菜馆各业之堂倌、茶房、博士、酒保等一切人作反射也，噫嘻！今昔小人待客之不同也，有如是者，遑论其他哉？此虽小节，无关宏旨，然亦可从而知世道人心之日就漓薄矣）。金道士见已有秦爷会账在先，遂亦不再客套，只向秦爷道声叨扰，法自求当亦随声道谢。

秦二游笑道："二位如此客气，岂非太见外了吗？来日正长呢！俺们随后聚叙的时日正多着呢。"

柯荣卿亦道："彼此一见如故，总可算得是自家人了。倘再闹虚文客套，岂不反给人笑话吗？以后请大家还是随遇而安吧！"

法自求又道："闲文休提，现在府县官员都在历城县衙门里等候，金道爷也应该去了。我们今晚却在何处会呢？"

金步云道："法爷真是当局者迷，今晚我们还来得及会见吗？贫道此刻到县署，会同各官员出城，往乡镇上沈三友的贼巢内去。料想回来时定已天色不早，府县各官吏见贫道道法、剑术破去了土牢机关，或许定要挽留贫道在衙门内用酒饭。本省的督抚或竟因此面见贫道，讨论些什么事故，贫道亦很想乘此机会，给你在督抚两位

179

最高级的官长面前陈情关说。单就贫道方面讲，今晚我们已来不及相会，何况法爷本人应该马上就到那南乡里出事的镇集上去，实地调查，何能来得及回城？依贫道想，还是明儿下午在历城公寓里相会，先到先等，不到不散吧！"

法、秦、柯二位齐称："究竟道爷是年高有德、经验宏富的人，所论确有见地，准定就这么办吧！"

于是四人各呷了口茶，即相偕离座下楼出门，同行到县衙门首。林敏已率领伴当站在那里候接。

秦、柯遂和金道人、林敏分别，急行出城，回转历城公寓后进二十九、三十两号上房里，便有旅客中和本店里的好事之人走来向三人探问究因何事，三人含糊其词地胡乱答应。大众见问不出个所以然来，只得回身散去。

秦、柯二位原定就将动身的，因见有此蹊跷奇案发生，一则为好奇心所役使，决欲一觇究竟；二则因敬爱金、法二位都是当代的剑侠，存心欲结纳二位，以备将来或有保皇族以及王公大臣的重大镖，在路上遇有不测，好借重二位的力索回那已失的镖银，或竟由此图谋得到一个出身，岂不强似给人保镖，被绿林中人恶口相伤、詈作看家狗的绰号强胜得多吗？他俩因存有这种观念，所以情愿耽延动身时日，帮助法自求去哨探此案的究竟，以见朋友的义气，使金步云由此钦佩、敬仰他俩。故此，当时回店后，含糊敷衍过各来多言问话的人毕，即悄悄走过二十九号上房内，和法自求商量，同往出事地点去查察实地详情的办法。

法自求道："现在正如闷葫芦里摸天，一线光明也没有。我们此时真所谓定法不是法，且待到达那出事地点之后，再作计较。不过多劳二位的大驾，实深使小可心中万分不安罢了。"说罢，拱手向二位道谢。

二位回揖谦逊，并说："朋友有急难而坐视不救，那还成得什么人呢？五伦中还要有朋友这一伦做什么？快休提起此言。俺们赶紧收拾动身要紧。"

法自求道："很好。"

于是遂唤小二进房，命他往柜上去将二十九号房内的各账结清。付过了账，遂将包袱等项一并放在三十号房内，由秦、柯二位挑选手下伙计中武艺最优、极胆大心细的两名，吩咐他俩："即日从下房内移住到上房里来，无论如何，休得出外。对于房内现在所有物件，务必特别留意，提防或有失窃情事。除去金老道外，倘有别人来访问，就说往主顾家中接洽事情去了，请他留下地址、姓名，以备俺们回店后斟酌。"吩咐过后，即各多带盘缠，暗佩上防身兵器，以及镖囊、伤药、解毒丹、醒醉剂、闷香等各项应用物品，偕同法自求，出店向南疾行而去。

话分两头，却说金步云由林敏接着，同进知县公署，林敏命伙计抢步先进后衙内去通报。府县官及总督巡抚两衙门委派下来的两位司长正都在后衙等候，并研究此案的经过各情，得报大喜，忙相偕降阶迎接。刚下得二堂的庭前石阶，林敏已陪着金道士来到。林头儿忙上前向各位官长打千儿行礼回禀报到。金步云亦向各官长打稽首，口称："应召来迟，有劳久等，尚乞各位贤明长官海涵。"

各官亦哈腰回揖，并各伸手和道人握手，表示亲近、敬爱之意，邀到二堂上，让座献茶，即由县官将各位官员的职御姓讳给道人引荐，引荐毕后，即申述："各官奉督抚两宪委派，同去踏勘贼巢机关的来意，要求道爷同往，显法力、施剑术、破除贼巢内一切干犯国法的各种设置，以免日后被恶人效尤，良民受害。"

道人闻言，立即答应，并要求随带贼首沈三友前往，逐处令他招供，以明该巢穴内所有的一切布置的用意。同时要求当着各位大

181

人之面，令沈贼招认冒名写吓诈信的缘由，以洗清贫道的冤诬。

各官遂都应允，但恐沿途或有贼党捣乱，发生不测。

金步云笑道："有贫道同行，哪怕千军万马，亦不足畏，何况几个跳梁的小丑呢？"

各官才放了心，立命林敏率所属各捕快前往大禁里将沈三友提出来，押解同行。

林敏奉谕去后，各官员一齐邀同道人出衙上轿。道人恐沿途防护难周，特向各官说明，将肩舆辞谢，亲自追随各官及沈三友，忽而超前，忽而落后，以防或有意外。一会儿出城上道，不多时已到那镇市上沈三友的机关门前，地保、保甲等众人迎接各官下轿入门，押禁沈三友进内，各官员即向文书索过查抄的清册，逐室逐房地前后复勘过，果然无有贻误，并令押同沈三友跟随在后，逢有各该室内发觉有何种可疑的装饰，或奇形的布置，认为该室内或亦设有机关，遂向沈三友详细盘诘。

沈三友此时已将决心打定，遂亦毫不狡展，据实供明该种装饰布置的用意，以及还有何种机关暗器埋伏，并愿当面指示该机关的总枢纽所在和用法，试验给各官看。各官深恐他用诈，乘机使用埋伏，危害官长，遂都不敢冒险令他实际试验，只听他供陈后，即请金道士设法破除摧毁。

金道士道："与其这般鸡零狗碎地逐室破坏，何如守到踏勘完毕，一齐摧残？"

各官连声称是。如此查视到后院内的土牢面前，知县即将目见道人破坏土牢、机关，救护大众性命的情形有声有色地详细演说给知府和两位委员听。说时，犹有些谈虎色变、战战兢兢的神态。三位官长听罢，不由亦各暗打寒噤。当时将沈三友唤过，盘问他各处的秘密机关造成后，已害过了多少人，用过若干次，究竟是谁设计承造，造好机关埋伏，除去为巢穴内各种狠毒的用处之外，是否另有别的用意。

沈三友见问，一口咬定，仍如前供，说："承造的工匠已都被俺杀却，设计的人就是俺自己。"又索性大言恫吓地供道："实言相告，造此机关的用意乃系预备将来联合各地的水陆匪首，同时发作，合力谋反。恐有人不肯出死力、意存观望，所以才设此机关，预备将来作专门收拾这班怀有二心的自己人，和你们这班狗官的所在。俺老子的话已说完，信不信且自由你们吧！"

各官听他说出谋反的话来，不由大吃一惊，忙命林敏将他带在一边，意欲回城收禁后，在牢内严密审问，查拿他的同党谋叛之人。一面央请金道长，即刻摧毁那些铜墙铁壁的各处各种机关埋伏。

道人深恐各官员惊吓，兼恐被沈三友乘机挣落刑具脱身逃跑，因此一面声请各位官长、文武随员、兵弁差捕等一干人众，一律退后，远远立定，一面走过去顺手先将沈三友的穴道点住，使他运功挣落刑具、希图逃跑不成。

各官长、员役见他如此心细，不由一齐暗暗佩服，遂都依言后退。

金道长一面仍命林敏等留意防范沈三友，紧紧将他带走，一面又命各武职随员兵弁留心保护各位大人，以防或有贼党到来强劫。

金步云说罢，遂对着那座已摧毁而未全残破的土牢，及所属的地下各埋伏机关，静默了一会儿，这才踏罡布斗，手指脚画，口中连声默念。念了半晌咒语，猛见道人将手对土牢、机关一放，高喝一声"疾！"陡觉从道人手中起了个霹雳，对准那土牢、机关，哗啦啦、扑咚咚，很激烈地打去，接着金道人愈念愈急。那雷声如贯珠般连发，并击出雷火来，烟雾漫空，火光烛天，登时雷声愈击愈甚，火势亦愈烧愈烈，形杂噼啪，烧得在院内的官长、员役人众都被火光逼射着不能近前逼视。同时忽见金道人手指一弹，弹出一道白光来，仿佛如白虹横空、白龙戏水一般，向那火光中射去，只听得锵银铿锵等各种响声大震，震得大众两耳欲聋。只见那白光在火中着地盘旋乱舞，和白蟒出洞翻身一般，白光愈舞愈速，那响声亦愈响愈甚。

大家正在悚惶畏惧时，忽然猛听道人又念咒画符高喝一声："急急如律令，敕!"即见那火光倏灭、烟雾立消，白光向前面房屋内飞去，雷声亦轰轰然移击到前面各屋内去了。

大众看时，哪还有什么土牢、柴房?只见一片焦土，满地瓦砾，以及各种千疮百孔的钢铁板，和各种残破无头无锋口的兵器。地下的隧道满被焦土等各物充塞满了，只能看得出它的痕迹来。不由一齐赞叹颂扬道人的功德和法力无边。

沈三友却吓得在一旁咬牙发恨，痛骂善于巴结官场做功狗的牛鼻子妖道。道人不及向大众逊谢，和回骂或责打那已被点穴、不能动弹的沈三友，却径自走往前面各屋内去。但凡该屋内设有机关埋伏的，无不由道人逐一使掌心雷击毁剑光，砍削残破，三昧火烧净。

各官长、员役人等遥随在道人后面，看他逐屋使道法、剑术破毁摧残无余，禁不住同声喝彩，一齐欢喜赞叹，歌功颂德，对着道人表示敬礼。道人工作完毕后，止了法术，收回飞剑，即请各官长在该宅大厅上设座会审沈三友，喝令他实供冒名陷害的由来。

沈三友毫不迟缓地照实供认，道人这才给他仍将穴道点活。各官命沈三友又画过了供，因见天色不早，赶紧打道回城，仍由金道士巡行前后防护着，一路幸喜平安无事，径进省城。

回到县衙时，已是天色昏黑，县官令林敏将沈三友押解进大禁收监，一面在衙治宴款待两委员及知府和金道士四位，即请本署的二衙和刑名师爷等人作陪，经推让，道士首座，表示慰劳敬谢他老人家的功德，余均以官阶序列。席间，各官互相讨论本案在逃各犯的缉拿方法，以及另再刑讯别犯，沈三友所供联匪谋叛的话是否尽实，应如何处决沈匪等事，末后连类而及，叙到杀人越货、留名陷害法自求一案的事。

知县请问金道爷："何以能坚确信任法自求是被诬害，他是否能如道长一般地迅速克期破案？"

金道士遂将本人和法师慈云长老相识，素知慈云为人；及此番章古氏野哭，法自求等闻悉其事，情愿出力帮章古氏救回其子之事告知。"据此两事而论，所以贫道敢深信他是好人，确系被人诬害，何况又有贫道当晚亲自和他在客栈里叙谈甚久的事呢？讲到能不能克期破案，此时殊难决定，且待他从那出事地点回来，有无得着眉目，才可断定呢。不过有一事，贫道此时忽然想起了，法案被杀的死者身怀多金，据所陈报的形容、年岁、口音，都颇和那在逃的两个重要犯人佟国柱、成子安相似。又据贵署林捕头查悉佟、成两犯所携带的现银数目，颇和在法自求铺下搜出来的两包袱内赃证数目相符。依贫道推想，或许被杀的就是佟、成两犯，亦未可料呢。果真如此，可就真正'天网恢恢，疏而不漏'了。白天贫道在大堂上，因为急促之故，遂将此层疑点忘却，沿途出城时，在路上方才想起。大人不妨明儿令差人仔细考察，并命佟、成两犯铺内雇用的人去认两尸，是否果系佟、成两犯，便可一言而决了。"

知县闻言大喜，颔首称善。

金道士即又乘此机会，代法自求在知府、知县及两位委员面前善言解说，并说："法自求亦系官宦后裔，绝不会做杀人越货的血案，所以贫道才敢给他担保，仰乞二位委员回去在督抚两位大人面前善为解释，并求府县两位大人宽给期限，庶易于访查水落石出。"

各官当筵都齐声答应，说："有道长的法力和法自求本人的武

185

艺，谅可不致不如限破案。万一果真不能克期破获，官厅法外施仁，当然可以惠厚到底。只不过只求在可能范围内，不因徇情枉法罢了。"

金道人闻言，口虽申谢，心却不悦："这班官僚居然会打官话，随后如有事来求我时，定必教训他们一顿才遂我的心意。"于是即推说量窄，请住杯传饭。各官亦即陪同用饭，饭毕散席。

金道人擦过手脸，漱口呷茶后，即告别各官出衙，径回下处。

当夜无话。次日午后，前往历城公寓去访会法自求等三众，才知三人偕同出门，一齐前往，尚未回来。金道士计算程途，三人应该已可赶到，怎么还未回来呢？遂留言嘱咐那两个镖局伙计，说："贫道去了就来，三位如回，务令相候。"说罢，回身出外，走出街头，迈开大步，匆匆遵大道向南奔去。走至半途，却见秦二游、柯荣卿两人扶持着法自求，疾行而来。双方会见，遂在路左驻足而谈。

金道士看法自求时，面容憔悴，精神耗散，料知已受了伤，遂问："此去前途如何？可曾探得详细吗？"

法自求叹了口气，说道："长老前辈，小子此番到那里去访查事情，故意住在出事的那爿客栈内，不料才住好店，即忽然有一个面黄肌瘦、形同痨病鬼的中年汉子到我们房内来指名拜访，要会小子，被他逼着武艺、卖弄武功，将小子打败倒地，哈哈狂笑而去。"

金道士闻言大诧，忙问："来人是何姓名？居住何处？能有此本领？"

法自求道："那厮自言胜败没有荣辱可言，所以不说姓名，但说号称为槛内人。"

金道人闻言惊讶道："咦！奇了，他怎么会出来多事呢？"

毕竟槛内人是谁，请待下回分解。

186

第十回

抱义愤代友报仇
行巧计为人雪恨

话说金步云道人在半路遇见秦、柯两位扶持着法自求迎面而来，看去仍举步如飞，但在实际上，法自求的双足并不着地行走，完全是由秦、柯两位在两旁夹持，架托着而行，不由已是一呆。及到得面前，一眼见法自求的面容憔悴、精神全无，分明已身受重伤，不由格外大惊，遂和三人立在路旁叙话，询问究竟。

经法自求叹气说出："被一个自称为槛内人的中年汉子打败跌倒，身受重伤。现已两足无力，酸痛不能行走，只得雇乘车马牲口代步。不料连雇了多时，竟无人肯受雇，无奈只得由秦、柯两位夹持架托着，迅步向济南省城而回，预备恳求你老人家，先设法治伤，再去和那厮算账。"

金步云见法自求立在地上的双足姿势颇不自然，遂说："法爷，你这是使用鸳鸯脚，偶尔失错，被敌人使用内功所乘了的。幸喜是你和他相遇，假使换了别个时，怕不把脚胫骨立刻折断了吗？现在所好才隔有一夜，即已和贫道会见。倘如迟延两天贫道才和你会见时，可就准得成为残疾了。目下可以大事无妨，法爷且请宽心吧！"说罢，即蹲身向草地上一坐，命秦、柯两位扶着法自求也蹲身坐下

187

来，即伸手将法自求的双跗轻轻按摩了一会儿，按着骨节，给他敲、拍、摆，推拿了一阵，即先擎起一只左脚来，揉搓了一会儿，低喝一声："着！"只听咯的一声，正是：

　　　　一阵酸楚浑难受，骨接笋斗疾已除。

　　法自求哎呀一声，痛得满头珠汗，那只左脚已应手而愈，立刻酸痛全退，顿时恢复原状。金步云给他将左脚骨节接好后，便又取过他的右脚来，如法炮制般又听得那足咯的一声，正是：

　　　　痛彻心腑呼疾苦，足已瘆瘆履坦如。

　　法自求亦照前哎呀呼痛，痛出遍体大汗时，那右足亦如左足般应手而愈了。不由大喜，爬起身来，朝道士便拜，叩头行下重礼，口称："小子如非道爷老前辈使用伤科接骨的本领，怕不终身成为残废吗？此恩此德，小子理应当面叩谢。"

　　金步云忙就地扶住，口称："法爷，何须如此客气呢？你我义气相投，忘年之交，自应急难救援。区区接骨，何足介怀呢？"

　　法自求又向秦、柯二位行礼，叩谢扶持之德，并说："昨晚如非二位合力助我，怕不已死在那厮的手下吗？好个狠心的贼，法某将来如不报复他昨日的仇怨，便亦不生在人世了。"

　　秦、柯二位见了，慌得回礼不迭，口称："昨晚之事，俺们焉有坐视法爷受窘，不一援手之理？这乃朋友分内之事，何足挂齿呢？法爷以后快休再这般讲，兀的不被人笑话，讥讪俺们太无义气吗？"

　　金步云道："大家且慢闹虚文，先议论实际要紧。法爷此刻觉得身体内部怎么样？是否亦被震伤？"

法自求咳嗽了一声，呼吸一阵，回称："幸喜内部并未受伤，道爷尊见，意欲何如？"

金步云道："这自称槛内人的中年痨病鬼既会突如其来指名和法爷交手，马迹蛛丝，颇有线索可寻。本案虽不定凶手就是他，但亦必和他有关，这是可以断言的。贫道久居山东，素闻本省各属地方有一位精技绝顶武功的侠义之士，自号为槛内人，不肯以真姓名告诉敌手。他的生平如何，据贫道所闻，实可当得'侠客'两字，并闻他往年亦曾浪迹湖海，漫游南北，曾在峨眉山从一位异人学成剑术，所以他的武艺不仅超群，即剑术亦颇出众。他此番竟会陡然出面和法爷作对，并且用此恶劣的嫁祸手段，颇和贫道往日所闻他的行为大相径庭，所以贫道此时对于来人是否真正的槛内人，尚在信疑参半。法爷现在既已两足恢复步履，贫道意欲即偕同三位化装改扮，前往那出事的地方去，仔细地打听，或可水落石出。如系别人冒他的名，却还容易对付，假使果真是他自己，此事可就棘手了。因为他的本领来源，有的说是从昆仑派学来，有的说亦是从少林派学来，更有人传说，他是从武当、峨眉两派中推演进化而独树一帜的。他的本领既如此之超众越群，法爷本人且在他手里败阵，即此可以证明，他的拳脚功夫实属不弱了。更有一层可虑，他此番陡会与法爷作对，必然系被人所唆使激怒。仅仅他一人已不易应付，何况另有他人呢？所以贫道为此担忧。三位意下以为如何？"

三位此时正如惊弓之鸟，闻言齐各惊讶，忙问："道爷可知这自称为槛内人的痨病鬼究竟是谁？照道爷所言，难道道爷亦非他的对手不成？这未免太长他人志气、灭自己威风了吧！"

金步云笑道："不，孟子有言：'虑胜而后会，方为全美之计。'贫道是否和他能敌个平手，因素未谋面，焉能说得定呢？至于他本人和法爷明明毫无冤仇，会忽然做此恶辣计策，当然另有帮手，正所谓：

彼众我寡形势异，我明彼暗劳逸殊。

在这上头，他们已占了便宜，何况目下尚不知他的同党究有多少呢？贫道所以要改扮前往的，即系为避他们的耳目起见啊！讲到他的真实姓名，据闻他姓伏名百英，原籍乃本省岱南人氏，他所以自号为槛内人的，皆因他在山东省境内，首创一种秘密的党会，和清、洪各帮，及南北各省的什么三点会、哥老会、大刀会等江湖上一切秘密团体都有联络，互通声气。据闻，他所以创始这个党会团体的，其志颇不在小，本来进过一种党会的朋友即唤作有一重门槛。他现在所以特地自己说明是槛内人的，就是和对方分辨，以对方为门槛外面的人，促使对方亦服从他的主张，踏进他的门槛，此乃他自呼绰号的用意。总之，他如没有绝顶武功，何敢自己卖老，傲视一切呢？他如对前面那出事的镇市地方上没有极大的潜势力，何至你们要雇车马代步都无人敢受你们的雇呢？"

三人被金步云的一番话提醒了，不由踌躇道："我们此刻还是就去呢，还是另外打发别人前往该处去打听呢？"

金步云想了想道："现在还是大家一齐回转历城公寓，法爷休息休息，由贫道独自一人改扮前往，往该地去访查情形，或许能遮瞒过他们的耳目，得到真实的消息。三位以为然否？"

法自求等连应很好，准定就此回城。于是四人从道旁草地上立起身来，走上大路，急急奔波般赶回历城公寓。

到得三十号上房内时，正见那两名镖局伙计慌慌张张地在那里没有主意，看着桌上茶碗下面压着的一张字条儿发呆。见四人进房

190

来，即迎住念佛道："好了，救星来了!"秦、柯二位忙问两人何事惊慌，两人同指着那张字条儿说道："二位爷请看，兀的这不是令人可骇的吗?"

四人见了，不由八只眼睛齐向那字条儿上看去，只见上写：

槛内人专诚奉拜。

七个半行半草的字。四人不由都各一惊，暗讶："这厮何以得能如是之快?"忙问两名伙计："这字条儿是什么时候才发现的? 你们两人可曾离房出外去过?"

二人摇头丧气地回道："好叫四位得知，俺们哥儿俩由昨天起，不仅未出房门一步，连撒溺屙屎都在房内，从未出过房门。这字条儿乃是刚才由一个长大个子、瘦得像害过十年大病一般的人从外面走进来，只见他在面前一晃，俺们的眼睛一眨，他已倏忽不见。俺们初还疑心是自己的眼花，待互相一问，两人都曾看见，岂有一齐都眼花之理? 再一检视房内各处的东西，只失去了法爷的一个黄布包袱，别物都一齐安放得好好的。桌上还留有这张字条儿，这分明是人，而非白昼见鬼了。他白天这么地一来，已顺手牵羊带了一个包袱去；假使他晚上再来，怕不将房内所有的东西完全偷了去吗? 俺们如和他较量，岂不是以卵敌石，太不自量力了吗? 因此俺们哥儿俩心中极其焦灼。现在四位同来，岂非有了救星吗? 只不过这长大个子是何许人物，因何只取法爷的黄布包袱? 俺们俩未免有些一时猜测不透罢了。"

法自求听说那个槛内人倏然到此将自己的黄布包袱偷了去，不由气得目眦尽裂，咬牙发恨，恨不得马上就追上那厮，一刀挥他为两段，方才出得心中之气。但因双足被伤之后，元气未复，不能就贸然前往，只得暂时忍耐着。

金步云忙伸手将茶碗下的那张字条儿抽出，翻过背面来，提笔在字条儿上写道：

槛外人专诚回拜。

七个潦草的行书字，吹干了，塞在贴身的短衫袋内，随即托那两位伙计上街去给自己买了两身俗装衣履，回来即在房中更换了一身俗家打扮，穿得半时半古，像个老乡绅的模样。所巧的那两身衣服都是估衣铺内的现成当货，恰好不大不小，刚正合体。道人自在镜内照看了一会儿，无有破绽，遂将那余多的另一身衣服包好在小包袱里提着，一手拉了根旱烟管，管上系着个大旧荷包。荷包分作两层，一层内满装着他自己用秘方制成的闷香，一层内却完全装着真正杭州的元奇。他将这身打扮改装完毕，即请各位精细察看，有无破绽。一面忙又将头顶里梳的道士髻，打开放下，改梳了一条三绺的小辫子，垂在脑后，这才别过众人，说："贫道就去走遭，各位且坐听好消息吧！"

说毕，即急急悄悄出房，走出公寓大门，改道往北。再从僻街小巷，绕向南行。出街口上路，足不点地地向那出事的地方上赶去，存心施展绝技警诫警诫伏百英，好助法自求完却此案。

毕竟金步云此去的结果如何，是否胜得伏百英，法自求如何完案，各派剑客因何大起争执、互相激斗残杀，编者因为篇幅所限，不能详细逐件交代，只得向读者诸公表示遗憾和万分的歉忱。《少林》《武当》两书内未及交代明白的一切事务，且待本书的后文《昆仑》《峨眉》两剑侠书中一齐交代。

现在且说那个冒名法自求、杀人越货的凶手是谁，果然不出金步云所料，正是那个自命不凡的山东侠客，号称槛内人的伏百英所为。皆因他仗着本领，在齐鲁省境内差不多到处为家，无处不有他的党员，所以他的潜势力极大。只因他生性耿介，以侠义自尚，所以声名极佳，从无人在背后訾议过他的行为。他和曹州三里店白大有原是极相钦佩的莫逆之交，故此平时往还最密。

那天他正从岱南原籍往曹州去访会白大有，商量一件紧要之事，不期恰巧在路上和白大有遇见，遂邀到村酒店里小坐谈心。当时他见白大有的神态极其懊丧，似负有伤痕的模样，忍不住寻根问底地查问。白大有遂将他二哥往年在九江街上被法自求当街羞辱、重伤而归，好容易方才治痊之事告知。"不料近来那法自求小子又忽然恃仗武艺，从南方到北路上来闯道露脸。背上黄布包袱，居然到处逞能还不算数，他又探知愚兄弟的居址，特地上门来欺人。家兄惦记前恨，见面哪得不和他计较？小弟手足情深当然不能坐视。不料他竟恃仗拳脚的功夫，先将家兄打倒，受了重伤，又放出飞剑来杀败了小弟，小弟几乎性命不保。现拟出门远行，另寻明师学艺，将来找他报仇，现在小弟身上的伤痕尚未复原呢！"白大有边说边流下几滴泪来。

伏百英闻言大怒，说："贤弟放心，何苦定要远行？凭着劣兄的末技，还怕不立刻怼了他这小子吗？"

于是二人会账同行，向济南省城法自求走的路上追赶。那日同到离省城颇远的一处镇市上住店，恰巧听得隔房有两个湖南兼本地口音的人谈话，留心听出，二人乃是漏网之贼。两人遂动了心，商量结果，半夜里遂一齐动身，杀了佟、成两人，劫夺了他俩的东西，留名在柱上，陷害法自求。一面清晨绝早，两人即动身进省，在县衙左近守候消息。守到捕快奉命去捉法自求，即由伏百英乘机混在人群里，随着冲进历城公寓三十号上房里，扔下包袱、凶器，转身即向外挤众飞跃而出。他的身法、步法原非寻常，所以乘乱下手，竟无人觉察得出。

他走到外面，即同白大有在县署左近哨探，得知法自求已被保释，领限助官缉凶完案，料定法自求必要到那出事地方上去亲自实地调查，故此伏百英预先在该镇市上召集部下，沿途打听，听候呼唤。所以，法自求同秦、柯两位才住店，他已得知情形，跑去指名访会，运用内功弹力将法自求踢来的连环腿、鸳鸯脚，使小肚皮一迎，伤损了脚胫踝骨腿筋，立刻受伤倒地，不能动弹。

伏百英正想进身一脚，踢死法自求，却被秦、柯两位跃身过来敌住。伏百英即哈哈大笑，跳出圈外逃跑了。

秦、柯二位因欲救护法自求，不及追赶，回头看法自求时，可怜已是奄奄一息了。正是：

　　一世之雄，而今安在。载舟覆舟，所宜深慎。

本书至此，已告终篇。正是：

　　闲中漫叙英雄案，忙里写将侠义情。

峨 眉 剑 侠

第一回

文士潦倒权为打铁汉
老叟离奇隐作经纪人

话说山东历城县，离城三四十里，有座小小的市集，地名唤作草头镇。只因地僻人稀，所以市廛也不十分畅旺，镇上除却几家普通商店而外，最令人触目的，便是鱼贯也似的五七家招商铺。常言："店多成市，树多成林。"草头镇上的招商铺既然汇集在一处，于是那条街也就叫伙铺街。那五七家大铺之中，有一家比较门面阔大，房屋整洁些的，铺号叫作顺兴馆。

顺兴馆的装潢点缀，虽不能说是怎样的尽善尽美，然而和那其余的几家比较起来，却要数着鸡群鹤立，铁中铮铮。行旅的一般花钱，一般住店，谁不要图个清洁愉快呢？所以顺兴馆的生意也比其余的几家特别发达，端的是川流不息，宾至如归。其余的几家眼看顺兴馆的生意兴隆，忍不住十分欣羡，又是十分妒忌，无如自家的店铺陋朴，比不上人家，也唯有望洋兴叹罢了。谁知他们正自眼热，顺兴馆忽地闹出一件人命案子来。

提到闹人命案子的本事，在上篇《武当剑侠》文中，便已交代过一点儿眉目，不过上篇为篇幅所限，所以只论了一些皮毛。究竟被害者与杀害者有什么关系，著者少不得还要细细表叙一番，以清底蕴。

且说当日在顺兴馆被杀的，一个叫成子安，一个叫佟国柱，二人都是湖南大盗王大亨的羽党，后来改头换面，而到山东来做客商的。自从沈三友一案发生后，他二人在山东立脚不得，于是各自收拾了随身细软，准备回湖南原籍，另谋生活。他们在历城县动身的当儿，已是午后，当时因为提防官兵抄拿的缘故，所以惊慌失措地逃走，一口气便走了二三十里。要论二人的脚头，每天走一二百里路程，本算不得什么事，无如目下和以前又是不同，从前二人是强盗身份，打家劫舍，放火杀人，全凭的筋强力壮，胆大敢为。近年来因为已改了面目，做了安分守己的生意人，既然用不着那种强暴武力，筋骨自然也渐渐软疲了。成子安并且还抽上几口鸦片烟，成了个瘾君子。

当时二人一连走了三四十里，到了草头镇上，四条腿都一齐瘫软了。成子安格外涕泗横流，哈欠不止。况且天色已晚，未便再走，于是便投了顺兴馆权宿一宵，他二人所住的房间是官字第十二号。行路疲困的人本来巴不得有个休止所在，更兼二人肚里又怀着鬼胎，所以急匆匆到了房间里，便砰地关上房门，倒在床铺上休歇。成子安更向铺家借了副烟具，慢慢地抽着大烟过瘾，一面却打着江湖切口，和佟国柱讲论沈三友案情的事。谁知他们唠唠叨叨地絮话，不料却惊动隔号住的两个汉子。

那两个汉子是山东大名鼎鼎的人物，一个是曹州人白大有，一个是岱南人伏百英。白大有的历史，在前篇《少林剑侠》书中已详述过了，用不着在下再饶口舌。至于伏百英的一身事略，还没有表叙一二，在下趁着这个机会，少不得先来表述一遍。

论到伏百英一身的历史，可当得"离奇诡秘"四个字。他原籍本不是岱南人，在他祖父手里，方才迁到山东岱南居住。他祖父叫作伏荫华，幼时在山西太原府乡里当一个铁铺里的小伙计。打铁是件极苦的事，无论什么人，除非什么行业都找不到，才愿意干打铁的营生。但是到了人浮于事的时候，一般连个打铁的位置也谋不到。

伏荫华始初本是个文墨人，只因家道中落，谋生不易，才逼得干那人所不愿为的打铁生活。以一个缚鸡无力的文墨人，干那使劲动粗的生活，可算是文不对题。然而他气力虽是不佳，却好得不畏艰苦，任怨任劳。一个人只要有一技之长，自然便能得人家的信任，那开铺子的老板是一个年近六旬的老头子，伏荫华初到铁铺未久，并不知道老板名字叫什么，只听得同事的称呼他叫吴老板，并且觉得吴老板的一举一动都有异人的地方。铺中除他本人而外，还有个老板婆婆，此外便是雇用的五六个伙计了。

自从伏荫华进店之后，同事的因为他是个外行，大家都欺负他、排挤他。唯有吴老板对于他却十分注意、十分优待，常向那几个伙计告诫，不许难为姓伏的，并且说："我开铁铺，完全是消遣的，不是谋利的，生意多做少做，绝不关事。你们是我切己的人，难道还不晓得我的用意吗？"

那几个伙计吃他一顿唠叨，果然大家再不挤轧他了。唯有伏荫华听了这种奇异的话，心中又惊又怪，暗说，他既开了店铺，不为谋利，却为做什么呢？要说是借开店消遣吧，那么什么店铺不好开，何必要开这肮脏不堪、喧嚣聒噪的铁铺呢？心中既这般想，暗地里也便留神探察。日子久了，果然察得吴老板不时地出门去。或三朝，或五日，便有人来请他，请他的人各色都有，如达官富家、衙门差役，以及士庶人等。请他的时候，吴老板总是约他们在私室里密谈，鬼鬼祟祟的，不知讲些什么。伏荫华有时在便中看见，觉得那干和吴老板讲话的人都执礼甚恭，并不像是谈的生意经络。凡是有人来请了一次，吴老板或老婆子必定出一次门。吴老板、老婆子不出门的时候，那几个伙计之中也必定出去一两个，或两三个。像这般奇奇怪怪的形色，伏荫华看在眼里，好比丈二和尚摸不着个头脑。

有一天，伏荫华正和几个伙计在那里打铁，猛听得一阵喧哗。铺门前停了许多锣牌旗伞。绿呢大轿里，出来了一位显官。伏荫华认得，那显官不是别人，乃是太原府尹娄伯光，由不得心中怔了一怔，暗说，怎么堂堂一个现任府尹，也亲自光降到这里来呢？自己心中不免惊奇疑惑，迟疑不定。可是吴老板夫妇和那几个伙计都行所无事，做活儿的做活儿，迎客的迎客，毫没有半点儿异常的态度。只见吴老板和娄府尹在里面谈讲了片刻，便送着娄府尹出来，在里面说的什么，虽不晓得，当吴老板送娄府尹出门的当儿，却听得吴老板说了句"大人放心，这事全在小老儿身上，包管办到"。那娄府尹很恳切地拱了拱手，才告辞而别。

伏荫华看在眼里，实在揣不出是一回什么事。

到了第二天早上，吴老板便收拾了一个小包袱，显出行路的模样。临行，还叮嘱老婆子几句家常话。另外还把伙计当中两个资格最老的，唤进去谈说了一番，这才出门走了。

伏荫华揣度，吴老板这回出门，一定是为的娄府尹的事了。但是毕竟为了什么，自己委实打不破这个闷葫芦。不过觉得自己既在他铁铺里做活儿，连老板是何等人物，鬼鬼祟祟地干什么事都不晓得，实在太荒唐了。想到这里，便忍不住要问问那几个同事。可巧和自己同卧室的两个同事便是伙计中资格最老的，一个唤作高明，一个唤作申觉，平常他两个对待伏荫华感情又是极好，每天临睡的时候，总要和伏荫华谈笑谈笑。不过所谈笑的，都是些日间做活儿的事，以及所见的新鲜笑话，从不曾讲到吴老板身上。便是有时伏荫华问到关于吴老板夫妇的话，他两个随用别的话来岔了开去。

这一晚，三人归了卧房，照例又喝茶谈心。伏荫华趁他们谈得高兴的当儿，忽地正色问道："二位老大哥，平常看待我十分体己，我很是感激，不过我虽在这里做生活，心里实在有件不明白的事。每天都恍恍惚惚地盘算着，像这样糊糊涂涂地过下去，简直使我溷闷极了。所以今天却要请教请教，务请二位明明白白地告诉我，不要将我当作门外的人才好。"

高、申二人猛听了这话，笑着说道："你心孔里有什么糊涂虫钻着，却要来请教我们呢？"

伏荫华说道："我在这里做生活已将近一年了，本来像我这般文不文武不武的人，跟随二位老哥能混口饭吃已算是件不易的事，其余的话，我照理不该多问才是。不过像二位这般体恤我，和老板这般优待我，我实在不能忍住不问……"

高、申二人不等他说完，连忙摆手道："你别和我们动文，我们都是打铁的粗汉，文才是绝不懂的。你有什么不明白的事，不妨直说来，我们晓得的，绝没有不告诉你的道理。"

伏荫华道："我心里所不明白的，便是为的吴老板夫妻两个。我初来的时候，听他说了句'开铺子不是想谋利，是消遣'的话，我当时便怀疑不定，以为他不想谋利，何必开铺子？要想消遣，又何必在这肮脏不堪的生活里消遣呢？况且他老夫妻两个有时也辛辛苦苦地跟着我们打铁，这分明自寻苦吃，更说不到消遣取乐的话。这一层，我的怀疑已有了五分。后来不时见有许多显官富豪躬身屈节地来请他老夫妻的安，或议论什么事。以一个铁铺的老板，能使这干人倾心青眼，枉驾亲临，不是使我更惊疑到十分吗？还有一层可疑的，便是他既十分怜恤我、优待我，可见是器重我了。但是他每每和人家谈事，差不多都是避着我的耳目，绝不拿我当作一家人看待。这种地方，真使我连头脑也摸不着。今天当着二位说句老实话，我虽是个无用人物，毕竟总算多念了几句书，事理还能明白些。我心中盘算，已料定吴老板两口子一定不是常人了，便是二位老哥和其余几位，一定也是非常汉子。像我这般饭桶人和诸位在一处，与其使吴老板和诸位碍眼绊脚，倒莫如远远地走开，还算自己识相些。"

伏荫华说完了这席话，高明、申觉一齐哈哈笑道："有见识，有见识，怪不得吴老板说你是有来历的。你既然要问我们这些缘故，我却先要问问，你起初进店的时候，吴老板和你说什么话来？"

伏荫华想了一想道："不错，我进店的第一天，吴老板便和我说，说我虽是文士，却和别的文士不同。这打铁的生活确实可以做得，并且说他铺里绝对不用没根底的伙计，凡是有根底的，他铺子里才肯收。我当时便误会了他所说的话，以为'根底'二字是来历不明、身家不清的解说，所以彼时还和他分辩了几句，说：'老板放心，我虽是个念书人，吃苦的事我是极愿做的。要是怕我来历不明，我倒可以觅一个保荐来，以免老板不放心。'他听我说了这句话，不住地摇手说：'你缠夹到别的上去了，我说的"根底"二字，完全不是身家来历的话。此时和你说也说不清楚，且待过了一年半载，你自然而然地明白。'其实我到目下，不但不曾明白，简直连他和我所说的话也忘记了。今天要不是二位老哥提起，竟使我想不出这句话的来因……"

高、申二人听伏荫华说到这里，一齐说道："你既然想起这番话来，总算你的悟性不错，你既然能瞧出吴老板两口子和我们的形迹可疑，你可能断定我们是好人还是歹人吗？"

伏荫华爽爽快快地答道："这个我可以断定，吴老板和诸位断不是寻常人物，因为在我眼睛里看见凡是到铺子里来的，都是些正式人士，便是以吴老板和颜悦色的面貌，以及诸位豪爽的脾气看来，也可以能断定的。"

高、申二人一齐摇手笑道："你看错了，我告诉你，你不要害怕。吴老板夫妻和我们几个都是不现形的大盗，你可相信吗？"

伏荫华没口子说道："不是不是，这话我绝端不相信。二位老哥别来哄我，我的眼睛再钝些，也绝不至于钝到这般地步。"

二人笑道："你以为我们的话是哄你的吗？你且别忙，左右今天大家都闲着没事，你在这里煞练了这许多日子，已算是门里的人了，我们便原原本本地告诉你，谅你也不笑我们的出身了。"

二人一面说，一面剔了剔烛上的灯花，然后缓缓说出一番话来。

毕竟二人怎样说法，请看下回分解。

第二回

释隐疑剪烛论前情
劫民女仗威施暴虐

话说申、高二人向伏荫华说道："你以为我们的话是哄骗你的吗？其实我们所说的，丝毫都不虚假。你既是山西人，当然晓得山西的事，我们问你，在十年之前，可曾听得江湖上有个黑衣大盗吴青山吗？"

太荫华道："怎么不晓得？黑衣大盗是人人都闻名的，我不但耳朵里听见过他的名字，并且眼睛里还看见过他的面貌，只觉得他短小精悍，燕颔虎头，确是一个巨盗身份。不过后来听得他在汾阳县行刺庆奕亲王，便遭擒被害了。当时我和几个朋友都很惋惜他，惋惜他的缘故，不是说他死得冤屈，因为他能做这般惊天动地的事，而不幸遇害，实在死得不值。对于他行刺庆奕亲王这回事，如今提及起来，我还有些耿耿于怀呢。"

申、高二人微微地笑道："吴青山行刺庆奕亲王的事，你还能记忆得清吗？"

伏荫华道："怎么记忆不清？庆奕亲王是当今皇上的皇叔，在当时声威显赫、趾高气扬，无论满汉两族，朝野官民，谁都晓得他的恶迹昭彰，秽德被著。当他奉旨巡狩陕、晋两省时，沿途惊扰，间阀不安。他平生最好女色，凡是他车驾所过，大县须征美女五十名，小县三十名、二十名不等。

"他到汾阳县的时候，我那时只有十六七岁，恰好也在汾阳县一个亲戚家里居住。我那亲戚住宅隔壁，是住的一位老秀才，姓钱名有才，为人博学多能，安分守己。钱有才一家三口，除却老奶奶之外，膝下只有一个女儿，唤作钱彩娥，书香人家的子女，自然知书达礼，好学能文。钱秀才只有这位掌珠，格外当作儿子看待，所以灯下窗前，训诲得彩娥多才博学。在汾阳县里，谁都晓得钱彩娥的才名。钱彩娥要单单有些才艺倒也罢了，偏是又出落得一貌如花，倾城倾国。因为才貌双全的缘故，所以当地人送她一个芳号，叫作赛昭君。钱有才虽不愿人家替他女儿起这般绰号，但是也掩不住人家的嘴。

"庆奕亲王到汾阳县的前三天，钱有才早知道地方官府要在民间遴选美女，自己连忙跑到县里去和县官关说，替女儿进了一个病呈。那汾阳县官本来和钱有才素来相识，又因他是个秀才，便答应了。

"汾阳县原算是大县份，应供奉美女五十名，庆奕亲王到汾阳之日，县官照例趋谒，并呈上美女名单。

"庆奕亲王对于别的事都是马马虎虎，由手下人承理的，唯有对于县属供奉的美女，却要亲自过目，一丝不苟。当时看了看美女名单，忽地皱着眉毛向县官说道：'你张罗的这些女子，还是选自县城，还是选自乡间的呢？'

"县官猛听了这句话，一时也不知庆奕亲王的用心何在，连忙回禀道：'这干女子都是由卑职在县城中遴选的。'

"庆奕亲王听了这一句，早已沉着脸说道：'既是在县城中选来，怎么连有名色的钱彩娥都不曾选入呢？'说了这句，略停了一停，又说道：'本御久知你办事含糊，蒙蔽宪司，观此一点，也便足见其

205

余了。'

"那县官本来生得秉性骨鲠，对于遴选五十名美女，心中已有些老大不愿。不过为着各县都是如此，自己不得不敷衍应命。及听得庆奕亲王责备他遴选女子不力，又掌葛扳藤地涉及政治关系，一时心头火起，也顾不得亲王不亲王，冷冷地答道：'卑职对于地方治安、处理档案，自信极不肯丝毫含糊的，也绝不肯蒙蔽上司的。至于遴选女子，原不是卑职分内之事。王爷明鉴万里，又是代天巡狩，当然要体察民艰，宣布法化。不是卑职敢和王爷顶撞，只觉得为了遴选女子，而下责卑职，卑职实在不忍于言，不得不冒昧干犯。'

"县官这几句话，说得庆奕亲王黑脸变作红脸，怪吼一声，大骂：'狗官该死，这是什么所在，容得你任情胡言？'旋说旋喝左右武士：'将狗官绑去砍了！'

"二位老哥请想，以庆奕亲王的声势，要杀一个七品官儿，还不是打杀一个蚂蚁一般？庆奕亲王既杀了县官之后，一面又差武士去将钱彩娥带来。当县官遴选美女的时候，全县本来已经沸腾，及至县官被杀，庆奕亲王又差武士去传钱彩娥，百姓格外愤慨，只少个倡议之人，众人便好群起而攻。

"那武士到了钱家，钱有才只急得抢地呼天，怎能阻挡武士不把女儿带去？彼时钱家门首，看闲的汉子人山人海，我也夹在人丛里瞧看。眼见众武士如狼似虎地拥着钱家姑娘不算，还恶狠狠地痛责了钱有才一顿，说他为着什么大惊小怪。钱有才怎敢分辩？只一味地痛哭。

"那武士去不多时，猛听见西北上一阵銮铃响声，却见三骑马疾驰而来。我的眼力最好，远远便见第一个骑马的汉子实在仪表不凡，穿着黑袄黑裤、黑鞋黑袜，武装短打，除了面孔之外，简直如同半截黑塔。后面的两个虽然也穿着武装黑袄，但是裤子和袜子却是白色，并且面目也不比第一个来得气概。他们三骑马走近我们人圈儿地方，那为首的似乎已看见钱有才在那里痛哭了，忽地跳下马来，排开众人，径问什么事。有几个多嘴的便说方才的经过。

"那黑衣汉子听说，立时露出很动气的样儿说道：'什么庆奕亲王，胆敢强抢民女？难道他做了王爷，连这一点儿法度都不晓得吗？'

"那干闲汉，都因他三个来得突兀，况且庆奕亲王才到汾阳，或者是他手下的密探，谁敢过于说庆奕亲王的坏话？唯有钱有才却毫不顾忌地说道：'壮士，别说他懂法度不懂法度，他要懂法度，怎么堂堂皇皇地叫官府供奉他的美女呢？'

"黑衣汉子鼻孔里哼了一哼，向两个同行的说道：'你们瞧，庆奕亲王这厮，还配代天巡狩吗？'

"那两个见问，显出很恭谨的样儿答道：'真是岂有此理！头儿难道要惩戒惩戒他吗？'

"黑衣汉子道：'像这般恶蠹，不给他个厉害，我实在替人民不服气。'

"他们一问一答地说话。我和众闲汉都不知他是何等人，又不敢插嘴多说话。

"只见他向钱有才说道：'你别哭了，哭也哭不出女儿来，我于今问你，你毕竟要你女儿回来不要？'

"钱有才没口子地说道：'壮士怎么说这句话？小老儿只有这点儿骨血，岂有不要她回来之理？不过她已被庆奕亲王带去，又怎能合璧珠还呢？'

"黑衣汉子摇头道：'这个不要紧，我所以问你要不要她回来的缘故，是因为有些人家巴不得女儿结识了显官贵介，家中人可以借此升官发财，表面上虽装得惺惺作态，心肚里却是求之不得。'

"黑衣汉子说到这里，钱有才连忙叫了声：'该死该死，这般人世上虽有，但是小老儿绝对不是这种人。'

　　"黑衣汉子笑道：'你既这般坚决，我便替你管了这件事吧！'一面说，一面便想上马登程。正自跨上马鞍，忽地又跳下马来，用手指着自己鼻子，向钱有才说道：'我还忘记一句话，使你怀疑我，你知道我是什么人吗？'

　　"钱有才翻着眼睛摇头道：'小老儿还没有请教壮士的大名，委实不认得尊驾。'

　　"黑衣汉子哈哈笑道：'我不说，你们料都不晓得，我说出来，你们大家一定都晓得。我不是别个，便是你们耳朵常常闻名不见面的黑衣大盗吴青山。'

　　"他说了这句话，莫说钱有才吃了一惊，连我和一众闲汉，都好像受了一种感触，呆了一呆。再抬头看他时，早已不见了他们的形影。

　　"我当时听得吴青山一席话，便回想到他是个著名巨盗，怎么要打起不平来呢？便是在场内闲汉，也都说吴青山绝不会多管这种闲事。议论了一阵，也便各散。

　　"我回到亲戚家里，心中还惦记着这件事，不时走到隔壁去探问钱有才。直到初鼓以后，始终没有朕兆。钱有才夫妇固然显出十二分失望，我也自觉探问得麻烦，回到舍亲家里睡了。

　　"第二天早起，抹面之后，即到钱家来探问。谁知钱家大门上已拴了一把很大的铁锁，钱有才和他老婆竟不知到哪里去了。我正自立在他门口发呆，猛见我那亲戚来唤我道：'你快进来，立在是非窝门前是没好处的。'

　　"我忙问：'怎么叫作是非窝？立在他门前，有什么干碍呢？'

　　"我那亲戚一把扯了我，一面悄悄向我说道：'你可知道昨夜亲

208

王行辕里出了乱子吗?'

"我说:'怎么不晓得? 一定是吴青山劫了钱家姑娘闹的乱子吧! 怪不得钱家的大门锁了,想是吴青山劫出姑娘之后,钱老两口子领着姑娘避到别处去了。'

"我那亲戚冷冷地说道:'你真说得风凉,一个堂堂的亲王行辕,好容易进去劫个人出来吗? 老实告诉你,吴青山昨夜到亲王行辕里劫钱家姑娘,确实是有的。不过因为事机不密,他本人已被当场拿获了,并且已经枭了首级,挂在城门口示众了。'

"我听了这话,吃了一惊道:'你是哪里得来的消息?'

"我那亲戚道:'我方才到城门口去买点心,远远便看见许多闲汉,一团围在城墙下看那城上挂的人头,一团簇在城门里看那墙上贴的告示。我也挤在人丛里看了一看,那告示写得明明白白,说是黑衣大盗吴青山夜入亲王邸宫,持刀行劫,割去亲王的须眉。后因武士奋勇,当场拿获。兹特枭首示众,而寒匪心等语。告示是我目击的,人头又是众目共睹的,难道我还哄你不成? 吴青山所以到亲王行辕里闹事,一定为要劫钱家姑娘,钱家尚且得了风声走了,你却疯疯癫癫地立在他门口做什么呢?'

"我听了舍亲说了这番话,不禁暗暗叹了一口气,很替吴青山惋惜。二位今天忽然问起我黑衣大盗吴青山的话,直使我有些不解,怎么拿死了十多年的人,旧话重提呢?"

伏荫华说完了一席话,申、高二人一齐微微地笑道:"你以为吴青山当真已死了吗?"

伏荫华惊异道:"怎么不是真死? 当时的告示我也看见的,人头虽因面目模糊了看不清楚,然而显明地挂着,一些儿也不虚假。难道你二位还以为我这些话不实在吗?"

申、高二人一齐哈哈大笑道:"实在虽是实在,不过吴青山确实并没有死，不但他没有死，并且还朝夕不离地和你伴着。"

伏荫华哪里相信，道："你二位别和我取笑，真拿我当傻汉了。"

二人正色说道："你以为我们说的是笑话吗？我们告诉你，这里开铺子的老板，他不是吴青山还是谁？"一面说，又各自指着鼻子道："我两个便是当年随吴老板一同在汾阳闹事的，你难道便不认识了吗？"

伏荫华猛听了他这几句话，简直如坠五里雾中，重又向二人望了几眼，微微点头道："二位的身材倒还差不多，不过面目太黧黑了，有些不对。便是吴老板也完全不像我当年看见的那位壮士。"

申、高二人一齐叹了口气道："这也怪不得你，本来这件事已有十一二年了。我们当时是少年，于今变成壮年了。吴老板当年是壮汉，于今已变成老年了。世事尚且沧桑易变，何况人的面貌呢？更兼我们近来做了几年的铁匠，容颜更非昔比，无怪你认不得我们了。"

伏荫华还有些疑惑道："那么当年在汾阳被杀的又是谁呢？"

二人道："提到当年的事，你是局外人，只不过就眼睛所见的，晓得了上一半。我们是个中人，自然要比你完全明白些。

"自从吴老板答应了姓钱的之后，他便和我二人讨论，怎样去对付庆奕亲王。我二人是久随吴老板多年的老伙计，对于吴老板的性情武艺是无不备悉，他除非不答应替人家做事，既答应了，无论入虎穴、探龙潭、赴汤蹈火，他都没有丝毫畏惧心。例如他想到亲王行辕里去救钱家姑娘，委实是件极辣手的事，不过要凭吴老板的武艺，便也算不得一定艰难。所以当他和我二人计议的时候，我们并不曾说个难字，只问他对于庆奕亲王是不是要置之于死地。

"他摇头说道：'照庆奕亲王平日的所行所为，便处他极刑，亦不为过。但是我仔细想来，他是个旗人，这番又是奉旨出来巡狩的，我要是冒冒失失地将他刺死了，在我固然极是爽手。不过陕、晋两省的官府人民却要大兴冤狱了。常言说"投鼠忌器"，做事需要瞻前顾后，我姓吴的是汉人，绝不能贪了我一时心头的快活，便去贻害我们汉族同胞，所以我想了又想，杀死他实在不可，还是重重惩戒他一番，也算给他个自新之路。'

"我二人听他这般说，一齐赞成道：'头儿这话确有见地，既然如此，还是用一种寄柬留刀的老法子来唬唬他吧！'

"他又摇头道：'用寄柬留刀的法子对付他，未免又太嫌便宜他了。我知道这厮趾高气扬、目空一切，不给他个厉害手段是不能使他心折的。'

"我二人说道：'头儿既想用严厉手段对付他，谅情用我们不着了。'

"他笑道：'你二人真会贪懒，对付庆奕亲王虽用不着你们负责，但是以外的事，却少不得你们帮忙。'

"我们道：'只要头儿怎样吩咐，我们是绝不畏避的。'于是他便分派我二人搭救那钱家姑娘，他自己去对付庆奕亲王。

"我们计议好了，便将三匹马寄在城外一个乡村人家，在二更时分，一齐到亲王行辕里分头动手。老实说，凭我二人的本事，要救个把女子，是不算什么事的，所以还不到一个更次，我们的事便早已完毕。将那钱家姑娘打从亲王行辕里盗出，并且还送到钱家，叮嘱他老两口子，权且带他女儿隐避隐避。你那天看见钱家大门锁着的缘故，便是为此。

"我们手续既完，便准备先到城乡村人家去等他。心中料他去对付庆奕亲王，绝没有像我们的爽手。谁知我们才到那人家，他老人家却早已坐在那里等我们了。我们自然十分吃惊，连忙打着江湖切口，问他为什么这般快。他却笑着说道：'干这一点点小事，还用得

211

费多大时间吗？'

"我们又问：'毕竟对于庆奕亲王是用什么手段收拾的呢？'

"他笑着说道："这件事，我真干得痛快！你们且坐着，等我细细告诉你们。'"

毕竟吴青山怎样和二人细说，请看下回分解。

第三回

削须眉奸王惊飞剑
返故乡山盗觑行装

话说申、高二人向伏荫华说道："当时吴老板见我们问他怎样对付庆奕亲王，他便向我们说道：'这是我生平干得最痛快的事，自然要告诉你们。我和你们在亲王行辕前分手之后，心中还没有一定主张，怎样对付他。及至到了里面，四下探望，恰好庆奕亲王独坐在一间大厅上饮酒。我看他那种顾盼自雄的态度，恨不得一刀将他杀死，方才痛快。但是既打定投鼠忌器的宗旨，也便不肯莽撞，于是趁他举杯饮酒的当儿，便使出剑光，将他的眉毛胡须一齐削去。当我的剑光飞出之时，可笑那奸王竟丝毫不曾察觉。直待割下的眉毛落在他爵杯里，他方才大惊小怪地喊起有鬼来。旁边站立的八个武士听得他嚷喊有鬼，一齐扯出刀剑，忙问鬼在哪里。奸王拿着爵杯向他们说道："你们瞧这酒盅里落的什么东西？"那几个武士连忙向前看时，便有一个眼尖的失声嚷道："不好了，王爷的胡须呢？"庆奕亲王对于别样事情都不爱惜挂怀，唯有那一部五绺长髯，爱惜得犹如性命一般。听得武士提到"胡须"二字，他连忙用手去拈捻，谁知抹了一抹，急得直跳起来道："作怪作怪，你们看见我的胡须是什么时候没的？"那八个武士一齐摇头道："不晓得，不晓得。王爷

213

坐在这里饮酒，我们又寸步不离地跟着，胡须怎么会不见呢?"庆奕亲王听了这话，叹了口气道:"我知道了，这定是我的气数将尽，所以才有这种怪事发生。这事我也晓得，叫作鬼剃头。你们再仔细看看我的头上，有没有剃刀痕迹?"那八个武士一齐掌了银灯，替他去了龙冠，前前后后查看了一遍。还是那眼尖的看出两道眉毛也剃得光净，连忙禀道:"王爷的龙发是没有损失，不过两道眉毛也像胡须一般，被鬼剃了。"庆奕亲王听说眉毛也被削了，格外唬得抖战。那八个武士也都你望我，我望你，露出十二分惊慌模样。我在屋上看得真切，听得分明，忍不住十分好笑，知道这干人都是天字第一号的大饭桶，也便不用顾忌他们，爽爽快快地跳下屋来，向他们一干人喝道:"你们别见鬼，割眉毛、剃胡须的便是老子，老子不是别个，行不改名，坐不改姓的，叫作黑衣大盗吴青山。"我一迭连声说了这几句话，唬得庆奕亲王和八个武士好比雷打的一般。那武士手里拿着的刀剑不由而然地都坠下地来。毕竟还算庆奕亲王有些见识，见我和颜悦色向他们说话，料知必没有十分恶意对他，于是连忙立起来向我说道:"原来是吴壮士，本御失迎得很!壮士夤夜到此，一定有什么事故。凡是壮士所吩咐的，本御断不有不依允的道理。"我听了这几句话，暗暗夸赞庆奕亲王确有见地，随即哈哈笑道:"好一个见机利口的奸王!你既然这般识相，姓吴的也不来过分难为你。大约你自己也晓得，所行所为，是不是能守法度。如今别的话也不必说了，姓吴的今天削了你的须眉，总算和你交了一个朋友。但愿你自今而后，痛革前非，改过迁善，干干脆脆做个好人。要是不然，鬼剃头的事是完全捕风捉影的，姓吴的飞剑确确实实一丝也并不虚假。"庆奕亲王听了我这番话，很诚谨地答道:"本御知罪，既承壮士宽恕我、训诰我，我自当改过自新。打从明天起，便守着绳墨做事。我也知道壮士的来意，一定是因为我沿途招摇过甚，或是因为地方官供奉美女的缘故，这种陋习，当能一洗尽除，以副壮士的雅望。"我听他说得这般乖巧，一时也测不透他的真伪，只说："你既然知罪改过，是极好的事。我老老实实告诉你，我今天到此的原因，固然因为你各事做得可恶，并且还因为你抢了那钱家姑娘，这种行为，实在使人冷齿、令人难受。你不是堂堂的亲王吗？公然做出这种强盗行为来，天下可不是反了！你既然答应悔过，前话一概抹杀，况且那钱家姑娘，谅情此时已被我的同伙救出去了。不过你不能因为我们为了钱家而来，便将毒结在姓钱的身上。第二件，我还有一件事叮嘱你，你也要依我办理。"庆奕亲王此时比一只家狗还要驯服，忙问我还有什么吩咐。我说："我在汾阳地方，人人都说我是黑衣大盗，大盗的名目确实不好听，不过我名虽叫黑衣大盗，其实所行所为，并没有丝毫苟且。我觉得人家既叫我大盗，我自己也无法声明，说我是个好人，于今正好借着你这件事，替我洗脱了这个恶名吧！我托你替我洗脱，并不是叫你代我声明我是好人，只请你出一张告示，便说我已被你当场拿获格毙了，世界上既没有我这么个人，自然也没有我的恶名了。我所以托你如此办法，实在是我自己革新自己的地方，和你以后的改过迁善，如出一辙。这件事，大概你总容易办。"庆奕亲王听罢，连连点头道："壮士能在这种地方改革，更是无微不至。本御十分倾服、十分敬服。"我见他虽满口答应我的要求，心中还怕他说的假话，所以在临走的当儿，聚精会神使出一道剑光，使他看了心折。果然庆奕亲王显出万分仓皇的样儿，没口子地说："厉害厉害，请壮士收了剑光吧！"我说："不要紧，剑光便是我的代步，一切的事，你好自为之吧！"我一面说，一面借着剑光走了。你们想，我这样对付奸王，可痛快不痛快呢?'

"吴老板说完了以上的话，我们极口称赞他：'果然干得爽快！庆奕亲王再是冥顽不灵，也绝不会不再改过了。'"

伏荫华听他们说罢，很吃惊地说道："哦！怪不得当年，我看了告示和人头，以为吴老板真死在奸王手里。于今给你们说穿了，真使我和我那朋友白白惋惜了一场。"

申、高二人笑道："这些以前的事，虽经我们说穿了，大概你心中还有些怀疑吧！"

伏荫华很坚决地说道："绝没有怀疑，我本来看出吴老板和你们诸位都是非常人，所看不出的是，断不定哪一流人物罢了。"

申、高二人笑道："那么你目下还能断定不能呢？"

伏荫华显出很迟疑的样子说道："二位老哥提到这话，倒又打着我心孔上了。要照二位老哥的话想来，吴老板是一个当代的大剑客，诸位也是侠义英雄，我生平虽没有撞着过剑侠人物，却晓得剑客、侠客都是极受人欢迎敬仰的，所做的事也是出类拔萃的。吴老板和诸位具有剑侠身份，为什么不去做惊天动地的事业，却隐在这乡村里开铁匠铺呢？"

申、高二人一齐说道："你这些话问得确实有理，大凡世界上具有惊人技艺的人，必定做得出惊人的事，这是一定的道理。但是还有一种，虽具武技而不肯露色相的也有。吴老板自从那年遇了庆奕亲王之后，他便隐姓埋名，迄于目下，历年只靠着铁铺生涯，做安分守己的手艺人。所以做打铁生涯的缘故，是因为不肯疏慢自己的武艺。凡是练武的人，有两句口头禅，叫作'拳不离手，曲不离口'。打铁确是运用身手精力的好法门，所以吴老板才择了这项生意做。我们表面上虽是打铁，然而背地里一般也做些侠义勾当。你不是常看见有许多人来请托吴老板吗？请托他不是为别的事，或是保镖，或是请他打什么不平。不过人家只晓得他是开铁铺的吴老板，却不晓得他是十年以前名震晋、陕的黑衣大盗吴青山。在山西省内，'吴老板'三个字，可算是人人都晓得的。不但吴老板的声名远大，连吴老太婆的声名也是什么人都晓得的。"

伏荫华听他们说到这里，连忙插口说道："不错不错，怪不得我常看见老太婆有时也出外去，大约也是帮助吴老板做一种保镖的生意了。"

申、高二人答道："老太婆出去，并不是替人家保镖，是因为有关乎妇女方面的事，我们男子汉不便着手的，于是便请她出去。老太婆的本领虽然抵不上吴老板，但是差不多有名的盗匪，十个八个也不是她的对手。"

二人旋说旋伸着脖子向外面瞧了一瞧道："今天外面时候还早，我们不妨将老太婆所做的事情，说一件给你听听。

"你看那老太婆不是也有六十多岁吗？平常的老太婆，上了六十多岁，老老实实，便是一个老废物，准备着棺材等死了。她在去年秋间还干了一件惊人的事。

"本府前任知府老爷叫徐秉忠，为官很是清廉，做了十二年的太原知府，政声昭著，口碑载道，可惜天不假年，在去年九月间，便出了缺。他原籍是山东临淄县人，灵柩和家眷当然要回山东原籍去。他遗下的眷属，除了徐太太之外，还有一位十七八岁的小姐，和一个五六岁的少爷。他既然服官多年，虽不说贪赃受贿，官俸毕竟总有些。徐太太既是山东籍，山东道的难走，她是深晓得的，自己方面既有点儿官囊，便不得不存戒心。不过因为自己是个女流，又有年轻的女儿，要请保镖的护送，委实是件不便的事。恰好府衙里有个当差役的晓得吴老太婆是个女中豪杰，便向徐太太说了一句。徐太太听得有女镖师，自然十分欢喜，于是便着人聘请她。

"吴老太婆听说徐太太聘她保镖，却也十分愿意，当时便将徐老爷的灵柩，先由水道起运。徐太太收拾了一切官囊古画，统共装做八个皮箱，命四个健仆挑了，自己和小姐、少爷乘了一座暖车，一路登程。吴老太婆跨了自己家里的一头健驴，嘴里还衔着一根旱烟筒，紧紧跟在后面。

"在山西省境以内，差不多的人都晓得是徐清官的眷属回籍，便是绿林强寇，也都不肯下他的手。

"及至离了晋界，到山东境内，徐太太便觉得有些胆寒，不时叮嘱吴老太婆，请她注意。吴老太婆却毫不在意地说道：'太太放心，小婆子虽没有多大的能为，但是山东道上也曾走过几遭，知道这条路上并没有什么大不了的人物。凭着小婆子这杆旱烟筒，还对付得了他。'

"徐太太听她这般说法，再看看她那副老态龙钟的样子，心中很有些不信。便是看那杆一尺多长的旱烟筒，也没有什么奇异之处。不过既已请了她保护，当然未便说轻视她的话。

"走了几天，已离临淄县不过三五天路程了。那日正走到一处山道去处，忽见山峡里闪出五六个彪形大汉来，一个个都挑着行囊紧紧尾随在徐太太一行人之后，不时地交头接耳、鬼鬼祟祟地说话。有时徐太太一行人停了歇力，那干人也歇了担子谈天；徐太太一行人起程，他们又一步一趋地跟着。

"徐太太虽是个官府太太，不懂江湖上的把式，但是看了这几个形迹可疑的汉子跟着，心中便料定他们绝非善类，于是便悄悄向吴老太婆说道：'请你注意一点儿，我看后面几个汉子确实有些不是善流呢！'

"吴老太婆笑道：'太太放心，这干人小婆子都认得，他们是准备送盘川给小婆子的。'

"徐太太惊疑道：'奇呀！怎么这干人你竟认识？既然认识，你为什么不招呼他们呢？'

"吴老太婆笑道：'太太不晓得，路上不是说话的地方，我和他

们约在前面山亭子上，才要细谈呢！'

"徐太太听她说罢，心中格外惊疑起来，甚至还疑惑吴老太婆也不是好人。无如事已如此，只得硬着头皮，听天由命。

"又走了一程，果然前面显出一座山亭，远远地立着。吴老太婆这才对徐太太说道：'太太休得吃惊，后面的几个汉子，小婆子确实晓得他们不是好人，不过他们都是些酒囊饭袋，上不得小婆子的手。我所以此时招呼太太的缘故，因为到了要动手的所在了。我知道打从这里到临淄县，只有这么一个险要地方，过了此地，便是阳关大道，便没有他们动手的机会了。'

"徐太太听了这句话，唬得筛糠也似的抖战起来，抖颤颤地问道：'你自信能敌得过他们吗？'

"吴老太婆正色说道：'动手动脚的事，虽不能说是一定有把握，但是我自信对付这几个饭桶，还有六七分把握。'吴老太婆一壁说，一壁催着四个挑夫和赶车的快走，趁早赶到前面亭子上，再去休息。他们一行人加快了速度，背后跟的五六个大汉也迈开大步，匆匆赶到他们前面去。

"徐太太一行人才到得亭子前，那几个早已显出本来面目来了。大家都在挑的担子里各自取出兵器，把住亭子口，一齐嚷喊道：'知事的快把箱笼丢下来，免得伤了性命！'

"那四个挑夫和赶车的都唬得魂飞魄散，一个个丢了箱笼，停了暖车，便向四下里乱窜。

"吴老太婆却不慌不忙，拿着旱烟筒，说道：'你们惊慌什么？有我呢！'"

毕竟吴老太婆怎样对付，请看下回分解。

第四回

服众寇老妇显神威
讨银箱大侠访盗迹

话说吴老太婆拿着旱烟筒，不慌不忙地向众人笑道："你们惊乱什么？我们走了这许多日子的太平路，难道不应该受些虚惊吗？不受些惊恐，也不成为山东道了。"一面说，叫众人略退后些。自己跳下花驴，拿了旱烟筒，赶到那几个汉子面前说道："你们做什么？可是要想劫我们的行装吗？老实说，我们八个大皮箱里，确实有好几万银子，不过凭着你们几个不长眼睛的饭桶来觊觎，实在够不上这个资格。"

那五六个壮汉本来都是新上道儿的小伙计，既不认得吴老太婆是什么人，又不晓得吴老太婆有什么本事，总以为一个老态龙钟的老太婆，用不着他们一个指头便戳倒了。及至听得老太婆说出这几句话来，有两个见识略高的贼不敢过于孟浪，迟迟地说道："你是什么人，敢来多我们的事呢？"

吴老太婆哈哈笑道："我原说你们是不长眼睛的，既然认不得我，你们便照你们计划办吧！"

那几个听了这种没头没脑的话，哪里把吴老太婆放在心上？一齐怪吼一声，说："先把你这老鬼剁死了，再和他们说话。"

那五六大汉都是一色的鬼头刀，雪片也似的向吴老太婆砍来。吴老太婆却不慌不忙，将手中的旱烟筒略挥了一挥，说也奇怪，那几口鬼头刀便好似长着翅膀一般，劈空飞去数丈远近，滴溜溜落在山峡草棵里。同时那几个汉子都一齐跪倒了，叫起饶命来。

吴老太婆笑道："你们不是要劫银子的吗？怎么又装起这种腔调来呢？你们五六个大汉欺负我一个老太婆，于情理上也说不过去。五六口单刀夹七夹八地砍了我一阵，于今也该我还你们的手了。我要拿刀来砍你们，老实说，你们都是个死，还是待我拿旱烟筒各人打一下算数吧！"

那几个听说，一齐叩头道："使不得，使不得！我们要经得起老太太的旱烟筒，五六口单刀也不至于砍飞了。这件事，实是我们瞎了狗眼，认不得老祖宗。于今请老祖宗高高手儿，放我们过去吧！"说着，一齐又叩了一阵头。

吴老太婆笑着说道："你们如今一般也认得人了，我要真使旱烟筒打你们，怕你们还不是骨断筋折？既然你们已经晓得，也免得污了我的旱烟筒。滚吧！下次却要睁开眼睛来干事。"

那几个大汉听得个"滚"字，便好似逢着恩赦，叩了个头，一溜烟地走了。

"这一回事，是吴老太婆当时回到家中，和我们谈说的，一些也不假，你听了大概总能晓得吴老太婆的手段了。"

伏荫华道："照这样说来，吴老太婆的一根旱烟筒，是一件宝物了？"

申、高二人一齐摇手道："你毕竟还是外行，旱烟筒是普通旱烟筒，有什么宝物不宝物？旱烟筒所以厉害的缘故，完全是出于人的主使。凡是功夫到家的人，不拘一草一木，都能变作随身最厉害的兵器。吴老太婆有这般的功夫，所以才有这般神化。像我们几个，虽然也懂些粗武艺，但是要像他老夫妻的手段，却还没有够到那种地步。"

伏荫华点头道："武艺一道，给二位老哥这般一讲，我已有些明白了。不过像二位既追随吴老板这许多年数，怎么说是还不曾够上那种地步呢？"

二人道："你不晓得，学武艺这件事，和读书一般无二，读书人靠的天赋聪明，文学自能入化；学武艺却要靠着有根底、有智慧，才能学到出神入化的技能来。没有智慧、根底的人，练死了也不过懂些死功夫。吴老板对于我们不是不肯尽心传授，实在因为我们没有根底。常说：'打杀鹅儿还是张扁嘴。'终身是如此了。譬如你老弟，吴老板不是和你说过，你有根底吗？你要是学起武艺来，一定要比我们高明得多了。"

伏荫华连连摇头道："不行不行，我从前是个念书人，于今虽练了一些气力，究竟对于武艺完全是门外汉。便是学起来，怎会得超过你们呢？"

申、高二人笑道："你愿意学不愿意学呢？"

伏荫华没口子地答应道："学武艺怎么不愿意？不过我自己怕没有学武艺的资格。"

申、高二人一齐点头道："你既愿学，一来是你的造化；二来不枉吴老板一番心血。我们和你说明了吧，吴老板因为你有宿慧，所以才肯收你做伙计。收你做伙计的缘故，便是要想收你做他的徒弟，将他一身的技能传给你。这种话是他在背地里和我们说的，并且叫我们乘便先指导你些皮毛。如今他出门去了，我们所以特地告诉你，你别看我们每天在那里打铁，其实在打铁之外，每天在半夜里练武艺也是绝不间断的。这一番吴老板受了娄府尹之聘，是因为一件盗案，大约出去还有不少的日子。我们和你的话既说明了，练武艺也用不着再瞒你，再过一刻，便是我们练武艺的时间了，你要不怕辛苦，尽可以和我们一同去试试手脚。"

伏荫华本是有宿慧的人，听得吴老夫妇一番历史，已是倾佩得了不得，又兼申、高二人爽爽直直地说吴青山肯收他做徒弟，自己哪里还肯不学？当时跳下铺来，端端正正地向二人下拜道："我姓伏的本来生平极喜欢武艺，只恨自己从小便钻在书本里面，走错了路途。吴老板收我做徒弟，我自料没有这个资格，还是拜在二位门下，做个徒弟吧！"

申、高二人连忙扯住他道："罪过罪过，我们的资格还够不上做吴老板的徒弟，怎么反好做你的师父呢？只要你将来学成之后，不将我二人当作外人看待，我们便感激无涯了。"一边说，一边裹扎了身上的衣服，说："此时差不多了，我们和你一同到武场上去吧！"

伏荫华在吴家当了一年多伙计，只觉得吴家的房屋虽不过大，除了两间店铺而外，便是老两口的卧房和一间会客室，其余便是自己和几个同事的寝室，简直连稍大的天井都没有。于今听得他二人说到武场上去，心中很是疑惑，当时也将随身的一件破夹袄脱去，换了一件干净短衫，随在二人身后。只见二人穿过老两口子的卧房，向一条夹弄里走去。走不两个弯曲，果然露出一块绝大绝平的武场来。

此时在八月下旬三更天气，天上的一轮明月照耀得彻地通明，看得出地上都是种的梅花式木桩，左壁角里，安着各项长短兵器。伏荫华三人到场的时候，场地上早已有几个黑影子在那里打拳踢脚，月光下看得分明，正是吴老太婆和几个打铁的同事。伏荫华看得清楚，相信申、高二人告诉自己的话确实没有虚假。再看那老婆子精神抖擞，绝不像日间的龙钟态度，心中更觉十二分倾服。倾服的极点，也顾不得同事的笑话，急匆匆跑到老婆子面前跪倒，高高叫了

223

一声"师母!"

老婆子哈哈笑道:"你真有机缘,真有造化,我们的事,谅情他两个已告诉你了。只要你愿意跟着我们学习,将来不怕不造就出一个人才。"

伏荫华道:"只恐徒儿的根基浅薄,学不入门……"

老婆子不待他说完,便摆手说道:"你别害怕,天下没有学不成的事,只怕你自己不肯吃苦,没有恒心。况且你是有宿慧的人,学什么都要比较别人来得精进些,你自己勉着自己吧!"

便在第一夜,老婆子先教了伏荫华几手活筋络的法门,然后每夜逐渐指教。果然伏荫华天资颖悟,吃苦又肯用心,差不多的拳腿门路,已渐渐精熟了。

约莫隔了两个多月,吴老板已回家来了。伏荫华当然要拜见老师。

吴老板点了点头道:"我知道,你近来的技艺已精熟了,但是所练的是些普通拳腿,还够不上'功夫'二字。我既然回来,自然要使你深造,希望你将来传我的衣钵。"

伏荫华连连叩谢,请求教益。

打从那日起,吴老板便于每夜指教他运气练功的内家功夫。伏荫华既已学成初步技艺,由浅入深,当然要比从前一窍不通来得容易。

光阴似箭,一晃三年。吴青山生平所学,除了剑术而外,一切都传给了伏荫华。果然伏荫华的技能反比几个同事的高明得许多。

有一天午后,吴老板夫妇都不在家中,伏荫华和一干伙计照例在铺子里打铁,忽然门外走进一个老道士,恶狠狠地问道:"吴老板在家吗?"

伏荫华和几个同事,大家都是有功夫的识家,一见道士的状貌举止，便知定是懂武术的内行。见他恶狠狠的声口，大家都露出很不高兴的样儿回道："你问吴老板做什么？"

道士道："你们管我问他做什么？我问他自有我问他的事，你们只说他在家不在家就是了。"

伏荫华道："老老实实不在家里，你有事改一天再来吧！"

道士也不回言，反转身便走了。

到了晚上，老两口子双双地回来了，伏荫华和几个伙计便将道士问讯的话说了一遍。

吴老板霎时皱起眉毛问道："那道士可是瘦瘦脸儿、长长眉毛，眼下有颗肉瘤的吗？"

众人一齐答道："不错不错，正是那厮。他来找老板做什么？"

吴青山叹了口气道："这厮真是个泼皮，只怪我当时轻纵了他，他居然反找起我来了。也罢，冤家宜解不宜结，他下次再来，你们仍回说我不在家里就是了，免得和他再淘无谓的闲气。"

伏荫华见吴老板说得这般郑重，忙问："师父，毕竟那厮是哪里来的，要找师父干什么？"

吴青山摇头道："提起这件事来，我还没有和你们说过。在三年前，娄府尹到这里来聘我，你们不是都晓得的吗？娄府尹当时聘我的缘故，是因为太原府里出了一件很离奇的盗案，被盗的主家是当朝吴中堂的女婿，姓蔡名柏堂。蔡柏堂原籍是顺天府人，那天到太原来公干，随身带了六只大皮箱，箱子里装了四五万银子。他坐的是大号官船。那天到了太原府之后，便在当晚，忽然将带的银子都失了。最奇不过的，连装银两的箱子都不翼而飞。始初蔡柏堂还疑心是船上人夫所盗，但是偌大的官船，偌大的银箱，莫说官船上众目昭彰，仆役如云，绝端盗不去。便是他们要盗，也绝不会等到了太原之后才下手。

225

"蔡柏堂将失银箱的事告诉了娄府尹之后，娄府尹便急得了不得，一面安慰蔡柏堂，叫他放心，一面亲自来找我，请我替他查访案情。太原府地方，不是我说句大话，无论什么大盗巨魁，都瞒不了我，并且要做什么案子，有时先要来打我的招呼。除了赃官奸贾任他们劫掠而外，其余的，他们却也秉承我的意旨，不枉动丝毫。蔡柏堂是个文弱书生，吴中堂也是有名的介士，娄府尹又是极清廉的官员，我便料定劫银箱的盗贼，断不是本地飞贼所为。因为他们绝不肯枉劫文弱，贻害清官。

　　"当时娄府尹请我帮忙，我便和他说：'这件事十分辣手，银箱一定是飞贼盗的，却可断定非本地盗贼。你既请我帮忙，我绝无推却之理。不过需要假以时日，绝不能有一定的限制。'

　　"娄府尹也说：'只要你肯答应，事情定有着落。蔡柏堂的公款，我不妨暂时替他设法。'

　　"我自从那日答应他之后，便出门替他管这件事。在起初，我总以为盗银的贼是打从顺天府便跟下来，所以我沿途打探。直到顺天府为止，始终没探出盗银的贼窠。后来无意中却撞着一个旧年同道，告诉我盗银的贼是湖南长沙的飞燕子。

　　"飞燕子在两湖一带极有声誉，原名叫作李大真。他那日因为打从太原府经过，见蔡柏堂银箱沉重，一时起了觊觎之心。飞燕子的手段真算得拔类超群，居然在众目睽睽的官船上，将六只银箱无声无息地盗走了。

　　"我既然打探得是他盗的，自然立刻到湖南去找他。可巧他那日恰回长沙，一撞着我，便露出很吃惊的样儿，问我怎么有空到湖南来走动。我和他本来认识，便说：'老哥，你给我苦吃了，你怎么在太原地方居然闹起把式来？可不是分明要坍我的台？'

　　"他叹了口气道：'老哥别冤屈我，太原地方，我也知道是老哥

的汛地。不过我做这回没出息的勾当，实在不是我的本意。'

"我道：'奇呀！你既不愿意，为什么又干这回事呢?'

"他回答我道：'不瞒老哥说，我近来结交了一个朋友，是个出家老道。那天我和他打从太原府经过，是他出的主意，偏巧我那天又多喝了几壶酒，一时糊涂，显了那回手段。及至盗过之后，我猛地想起老哥来，暗暗着急，晓得事情做错了，因此连老哥宝号我也没有拢，所盗的银箱，我一毫也没有受，都给老道拿去了。'

"飞燕子说到这里，我十分吃惊。忙问：'他老道是何处人，在哪个县里出家，他俗家姓甚名谁呢?'

"飞燕子道：'这个我不能瞒你，要瞒你，我真对不起朋友了。'"

毕竟飞燕子说出什么话来，请看下回分解。

第五回

斗剑光色彩分派别
报友愤改扮勘敌踪

话说吴青山向伏荫华和几个伙计说道："我当时听了飞燕子告诉我的话，真使我吃惊不小，所以吃惊的缘故，并不是畏惧道士有什么本事，是恐怕他云水无定，没处寻觅。后来听得飞燕子告诉我，说老道便在长沙府火灵观出家，并没有远出，我心中才定了。当时便邀飞燕子一同伴我前去，以朋友交情，请他退还这票油水，这是江湖人常有的事。

"我们到了火灵观之后，便由飞燕子替我们介绍，我才知道他俗家姓胡，名森，道号叫作乙乾。他听说我要讨回他的银箱，霎时露出很傲岸的样儿，向飞燕子说道：'老哥是和吴老爹来讨回那六箱银子的吗？老实说，这六箱银子放在这里，我动也没有动。不过老哥当时既廉介不取，完全送给贫道，这份人情，便卖给贫道的了。现在无论什么人来讨，却要看贫道的愿意不愿意。贫道也不是敢违老哥的命，不过因为又听得吴老爹的大名如雷贯耳，贫道不自量力，要想借这个机会和吴老爹较量一下，要是吴老爹果然能胜了贫道，贫道没得话说，这六箱银子，用不着吴老爹费事，我情愿自己代为送回太原府去。设或贫道略占了优势，那就不能说贫道无礼，要吞

吃这几箱银子。'

"他说到这里，飞燕子正要和他辩驳，我却忍不住动气，觉得他太不讲情面了，忍不住向他冷笑道：'吴某和道长本来对面不相识，无端要讨还银箱，确是江湖上没有的例子。道长要想借比较而结交情，也是很好的办法，吴某不才，情愿在道长面前献丑。'

他听说我愿和他比较，立时脱了道袍，跳在天井里等我。我挽了长衣，揎了揎袖管，便和他一拳一脚地比斗起来。我的一身功夫本是传自峨眉派正宗，自信拳脚剑术都可以不吃人家亏苦，所以一面比斗，一面打量道士的拳法。谁知他一举一动竟是和我一般无二，但是有许多地方，还有些软弱的去处。斗到一百多回合，他渐渐有些不支起来。我本来不愿意一定要怎样将他打败，所以并不肯下辣手。不料他自知斗我不过，猛地尽了全力，使了个二龙抢珠的架势，径来取我的双目。

"我见他忽然下起毒手来，忍不住十分大怒，遂将身子缩了一缩，顺势使了一个鸳鸯连环腿打去。他果然一时避闪不及，被我踢倒了，就地上滚了一滚，立起来向我拱手道：'吴老爹果然名不虚传，贫道佩服之至，这里六箱银子，贫道本当如言送回太原。如今只好奉烦老爹带回去吧！'

"他说话的当儿，我见他满脸怀着羞愤，知道他必不甘心，所以安慰他说道：'道长别多心，小老儿看道长的拳法竟是如出一辙，常言："不打不相识。"敢问道长，是不是传的峨眉宗派？我们或者是一家人，也不可知。'

"他也不和我多说，只把手连摆了几摆道：'别多说，别多说，银箱你拿去好了，我们是青山不老，绿水长流，后期再会吧！'

"我见他说的全是气话，晓得他将来一定要来报复，不料今天果然来了。俗语说：'来者不善，善者不来。'我和他既没有多大深仇，又何必和他结死冤家呢？所以说他如再来找我，你们依然回绝他我不在家里，免得没事多出事来。"

几个伙计听罢吴青山的一席话，大家都有些不服气道："照老板这般说来，那道士不但十分倔强，简直是连情理都不讲的人。凭老板的武艺，难道还怕了他不成？"

吴青山道："你们别动火，自古让人不吃亏。只要他知难而退便算了，我们不必和他一般见识。"

众人虽唯唯答应，心中却都很不为然。

到了次日，那道士又到铁铺里来了。众伙计不敢不遵吴青山的话，果然回说，老板还没有回来。那道士迟了一迟，狠狠地瞪了一眼便走了。

到了第三天一早，伏荫华和几个伙计正自在那里开放铺门，那道士早又到了，不待他们回话，先大声问道："难道吴老板昨夜又没有回来吗？"

几个伙计回道："一些也不错，果然还没有回来。"

道士听了这句话，立时铁青了面孔，冷笑道："笑话！我明明打探得他在家里，怎么竟叫你们拿这些话来回我？老实说，你们的话我不相信，今天且待我到里面去瞧一瞧到底在家不在家里。"旋说旋挥着大袖，径向铺里便走。

伏荫华看他那般虎势昂昂的样儿，再也忍不住一团烈火，喝声："慢着，这里是什么所在，容得你这般摇摆？"边说边伸起手来，径向道士挥去。

道士吃他这一挥，也不觉吃了一惊。他正想到来寻事，乘机便将伏荫华扭住骂道："你这厮敢向道爷动手吗？你们老板既缩着头不敢出来，道爷便把你打一顿消消火。"

伏荫华本来武艺不弱，趁着道士来扭他，也便乘机扑去。二人在店堂里旋身不得，都退到铺外来动手。在始初，道士以为伏荫华不过是个普通伙计，及经他一挥手，便知他是个行家，便也放出十分功夫来对付他。

二人一来一往，打了二十多个来回，伏荫华飞起右脚，径向道士肋下踢去。那道士却骈伸五指，向着伏荫华足踝上一劈。伏荫华忍不住喊声"哎哟！"仰面一跤，栽倒在地。

道士举步上前，正待下手，猛见店铺里闪电也似的飞出吴青山来，大喝："慢着！"

那道士一见吴青山出来，遂舍了伏荫华，指着吴青山说道："我原说老爹在府上，怎么竟无故避起我来？"

吴青山冷笑道："吴某不是一定躲避你，不过因为我和你往日无仇，近日无怨，大家既没有什么过不去，何必一定要破脸相向呢？你如今既一定要寻我的事，我也说不得，只好和你见见了。"

一边说，便挥拳向道士打去。道士也劈面相迎。一上手，吴青山便觉道士的武艺比三年前大不相同，自己不得不小心翼翼地应付。

看看斗了三四十合，道士的力量毕竟不佳，越打得急了，越觉得不济。吴青山此时已抱定不肯轻饶，所以手脚也不肯放松。

又斗了十多回合，那道士忽地喝声："住着，看道爷的剑吧！"只见他手指一挥，绰的一道红光，径向劈空飞去。

吴青山原是炼剑的人，岂有不知剑光之理？不过看去那剑光之后，心中骤然明白了，暗暗说是怪不得，我道他的武艺和我差不多，原来却是出于一门的。说时迟，那时快，自己也把手指一挥，蓦地飞出一道青光来，盘旋半空，便将那道红光抵住了。

看官别忙，在下编到这里，却要向列公申明一言。在本书首篇的《少林剑侠》中，本来已将五大剑术的宗派讲述过了，当时曾说少林、武当两派的剑光是白色，峨眉派是青色，华山派是红色，至于昆仑派是何色彩，还没有道及。至于本书的定名呢，又只四大剑侠，曰：少林、武当、峨眉、昆仑，华山一派，却未曾列入。在下既著述剑侠全书，当然不得不将华山一派略表一二。如首篇《少林剑侠》书言，峨眉派是少林派的变相，华山派却是武当派的演进而成。因为才加了自家泽彩，所以剑光也各具颜色。不过华山派虽由武当派变化而来，然而有许多地方却根据峨眉派的方法推演，所以华山派虽说宗于武当派，其实改头换面，完全师事峨眉派。因此华山、峨眉两派，可算是同床异梦，异曲同工；所不同的，只是剑光的色彩各别罢了。

于今闲言剪断，单说乙乾道人确是华山派的杰出人才，只可惜心地黑暗，行为失检，所以本质和艺术上都遭了打击。

当时青、红两道剑光盘旋了好一会儿，毕竟青色剑光比较来得苍劲些，在一干不懂剑术的人虽看不出谁强谁弱，然在他二人心目中，早已辨出优劣。

乙乾道人看看情势不对，情知恋斗下去必遭失败，炼剑的人最爱惜自己的剑光，要是损折了，或是毁灭了，不啻将毕生辛苦九仞一篑，所以他大喊一声，指着吴青山说道："我如今真认识你了，不愧是个好汉，再见吧！"旋说旋将剑光收回，趁着红光收回的时候，径驾着剑光走了。

吴青山既是精通剑术的人，自己晓得炼剑人的苦衷，当时也不深追，只回头来看伏荫华的伤势。

原来伏荫华经道人五指一劈，如中刀斧，险乎连足踝骨都劈断了。好在吴青山有极好的伤药，连忙将他敷治起来。足足过了半个多月，方才平复如旧。

伏荫华既经了这回创伤，又眼看剑术有无穷的奥妙，于是便请求吴青山指示他。吴青山始初还有些不肯，说："剑术是件不轻传的技艺，一个人非有极端把握，断不能学剑术。因为会了剑术，便能纵横天下，要是自己的心志不坚，难免不仗艺闹出乱子来。闹了乱子，莫说个人的身败名裂，甚至累及派传，很是危险。所以学剑术，先要受种种戒律，宣誓不越规范，方才传授。"

伏荫华道："弟子要学剑术，完全出于诚心济世，非法之行断不肯为，师父放心才是。"

吴青山点头道："我也知道你有学剑术的根基，不过此时还没到时机，且待你内功技艺精化了，我再传授你。"

伏荫华见师父已答应了，也便不再追求，只一味研究内家运气功夫。

一晃又是三年，伏荫华的内家功夫已入于纯青火候。吴青山觉得他心地纯正，性气温厚，于是叫他宣了重誓，将剑术传授他。伏荫华既是欲求深造的人，学剑自然格外用功。

如此又是五年余，伏荫华在吴家已经十一二年了，剑术和一切武艺都学得出神入化，拔类超群。当时江湖上有三大剑侠，伏荫华也是其中的一分子（江湖三剑侠，详见拙作《清代三剑侠》一书）。

伏荫华既脱离师门，便在江湖上闹了无数惊诞侠义勾当，后来因为在山西闹了一件血案（详见拙作《三剑侠》），和当地官府结了深怨，所以才迁到山东岱南居住。彼时他已是六十多岁的人了，他本来有个儿子，叫伏海波，只可惜将及壮年便死了。伏海波只遗下一点儿骨血，便是前文所说的伏百英。

伏百英天赋聪明，秉性刚毅，一身所学，完全得自祖传。虽说是家学渊源，然而却是得的峨眉派正宗。

在下写到这里，却要请列位重温旧课，再转前篇，复阅本书第一回成子安、佟国柱二人在顺兴馆遇见伏百英、白大有的一回节略。

在当时的情形看来，伏、白二人，既和法自求、金步云等处于

233

对峙地位，便觉得伏、白二人不是善流。其实这种视像却看差了，须知白大有、伏百英虽和法自求等作对，他们作对的缘故，是在意见不和，是说不到谁邪谁正，所以同是一般行侠仗义、妒恶如仇，当日白、伏二人，听得成子安、佟国柱在那里打着江湖切口谈心，所说的话，普通人固然不懂。他两个是有名的剑侠，焉有不知之理呢？既听出他们不是善类，便已有除而去之之心。又兼听得里面夹着法自求的话，白大有格外打好章程，悄悄向伏百英打了个手势。伏百英何等伶俐，将头微微点了几点，遂灭了火，安睡了。

到了三更时分，便由白大有下手，将成、佟两个双双杀死。以后的一切事情，在前篇《武当剑侠》书中已历述大略，在下也不再来饶舌了。

于今只说金步云，当时改了装束，扮作乡老儿模样，到草头镇上来访伏百英。访了半天，哪里有伏百英的踪影？

原来伏百英自从打败了法自求，又到历城公寓里留了字柬。拿去法自求的黄包袱之后，便和白大有回曹州去了。

金步云既访不着伏百英的下落，猛地想起法自求所说的白大有来，暗想，白大有也是有名人物，法自求被陷的事，虽不能断定是他的诡谋，然而蛛丝马迹，却也有些可疑之处。自己既想替法自求帮忙，绝不能说是因为访不着伏百英，便算了账。想到这里，便打定主意，到曹州去探一探白家的动静，以觇白大有是不是和伏百英联为一气。于是借着剑光，径到曹州府来。本来剑客借着剑光走路，好比仙家腾云驾雾一般，瞬息千里，算不得一回事。

金步云到了曹州之后，那时恰当酉牌时分，他已听得法自求说过，要访白大有，只须到三家店探问，便能水落石出。所以没有进城，便先投三家店来。谁知才走近店前，猛见三四个汉子，一路说笑而来。金步云看了一眼，连忙掉转头叫了声"造化，伏百英这厮果然到这里来了"。眼见他们一窝蜂似的拥进三家店去，自己也便慢慢地跟着，就他们对座一副座头上坐了。

原来和伏百英一行的几个，便是白家兄弟三个。白家兄弟在曹州地方上的身份，人尽皆知，一到三家店，掌柜和小二都忙着张罗。金步云虽同是食客，招待情形却是大大不同了。金步云一壁装作乡曲模样喝酒，一壁却听他们商量阔论。

看官且慢，你道白大有、伏百英既是鼎鼎大名的人物，为什么放着个金步云在眼前，竟看不出破绽来呢？其中却也有几个缘故。

金步云虽有名陆地神仙，他在山东地方，除却当老道、施符治病而外，其余绝没有干涉外面的事。现迹的时候既少，本来面目自然也不大常见。伏、白虽是江湖人，和金步云却没有正式会晤过。况且金步云以老道身份，一旦化作乡愚，更使人揣测不到。大凡英雄豪杰，最掩蔽不住的，是一双眼睛，所谓好汉知好汉，英雄识英雄，都由于眼睛的缘故。金步云却早已提防及此，故意面着壁坐，使二人看不出来。当时侧耳静听，果然听得伏百英和白家兄弟说出许多话来。

毕竟伏、白等说出什么，请看下回分解。

第六回

廉女色明显真豪杰
惊凶亡巧撞浮滑人

话说金步云一壁饮酒，一壁侧耳静听伏百英和白家兄弟说话。只听伏百英说道："愚兄对于姓法的，本来没有仇隙，不过他因为开罪了二哥，才打这个抱不平。这一回将他的黄包袱拿来，我料他绝不肯甘休，一定要到草头镇上去寻我们。所以愚兄想来，我们喝了酒之后，我和三弟还该到草头镇去，免得被姓法的找我们不到，疑猜我们做事不光明、畏首畏尾地躲避他。"

白大有摇头道："这个用不着老哥多虑，我知道姓法的不是没有心孔的人，他既在山东地方出了事，便是再呆蠢些，也能想得出和他有仇隙的人来。况且老哥又留了一张字柬在那里，便是他不认得老哥，死人脚头有活鬼，未尝没有人不和他道及老哥的来历。既有人和他道及了老哥的来历，自然也能晓得小弟和老哥的交情。所以小弟想来，我们尽可不必再到草头镇去，只管坐在家里等他们。"

白一泓插口问道："方才伏老哥说，法自求除了自己本人之外，不是另外还有几个帮手的吗？不知这几个的手段，比着法自求强弱如何呢？"

伏百英说道："不错，提起他几个帮手来，却也没有多大来历。

一个是在泰岳庙当道士的金步云，此人很有些声誉，不过我没有和他会过，不知他手段如何。至于还有两个，是在张家口镖行里当镖师的，这种人只不过具些寻常武艺，算不得数。"

白大有接口说道："提到金步云来，我倒很有些晓得，他的能耐确实不错。据说他也是个少林派的内家，拳脚剑术，都精练入微。他要不和姓法的联为一气还好，要是联络起来，我们却也要小心提防才是。"

伏百英笑道："老弟真是小心翼翼，既要和人家寻事，便不能畏首畏尾。所以愚兄主张到草头镇去，便是爽爽快快和他们见个高下。老实说，恶龙不抵地头蛇，难道凭他们几个外来汉子，便欺负得了我们吗？"

白大有道："老哥之言固然有理，小弟所以急欲请老哥一同回来的缘故，不仅要想以逸待劳，对付姓法的，确实还有一件紧要的事，在家里等一个朋友。"

伏百英点头道："怪不得你方才急匆匆地拖我回来，原来别有用意。毕竟你要在家里等谁呢？"

白大有正待回答，猛听得外面有人说道："好啊，果然在这里！"

这两句话不打紧，却把金步云吃了一惊。连忙回头闪目瞧时，却见外面大踏步走进两个汉子，前面一个生得豹头环眼，矮瘦身材，年龄约莫三旬开外；后面一个生得同字脸，卧蚕眉，一望而知，便是两个非常人物。二人才进得店门，白大有早已赶着出位相迎。同时白大、白二和伏百英也跟着出来。

那二人见了伏百英，显出很厮熟的样儿说道："好极好极，原来老伏也在这里，真是我的造化。"

伏百英也笑道："我方才正问白老三等什么朋友，原来却是等着你们。来来来，我们现成的酒肴，不嫌残席，先喝几杯谈心。"旋说旋邀着二人，径到原席上来。

谁知回到席前，猛见伏百英坐的位置上，酒杯下压着个字柬，乃是"槛外人专诚回轩"七个潦草行书。

伏百英看了一眼，认得那字柬正是自己留在历城公寓里的原帖，忍不住吃了一惊，向白大有说道："老弟你瞧，这事可不作怪？"

白大有摇着头说道："真是怪事，我们又不曾离开这里，怎么忽地有这个字柬飞进来？"一面说，一面向小二问道："你是立在这里的，看见是谁将字柬压在酒杯下面？"

小二道："小人因为三爷们招呼朋友，立在这里伺候，绝没有看见有人到席前来过，更不知字柬从何而来。"

伏百英错愕了半会儿，忽地向小二问道："我们对座的那个乡下人呢？"

小二道："他吃完酒便走了，账是在柜上算的。我们店家进进出出人是杂的，怎知道是谁放的呢？"

伏百英见问不出头脑，只得权将那字柬收了。

那豹头环眼的汉子见他们乱作一团糟，忙问什么字柬，有什么关系没有。

伏百英道："怎么没有干系？不过也没甚要紧，我们且先喝酒，然后再慢慢告诉你们。"旋说旋邀二人入座。

小二早已添了杯箸。白大有更命小二去加添几味烹炒过来。六个人坐了一席，饮酒谈心。

豹头汉子开口便问白大有："小弟烦你的事，能否助力？"

白大有皱着眉毛说道："老哥的事，小弟怎敢推辞？不过小弟自己方面也正闹着一件心事呢！在始初，小弟的事倒还可以略缓些时，先完成老哥的公案。于今飞来这纸字柬，差不多便是一道火牌令箭，表示小弟的事已不容迟缓了。"

238

豹头汉子问道："毕竟老哥的事又为着什么呢？"

伏百英道："提起这件事来，本来算不得什么重大，不过既经干了，却不能视为轻微。"说着，便将白念圭和法自求结怨，自己及比斗失败，以致伏百英寄柬盗黄包袱为止，详细说了一遍。

豹头汉子听他说完，点了点头道："这种事，果然可大可小，可缓可急，不比小弟的事来得急匆。并不是小弟为着自己事情要紧，便劝老哥们舍己助人，实在因为小弟的事日期已经约定了，悔改不得，所以还须请老弟三思，可否先帮忙则个。"

白大有还没有回答，伏百英早已显出不高兴的样子说道："你们说了半天，简直是打的哑谜，使我们一句也听不懂。老何，你爽爽快快告诉我，毕竟为了什么事，要请白老三帮忙呢？"

豹头汉子道："你别着急，我请白老三帮忙，自然也放你不过，既然放你不过，事情也自然不能瞒你。于今待我慢慢地说吧！"

看官且慢，你道那豹头汉子和同来的毕竟是什么人？他们所急的，又是什么事呢？说起来真是话长。

原来他二人，一个叫薛永新，一个叫周汝衡，同是湖北黄山县人。薛永新因为生得豹头环眼，所以人家都叫他花斑豹，"花斑豹"三个字，在两湖川陕一带，江湖上可算是人尽皆知。花斑豹虽然居住黄山县，可是他闯迹江湖，四海为家，黄山县的老巢，简直三年五载才回去一次。因为不常回家的缘故，所以家中的事都由他大哥薛永才经理。

说也好笑，薛永新在江湖上的英名贯耳，那薛永才却是个无声无息的朽物，生得不满三尺的身材，满脸的大麻子，还凑上一个缺嘴唇。薛永才既生就这般丑陋，偏是娶的妻子却又是貌美如花，娇艳动人。常言："盲人偏是骑骏马，巧妇常伴拙夫眠。"美丑既相悬殊，闺房自多龃语。

看官，你道薛永才既是这么一个丑汉，为什么却娶着这般娇妻呢？其中也有个缘故。

原来他妻子娘家姓罗，芳名叫作罗巧玲。罗家在黄山县本来也是望族，到了罗巧玲的老子手里，家道中落，堕败如灰。在罗巧玲未到薛家前三年，她老子忽地一病身亡。罗家既然穷得厉害，一旦遭了这样大故，殁身丧葬自然无着。

那时恰好薛永新打从她家门前经过，眼见她家母女哭得可怜，不禁动了恻隐之心，便走进去问她们哭的什么事。巧玲是个女儿家，虽不好细说，老婆子却顾不得，一字一泪地诉说出来。

薛永新听说她家死了人，无费丧葬，也觉心酸，连忙止住老婆子悲哭，一面掏着腰包，取出五十两银子给她。老婆子在急难头上，见了白花花的银子，自然感激得泣涕淋漓，谢了又谢。薛永新却毫不置意地走了。

过了三年，薛永新那日正在家里，忽地有个妖妖娆娆的婆子跑进门来。

薛永新问她做什么，那婆子却笑嘻嘻地向薛永新说："奉了罗老婆子的命，特来替她谢谢二爷当年赠银之惠。并且还有一件事，托我来和二爷商酌。"

薛永新差不多已将当年的事抛向九天云外去了，猛听她提及"罗老婆子"四个字，才想起当年慨赠五十两银子的事来。当时连忙说道："这些事情已成过去，还来提它做什么？急公好义，什么人都可以做得，何必耿耿于怀呢？你且说说看，今天还有什么事要来和我商酌？"

那婆子道："二爷是慷慨大丈夫，疏财仗义，视以为常，固然不以为怪。但是罗老婆子却是固执人，她常说二爷施恩虽不望报，她却受施决不肯忘，累次要到府上来拜谢，只因二爷出外的日子多，难碰得着。今天打探得二爷回来了，所以转打发小妇人来。她说当年受过这般深恩，断无不报之理，但是凭她一个寡妇，要报恩实在是件难事。只有她的姑娘，今年已十九岁了，人品生得还不错。她打探得二爷还没有讨过夫人，所以情愿将她姑娘奉侍箕扫，一来算是报了二爷当年施惠深恩，二来总算替她女儿谋了个好归宿。二爷请三思，能不能允许她的要求呢？"

薛永新听了这一篇话，连连摇手说道："不行不行，我一生行侠仗义，在外面也不知解了多少危困。要是一个个都像她那样报答起来，我姓薛的忙着张罗人还来不及，况且她说将女儿许我，更是做不到的事。因为我生平第一所恶的，便是'女色'二字，我要娶亲，也不至于耽搁到这般年华了。请你上复罗老太，请她别将这些事放在心上吧。我是漂泊无定的人，今天在家里，明天或者又要出门去了，也不必再来枉顾。"

那婆子听他说得斩钉截铁，情知再说也是白说，想了一想，猛地说道："大爷不是还没有讨过夫人吗？二爷既不愿意，何妨便说给大爷呢！"

薛永新摇手道："这些儿女姻缘的事，我绝不愿意听的。无论我们大哥讨不讨老婆，我绝不过问。也不能说是姓罗的略受了我的小惠，一定要将女儿嫁给我家，才算是报了我家的恩。"

那婆子听他这般说法，知道他对于薛大爷的婚娶是绝不过问的，于是回到罗家，便将以上的话向罗寡妇说了。罗寡妇母女本来住得离城较远，薛永才的才貌也不曾听得人家说过，只以为薛永新生得精神威壮，薛永才绝不是十不全人才。又兼被那婆子怂恿着，却很愿意将巧玲许给他，于是那婆子第二天起，便又再到薛家来。果然薛永新已经离家走了。

薛永才是个面糊一般的脓包人，正患自己讨不着老婆，听得婆子来替他说亲，没口子地便答应了。不多几时，果然把巧玲娶了家来。

彼时薛永才已是三十多岁的人了，罗巧玲未到薛家之前，总以为丈夫虽不是画眉郎君，至少也是普通人物。谁知过门之后，一见薛永才的形貌，直惊得浑身抖战，几天开口不得，有时甚至跌足捶胸，唉声叹气。薛永才还以为她思家害臊，寻出些话来劝慰她。谁知越是劝慰，罗巧玲反是珠泪滚滚，凄楚欲绝。唬得薛永才也不知她葫芦里装着什么药，绝不知妻子所以悲楚的缘故，竟是因为自己的尊貌太丑陋了。

在前清时代，女子对于"贞节"二字却十分注重，罗巧玲虽不是三贞九烈的女子，然而以初出闺门的姑娘，多少总有些循规蹈矩。际此生米成了熟饭的时候，亦唯有自怨自艾，只暗恨老母，误了自己的毕生幸福。

一晃年余，薛永新也曾回家一两次，知道大哥已娶了罗家姑娘，不过偶然看得出罗巧玲对于永才的态度很是抑郁。薛永新是明白人，当然能彻透巧玲的心理，不过自己既不常在家，更不愿多管他们夫妻的闲账。自从那年离家之后，直到第三年上，方才再回故里。谁知一脚撞到自家门前，却见门墙上贴着白纸，吊着麻布。大凡人家贴挂着这些东西，分明便是表示遭了大变。薛永新知道自家并无第三个人，不是永才死了，便是巧玲亡故，心中吃惊，脚下便抖颤颤起来。好容易一步一步地走进门去，蓦见里面撞出个油头滑脸的少年，趁着薛永新凝神徘徊的当儿，一溜烟地钻出门去。

薛永新看得呆了，绝不知少年是谁，又是这般仓皇。当下到了内堂，却见罗巧玲淡装素抹，打从房里哭将出来。薛永新一见，忙问："怎么着，可是我大哥死了？"

巧玲呜呜咽咽地说道："怎么不是呢……"

薛永新不等她说完，早已叫了声"哎哟!"连忙赶到灵前，扑地跪倒，拜了几拜，然后向巧玲问道："我大哥是几时死的，得的什么病，灵柩现在怎么样了?"

巧玲一壁哭着，一壁说着，咿咿哦哦地说出一篇话来。

毕竟罗巧玲怎样说诉，请看下回分解。

第七回

结缘有心倚门卖笑
交友无意临别珍言

话说罗巧玲呜呜咽咽地哭着说道："叔叔真是回来得不巧，要是早三天回来，也能和你大哥见一见面了。你大哥他本是庸庸混混的人，平常并没有丝毫疾病。不知如何，在一月之前，忽得了个心痛之症。我当时曾劝他请个郎中看看，他却绝端不肯，并且说，自出娘胎以来，便没有吃过药、一生没有害过疾病的人，偶然有些心疼，谅情也不妨事。我见他执意如此，也便不再劝他。果然只疼了两天，到第三天上便好了。他还和我说，怎么着，要是惊天动地地请医赎药，只怕还没有好得这般快。我只求他没病没灾，自然欢喜。不料便在五天前，心疼的毛病忽地复发了。前次既有了经验，这一回也便不去置意。万不料这一次竟和前一次不同，来势十分凶险。我唬得也顾不得他吃药不吃药，便请了本街的范郎中替他诊视。那范郎中一口便回绝，不肯开药方儿，说是病人膏肓，毋庸诊治，即请另聘高明吧。我当时唬得魂飞魄散，一再央求，才肯开了一纸药方。急忙央请邻居赎了药，勉强灌了他半碗。他喝了药之后，心疼倒似乎好了，居然鼻息如雷，沉沉熟睡。谁知他这一睡竟是假睡，便在当夜三更天，不知不觉地竟死去了。可是我是个女流，家母又在去

244

年夏季里亡故了，举目无亲，一切的丧葬事宜，全亏门口张二嫂、李三嫂过来帮忙。家中虽有些产业，叔叔是晓得的，都是些不动产。你大哥在日，他可以到外面去张罗，他本人死了，却叫我怎样张罗呢？还亏张二叔叔替我设法，将西街上的一所店房，向开典当的侯四郎家临时抵押了一百两银子使用。

"你大哥入殓之后，本想停枢在家，等你回来安葬，但是你又一连几年不回来了。张二嫂等都劝我说，死人入土为安，与其搁在家里，使他漂泊，莫如乘着新丧，一手一脚地葬了，还可以免得第二次手续。我既不晓得你几时才回来，又觉得他们所说的话都不错，因此便在那日，送上祖茔安葬了。"

罗巧玲说到这里，早又呜呜咽咽地哭起老天来。

薛永新听她有头有尾、有凭有证，一时也料不到大哥死得屈不屈，倒反劝慰了巧玲几句，说："人死不能复生，只不过苦了嫂嫂。因为我是不常在家的人，家中的事，真使嫂嫂煞费苦心。"

薛永新说完了几句话，在家中安身不便，便出门走了。才出得大门，猛见一个汉子，拱着手叫："薛二爷！"薛永新睁眼看时，却认不得那人是谁，只得也把手拱了一拱。

那人早已拢将过来，悄悄说道："难得二爷回来了，请借一步说话。"

薛永新很是疑惑，忙问："尊驾何人？怎么认得我？"

那人道："这里不是说话处，我有件机密要出和二爷细说，请到舍间细叙如何？"

薛永新无可不可，便跟那人走。转了几个曲折，已到了那人家里。

薛永新才待问讯，那人先开口说道："二爷不认得我了，在下姓钱名正，和令兄是契交。今天请二爷到此，便是因为奉了令兄遗嘱，转嘱二爷替他申冤。二爷，你可知道尊兄致死的缘由吗？"

薛永新猛听了这几句有头没尾的话，一霎时摸不着头脑，便说："老兄，这些话使小弟十分不解，小弟是寄迹江湖的人，难得今朝才回来一遭，谁知一进门，才晓得家兄已大故了。方才听了家嫂的话，才备知家兄是病死的。小弟既没有亲侍汤药，怎知道家兄是不是病死的呢？"

钱正听了，点头道："照理，这般冤屈事，我不应该播弄嘴舌才是。但是我既受了令兄遗嘱，却又忍不住不说。"

薛永新听他说得吞吞吐吐，早已揣透了几分，随即说道："小弟知道了，可是家兄死得不明白吗？"

钱正道："怎么不是呢！"

薛永新很惊急地问道："老哥是家兄的好友，家兄是怎样死的，当然明了，务请告诉小弟。不但小弟十分感激，便是家兄于九壤之下，也当结草衔环报老哥的大德。"

钱正叹了口气道："二爷放心，我要不肯向二爷诉说，也不招呼二爷到舍下来了。既请二爷到此，便是要表明这件事的。"

钱正一面说话，一面关了大门，然后坐着，向薛永新说出一篇话来。

看官别忙，你道薛永才究毕竟是怎样死的？怎么钱正却要多这番口舌呢？提起此事，话就长了。

原来薛永才自从娶了罗巧玲之后，家庭中便弥漫了一种不景气象。本来夫妻们龃龉，也是常有的事。不过他二人的龃龉，又和别人家不同，平常人家夫妻反目，无论剧烈到什么地位，只要到了枕边衾底，耳鬓厮磨的当儿，自然而然，便能将一切理论付诸汪洋，化为乌有。唯有他二人，越是到了枕边衾底，越是反目得剧烈，所以如此的缘故，不用说，是因为薛永才的一副尊貌委实太不堪了。

罗巧玲看看自己的一副雪肤花貌，再回顾薛永才的那种猥琐尊颜，当然要咬牙切齿，不愿和谐。

这种美恶的心理，莫说罗巧玲心中不愿，便是薛家邻近的人等，也都觉得他两口子确实相配不当。有些轻嘴薄舌的人便将他两口子比着两个古人，叫薛永才作武大郎，赶着罗巧玲唤作潘金莲。

罗巧玲起初还不知道潘金莲是个什么古人，后来听得人家解说，才知道是小说书《水浒传》上的故事。在从前罗巧玲恼恨薛永才的品貌不扬，自己却还守着妇训。及至听了潘金莲和西门庆勾搭的故事，自己却学了一种见识，暗想，自己虽有个像武二一般的叔叔，但是薛永新毕竟和武二不同，三年五载还说不定回来不回来，便是有时回来，也不过一朝半日，连话都不大多说的人。自己要是果真走了偏门，料定绝不比潘金莲那般结果。

罗巧玲既存了这种思想，少不得就改变了往常态度，不时立在门口，搔首弄姿，送情卖俏。好在薛永才是个机械一般的人，平常见了罗氏，便好比老鼠见猫一般，罗氏要怎么样，自然便是怎么样。

黄山县的一干轻浮少年，本来久已垂涎罗氏的颜色，常说好一块羊肉却落在狗嘴里，虽然三三五五地到薛家门前走动，无如罗氏那时还抱着贞节主义，深居简出，并且不把这干人放在心上。于今既抱了开放主义，那干人自然更走动得如穿花一般，卖弄风流。罗氏见他们来得亲昵，自然也报以轻颦浅笑。这干人有没有做了入幕之宾，编书的既没有实地调查，当然不能妄说。不过据当时那干人自己夸扬，不是这个说罗氏和他怎样温存，便是那个说罗氏和他怎样缱绻，这种人，口薄如纸，倒也不去管他。偏是这种轻薄话传扬开去，却能钻得进人家耳鼓。

罗巧玲广结法缘的口头报告传了出去，便惊动黄山城里的一个色中饿鬼，这厮不是别个，便是罗巧玲向薛永新所说的那个开典当铺的侯四郎。

侯四郎原名叫作侯百里，绰号唤作采花蜂，在黄山县里，确要算是数一数二的人物。家中除了开设一爿典当铺之外，其余绸缎庄、钱号等等，也不知开了几处，端的是家财万贯，富甲全城。这些店号，始初都由侯百里的老子经管，后来他老子死了，侯百里坐享成业，一手掌握。侯百里在做小老板的时候，性气便与众不同，富家子弟，最易沾染纨绔习气，侯百里既仗着家中有钱，又因为老子只生得他一个宗祀，自然挥金如土，为所欲为。在一干老成人看来，自然说侯百里少年轻浮，不成大器。但是在一干普通人看来，却总说侯百里仗义轻财，豪迈爽达。毕竟侯百里是好是坏，在下绝端不敢评断，不过在他浮躁轻狂的当儿，一般也结识了个鼎名人物。提起他结识那位鼎鼎大名的人物时，却也有一段可记的价值。

在五六年前，黄山县城里，有个开饭馆的崔二，开了一爿饭馆。在城内大街上开饭馆，原算不得稀罕，但是崔二开饭馆与别家不同，不同的去处，便是价廉物美。在价廉物美之外，却有一个苛例，便是无论生人、熟人，要到他馆里喝酒吃饭，先要在柜上缴付几两押柜银子。这种苛例，原是崔二提防人家吃他的白食，和人家欠他的酒账。其实崔二是一个蛮牛般的侉子，动辄打伤客人，人家既贪图他的货真价实，谁还去欠他的账呢？

有一天，崔二铺里忽地来了个衣服褴褛的汉子，大踏步闯进店去。小二问他讨押柜银子，他却爽爽快快地回道："我吃酒当然要给钱，不给钱，你们老板是极凶狠的，我还经得起他的打吗？"

小二见他这般说法，只得听他。

那汉子喝酒食肉，吃了大半，忽地向小二说道："我知道你们这里的规矩，要吃东西是先要付押柜银子的。我老老实实说，今天实在没有带得一文钱，问你们掌柜的预备怎样一个办法。"

小二听他说出这两句话来，反显出迟疑的样儿道："这个我们做不得主，且待我问问我们掌柜的。"

小二和汉子问答的时候，崔二却早已听见了，冷冷地笑道："吃白食有什么办法？只要经得起我打三拳……"

崔二的话还没有说完，那汉子连忙放下酒杯道："好极好极，我还是待打了再吃吧！"一面说，一面闪将出来，便躺在街心里道："掌柜的，请过来打吧！"

那崔二见他如此作恶，又自仗练就的拳头，大喝一声，赶出来骂道："你这厮存心来吃白食，难道老子便打你不得吗？"

嘴里说着，便抡起醋钵一般的拳头，径向汉子背脊上打去。谁知拳头打在汉子身上，便好似打在钢弹上一般，扑通一声，直把崔二弹出一丈开外，跄跄踉踉地一跤跌倒。

那汉子反笑嘻嘻地说道："怎么着！自己打人，怎么不曾留心反吃跌呢？"

崔二又羞又气，哪里还忍得住不怒？一迭连招呼小二人等，都来打那汉子。一霎时，七手八脚，拳挥脚踢，向着汉子趱殴。打了一阵，忽地一个个都叫起苦来。

原来那干打人的小二，手肿得簸箕大小，脚壮得吊桶粗细。众人吃了这番苦，才知道汉子是有心来吃白食的，有心来冤崔二的，拳打脚踢断乎使不得。于是一个个赶到店铺里拿取火叉、铁枪之类，再来向汉子围攻。便在那个当儿，可巧侯百里带着几个朋友打从那里经过，一见众小二声势汹汹地打人，他不知如何，骤发了善心，上前叫阻使不得。崔二和一干小二见是侯百里出来阻挡，大家都知道侯百里是本城有名家富哥儿，自然不敢违拗。

侯百里喝住了众人之后，进一步便问为什么事。那汉子并不声响，崔二却将一切情形说了一遍。

侯百里听他说罢，又把那汉子看了一眼。说也奇怪，寻常侯百里的一副眼睛，什么好坏东西都认不清，不知见了那汉子之后，却很觉得他不是常人，一口便向崔二说道："你们开店铺的，这般得罪客人，太不成话了。便是这位老哥一时不便，你便替他暂记一笔账，谅情这位老哥也绝不会不还你。你这般凶恶，别的客人还敢照顾你吗？"

一面说，一面又说那汉子道："老哥不要动气，这里掌柜的本来是不成文的，老哥不要和他一般见识。"说着，便替他付了酒账，并且邀着那汉子到自己家里去。

那汉子也不推辞，便到侯家住了几天。侯百里十分恭维他，临行，还赠他一百两银子。

那汉子在侯家住了几天，也看不出侯百里的举止并非真正疏财仗义，只不过或是或非地轻狂罢了。到了告别的当儿，冷冷地说道："承老哥的情，这般招待我，又送我的盘川。但是老哥知道我是何等人物，姓甚名谁吗？"

侯百里吃他这一问，不觉满面通红，很惭愧地说道："惶恐惶恐，尊兄在这里几天，小弟连尊兄姓氏还没有问及，真是笑话。"

那汉子笑道："老哥做事，每多失实之处，小弟不是别人，即江湖人称飞天蜈蚣苗汝杰的便是。承老哥以仁义待我，我却不得不尽些忠告。老哥的行为确实有些不正当，以后务望改弦易辙，入于正途，却不要误了一身令誉。至于这一百两银子，我也不敢拜领，因为我实在不是缺钱使用的人。"苗汝杰说完这话，便起身走了。

侯百里听得他道出姓名，不觉吃了一惊。

原来飞天蜈蚣苗汝杰的大名，端的是天下周知，人人晓得。他是个著名的剑侠，他是湖北孝感县人，生平行侠仗义，济弱扶倾，各处都有他踪迹。因为行踪不定的缘故，所以江湖上才叫他飞天蜈蚣。关于飞天蜈蚣毕生的事业，一桩桩、一件件，都很有可记载的价值。于今趁着讲到他的历史，不妨略述一二件出来，给列公醒醒目。

飞天蜈蚣是湖北孝感县人，孝感县因为有了他一个任侠仗义的汉子，地方上盗贼绝踪，奸蠹消匿，人民都十分感激他。但是他漂泊无定，有时累月地不回孝感县来。有一天，他正不在孝感县的当儿，孝感城里忽地来了一个凶恶头陀。

毕竟那头陀有何事故，且看下回分解。

第八回

恶头陀强化铁钟缘
风流子自蹈冤孽债

话说那头陀到孝感县来，也不知安着什么心，只见他生得满脸横肉，披发垂肩，顶额头束了一道日月铜箍。他一到孝感县，便在当地都天庙里卓锡了一宵。

第二天，庙里的和尚还没有起身，那头陀早已偷了庙里的一口大铁钟，出外化缘去了。孝感县都天庙的大铁钟是天下有名的硕大无双，足有千余斤重量。那头陀单手握着，似乎并不觉得吃力。

他化缘的法子很是简单，只把大铁钟搁在人家店铺门口，用一个指头敲击一下，便是表示要化一两银子，敲击十下，便是要化十两。

孝感县的人民久已过着太平日子，一旦经了头陀的强讨恶化，自然要沸反连天。但是看了那头陀的凶形恶貌，却又不敢得罪他。更有一层，要是头陀已击了一下，不去理睬他，头陀便敲第二下，既敲了第二下，再付他一下的钱，他是绝端不肯甘休的。否则偌大的铁钟搁在店门口，莫说买卖营业不便，简直连要关店门的时候，数十人也扛不动那口大铁钟。于是一干识相的人，只得忍气吞声地施舍他。

头陀在城里一连化了几天，已经由东街渐渐化到西街了。

　　西街上有家典当铺，店主唤作王有仁，是飞天蜈蚣苗汝杰的表兄弟。那头陀化到他家，便是照例将那口大铁钟放在他家天井里。因为典当铺和别的营业不同，别的店铺，只不过化了一两二两，至多五两。那头陀到了他典当铺里，一伸指头，便接连敲了二十下。

　　王有仁虽不一定的倔强，但是总觉得自己表兄也是个有名人物，眼睁睁要受人家的屈气，心中却也十分不服。当时便吩咐伙友："无论头陀怎样地敲击，不要理睬他，单看他有什么颜色使我施舍他一两银子？"

　　那些店伙一来鉴于头陀的可恶，二来也仗着东家是飞天蜈蚣的表兄，所谓天坠下来自有长子去顶，落得大家瞧瞧热闹。果然大家不去理睬他。

　　那头陀等了半天，已由二十下递加至六十下了，却始终见主人家不瞅不睬，任凭自己怎样去敲击。他敲到黄昏时候，已由六十下递增至一百下了。典当铺差不多将要关门了，既要关门，便不能不请头陀出去。其中便有个利嘴的小朝奉向头陀说道："老师父已辛苦一天了，今天应该休息，养些精神，明天再多敲几下吧！我们东家是最倔强的，越是敲得多，他越是付得快。"

　　头陀听了他这般似嘲非嘲的话，冷冷地笑道："可以可以，颠倒我敲了一天，已敲出些数目来了。自朝至暮，每天是一百下，既然他是喜欢敲得多的，我便索兴停两天再来一齐敲。总之有一天算一百下，账目倒也好算。"说着，便大踏步走了。

　　果然第二、第三天上，头陀都没有来。到了第四天上，苗汝杰忽地回转孝感县。王有仁听得表弟回来，十分大喜，连忙赶到苗家，告诉他这回事。

苗汝杰听了他的话，脸上便显吃惊的样儿问道："那头陀可是个高大个子，左眼上有一丛白毛的吗？"

王有仁点头道："一些也不错。老哥怎么也认识他？"

苗汝杰摇头道："要真是他，却也有些难缠。不过像他这般强讨恶化，确实太不成模样了。说不得许多，我要和他拼一拼。"

王有仁见他显出惊讶的面貌，又听了几句勉力的话，情知这头陀断不是个弱者。当下连忙问道："那么老哥知道这厮是谁呢？"

苗汝杰摇头道："你不晓得，这厮是江湖上有名的恶头陀，名字叫作铁它锋。他一身的能为，除了内外两种功夫之外，还精通剑术，他的剑术是宗于昆仑派。本来昆仑派门下的弟子，品行是极好的，唯有这厮，却是个教中败类。目下掌昆仑宗派的云光祖师，便因他品行不端，革了他的名字，逐出教中。他虽被逐，但是已学的技艺却不曾短少丝毫。他因为自己的祖师不肯见容，于是索性挂着昆仑派的招牌，在外招摇生事，惹是寻非，老老实实便是有心坍昆仑派的台，破坏昆仑派的名誉。你道这般人可恶不可恶？"

王有仁听罢，点点头道："这种害群之马，确实可恶极了。他虽然会得剑术，老哥不是也会飞剑吗？"

苗汝杰道："我会剑术是不错，但是无端要和他比拼，确实有些不值得。一来他是昆仑派的败类，虽然被逐，毕竟昆仑派是不错的。什么派的败类，只有由什么派来惩戒，要是别派的人越俎代庖，他们同派的不说是别人替他效力，反要说别派瞧不起他们的老师，每每因为这种地方引起争端，甚至结成不解之仇，也是有的。譬如我是峨眉派，好坏都要由峨眉派中人干涉，别人要干涉了，我们峨眉派便可以群起而攻。这种门户之见，差不多一体都同。我方才不愿意和他比拼的，也便是这个意思。不过他既然这般无状，你又已经和他成了个对峙之局，我也顾不得许多了，只得硬着头皮和他拼一拼，然后再到他老师面前去赔罪。"

苗汝杰和王有仁正说到这里，猛见一个小朝奉跌跌撞撞地走将进来，一迭连声大呼："不好了，不好了！苗爷和东家快些去，那厮今天又来了。他到了那里，也不曾说别的话，一伸手指，便在铁钟上速击了数百下。击完之后，问我们数着击了多少没有。我们回他道：'你击了多少，你自己有数，怎么反来问我们呢？我们不向人家化钱，也用不着计数。'我们说了这句话，他便冷笑一声道：'你们不曾计数吗？本来这个数目也用不着你们计。因为我前天在这里便说过了，敲一天便是一百下，我两天没有到这里一，连前天共计三百下，错不错？'我们道：'无论错不错，总之我们东家不在这里，便是五百下也不济事。'他听我们回他这种话，霎时怪吼一声，说：'放屁！我管你东家不东家呢，我只知敲一下要一两银子。你们开典当的，绝不会铺子里没有三五百两银子。'他一面说，一面声势汹汹地将柜台都踢翻了，便要抢进来讨三百两银子。还亏我看得情势不对，连忙和他软说道：'你要化银子，我们东家不是不肯给你。当时既没有约定几时来，我们东家怎能天天在这里等你呢？我们都是当伙计的，能替他做得三五百两银子的主吗？你今天既要银子，待我去把东家喊来，无论他给你多少，也不干我们的事了。'我说了这几句话，才把他缓住了。于今还恶吼吼地在那里等着呢！"

小朝奉说罢，苗汝杰只把头点了一点，便霍地立起身来，向王有仁说道："我们一同瞧瞧去。"

典当铺和苗汝杰家原离不着多少路，三人急走了一阵，便早到了。

苗汝杰才进得铺门，果然看见头陀背着脸，正和几个伙计谈说。柜台真个踢倒了。天井里放着一口大铁钟。

苗汝杰且不惊动他，只装作不晓得地说道："是谁呀？怎么将这口铁钟放在这里？可不使人都不好走路。"旋说旋将那钟轻轻提起道："这口钟又没多重，你们怎么不把他拿了开去？"说着，向着门外一丢，那地上早显出一尺余深的深痕。

苗汝杰说话、提钟的时候，头陀早已听见看见了。始初还不知是什么人，及至仔细一瞧，却认得是苗汝杰，随即冷冷地说道："好个多管闲事的飞天蜈蚣，洒家讨化银子，与你何干，怎么要你来管闲账？"

苗汝杰也便不客气道："你这厮别做梦，你当作这里开典当的是谁吗？可惜你还算是老江湖，居然在老虎头上拍起苍蝇来。说句老实话，大家都是脚碰脚的人，你还是识相些，趁早请开，大家还讲些情面。否则姓苗的地段上，由不得你这厮撒野！"

头陀听了这句话，情知这典当一定和苗汝杰有关系，暗说，怪不得他们店里的伙计敢大模大样，原来却仗着这个护符。"飞天蜈蚣"四个字，凡是闯江湖的，什么人都晓得。不过头陀既恶在前头，又当着众目睽睽之下，一时却收篷不住。当时冷笑一声道："你别仗着有了些武艺欺负人，须知洒家也不是个弱的。"他一面说，一面恶狠狠地举起拳头，径向苗汝杰打来。

苗汝杰怎肯怠慢？自然地挥拳相送。他们一个是峨眉好手，一个是昆仑败类，两派相争，就天井里打得花一团、锦一簇。本来二人的武艺都已练得精奥入微，到了功力悉敌的地步，一时急要取胜，实在是件难事。

苗汝杰的心理，以为只要不叫头陀施威，使他知难而退，也便免于宗派之争了。无如头陀一腔恶念，怎肯善罢甘休。又见苗汝杰只不过敌得他个平手，心中格外猖狂起来。

在斗到五十回合之后，头陀忽地大吼一声道："看剑！""看剑"

二字方才出口，手指里早飞出一道剑光。苗汝杰仔细看那道剑光，非白非红非青，却是一种淡红色彩（昆仑剑光至此点出）。暗想，我耳朵里常听说，昆仑剑光是掺于武当、华山两派之间的，怪不得所炼的剑光是淡红色。一壁想，一壁自己也放出剑光来抵住。峨眉派的剑光是青色，在上集《少林剑侠》书中，便表明过了。

当时两道剑光在空中翱翔花舞，如长虹，如闪电，直使一切闲杂人等都看得呆了。闲人虽看不出两道光华谁强谁弱，但是一干关心胜负的，都眼巴巴看在苗汝杰和头陀脸上，只觉斗了半会儿，苗汝杰脸上似乎现出些笑容来。再看头陀脸色，却显出很仓皇的样儿。聆音察理，大家都料定是苗汝杰占了优势。

看官须知，峨眉派和昆仑派的剑术本来没有什么高下的，况且既能炼成飞剑，当然不能算弱了。所以有高下的缘故，第一层在乎功夫下得老练不老练；第二层却在使用剑术的人心理纯正不纯正。剑术虽是种功夫武技，然而很含有道法作用。

铁它锋的剑术不是不精，功夫也不是不老练，所不敌苗汝杰的地方，便是因为心地不正，心地不正，所以剑光也显着软弱了。他一看自己的剑光敌不住苗汝杰的剑光，心中暗暗吃惊，情知斗剑是绝后一招的手续，剑既斗不过，任凭再有多大本领，也绝不能再取胜的了。既不能取胜，便不得不见机脱逃。于是乘着苗汝杰剑光紧逼的当儿，大吼一声，便想收回剑光，高飞远走。万不料他正自收回剑光，苗汝杰的剑光却早已闪电也似的临到当前。剑光飞跃半空，远视自然像是气质，到了临近，分明便是明晃晃的白刃。说时迟，那时快，头陀一见自己漏了隙孔，竟被苗汝杰的剑光飞来，唬得魂飞魄散，再想放自己的剑光去抵敌，却哪里抵敌得及？呼的一声，头陀的首级早已随着剑光飞腾而起，滴溜溜抛出一丈开外，方才坠下地来。同时许多看闲汉子，一个个春雷也似的喝起彩来。

苗汝杰虽秉着一腔愤慨，斩了头陀，但是心中却多了一件心事。所以多了心事的缘故，在上文已说过了，便是因为头陀是峨眉派，头陀再是不好，被本派开除名籍，但是要伤在别派人手里，他们同派的不免又要大起争潮。苗汝杰这种思想，在旁人以为他太嫌过意了，其实他是个中人，晓得个中事。后来果然因为头陀的事，闹出峨眉、昆仑的大决斗，这是未来的事，于今权且暂时不提。

单说苗汝杰和头陀斗剑的事发生之后，一干人眼见了飞剑，便长了不少见识。苗汝杰的大名，更震得如雷贯耳。其实苗汝杰在江湖上行侠仗义，何堪指屈？斩头陀也不过是十中之一罢了。在下写苗汝杰不过是书中陪笔，算不得主文，于今却还须将那侯百里细叙一番。

侯百里是富家子弟，公子哥儿，常言："饱暖思淫欲。"一个人只要衣食无亏，不由而然便要想到"淫欲"二字上来。侯百里不但衣食无亏，更兼铜山金穴，取用不竭，对于"色欲"二字，自然要格外一层。因为他钻头觅缝地猎取女色的缘故，所以人家才送他个采花蜂的混号。

罗巧玲的美貌，侯百里不是不晓得，不过也听得说薛永新不是好惹的汉子，投鼠忌器，不敢冒昧进取。及至听得一干游蜂浪蝶的轻薄谣言，他便好似触了电气一般，自己啐着自己道："饭桶饭桶，像他们那种上不得台盘的人尚且还捞得着鱼儿上手，凭着我这样一个人品家第，还怕勾搭不上她吗？"

侯百里既有了这种思想，所谓色胆如天，便把害怕薛永新的心抛向九霄云外去了。便是那一日，整一整衣冠，换了换鞋袜，安步当车地径到薛家门前来走动。

侯百里的相貌本来生得不错，又加上一身的华服，更显得风流俊俏，美貌天然。当时走到薛家门前，说也凑巧，合该罗巧玲和他有一段孽缘，合该有一番风云变幻。偏巧罗巧玲也正自在门前搔首弄姿，彼此相见，便好似感触着电气一般，正是：

落花有意随流水，流水多情护落花。

毕竟后事如何，且看下回分解。

第九回

绿巾有魂蠢汉拿奸
白刃无情红颜喋血

　　话说天下最是棒打不开的，便是孽缘。侯百里和罗巧玲大概也是，因为种了孽缘种子，所以见面之后，便以触了电气一般，一个郎贪，一个姐爱，结合得自然快速。偏巧薛永才又是糊涂人，他二人打得火热，薛永才却犹如睡在鼓里一般。这一来，薛永才竟变作武大郎，罗巧玲真变作潘金莲了。

　　俗语说："要得人不知，除非己莫为。"侯百里和罗巧玲结合以来，始初薛永才确实不晓得，后来日子久了，人口如风，薛永才耳朵里也吹进许多风闻来。大凡别样事情，都可以含忍了账，唯有妇女偷人，将绿头巾套在丈夫头上，无论做丈夫的再是脓包，断不能甘守缄默。薛永才的脓包，只不过是糊涂，并不是怎样懦弱，一听得妻子偷人，气得牙痒痒地撞回家去。偏巧撞得进门，恰巧和侯百里顶头碰个正着。薛永才这一气，哪里还容忍得住？连忙扭住侯百里，喝问何人。侯百里作贼心虚，不待他扭住，连忙一摆手、一扭腰，早已如飞地兔脱。可怜薛永才是一个不满三尺的侏儒，怎经得侯百里的扬簸？早已跄踉，倒退了七八步，一跤跌坐在地上。半晌爬了起来，赶着罗巧玲骂道："好个无耻的贱货，居然青天白日厮养着汉子在家里，你还当作我不晓得呢！老实说，我是一个没用的人，凭你们怎样摆布我，只待我兄弟回来，管叫他揭了你的皮。"

婆娘听他这般喝骂，反冷冷地说道："奇了，你嚷着什么？从来捉贼见赃，捉奸见双，你瞧见谁厮养着汉子在家里啊？"

薛永才指天指地地骂道："你还想要撇清吗？老实说，我耳朵里本来早有得听见了，只因没有撞着，算不得数。方才这厮摔了我一跤，你还打量我不认识他是侯百里吗（一片脓包语，编者忍俊不禁）？"

那婆娘又啐了一口道："你别做呆吧，一个人家，谁没有人来客去？终不成来了人客，便是妇人家偷汉子，那么你的绿头巾，一顶一顶地还没处戴呢！"

那婆娘一声高似一声，反把薛永才回不出半句话来。半晌，迟迟地问道："那么侯百里到我家来，做什么的呢？"

婆娘睁着眼睛冷笑道："这个我知道吗？你是男人家，不问他，反来问我做女人的吗？"

这一番有理无理的话，直闹得薛永才作声不得，只在背地里唠唠叨叨，说是"等着兄弟回来，再和你们算账"。

婆娘听他这般说法，又见他自此之后，每天只一味厮守在家里，心中由不得又是害怕，又是牵恋。一连十多天，满肚里尽是小鹿乱撞，虽然在门口有时撞见侯百里，无如万里巫山，咫尺天涯，只不过挤眉弄眼，却不能送暖偷寒。

薛永才一连厮守了二十余日，眼见婆娘并没有出什么岔儿，防闲的心也渐渐忘了。这一天，便放心大胆地走出门去。他前脚方才出去，那侯百里便好似看门的狗，早已连纵带蹿地撞进门来。久旱逢甘雨，那婆娘连忙砰地将大门关了，两个扭作一团，赶到房里鬼鬼祟祟地。好半会儿，方才走出厅堂坐着，先由婆娘向侯百里说道："我们这样偷鸡摸狗的，终不是事儿，你须想出个章程来，图个长久才好。"

侯百里摇着头说道:"这件事不是我不要和你图长久,实在因为顾忌一个人。要不是顾忌这个人,老实说,我便将那厌物害死了,也不过如同弄死一条狗。"

婆娘忙问:"你顾忌着谁呢?"

侯百里伸一伸两个指头道:"我顾忌的便是这个人。"

婆娘摇头道:"你顾忌着薛老二吗?我先前也是和你一般心思,不过在这半个月里,我却想着绝不关事。薛老二他已有好几年不回来了,于今死活存亡都不晓得,你要果真有胆量害死厌物,我包管薛老二寻不出我们的事来。况且一个人一死百了,他又没有别个亲人,怎知道他死得屈不屈?便是过几年薛老二回来,厌物烂也烂成灰了,别的东西可以死灰复燃,唯有死人的骨头灰是绝不会复燃的。"

侯百里和婆娘本来打得火热,听了这几句话,一霎时胆大如天,毫不迟疑地说道:"既然如此,我有一种东西,可以害死人,并且没有形迹。"

婆娘问是什么东西。

侯百里道:"那是一件西洋药粉,叫作烂肠散。人吃下去,不上两天,便能将肠腑烂化了,外表却是瞧不出丝毫形迹的。"

婆娘听说,十分大喜,便说:"既有这种好东西,你便赶快取了来。那厌物早死一天,我便早一天拔去眼中钉刺。"说着,便催着侯百里快去取来。

侯百里对于贪恋女色,确有其心,要是因为恋色而及于害命,却还是破题儿第一遭。当时本不过冲口而出的,说要害死薛永才,及见婆娘真个要谋杀亲夫,反不禁有些抖颤起来。要想用几句话来转折,急切又想不出什么话来。偏是婆娘又一迭连声地催着,逼着

262

侯百里，没奈何，只得起身回去。不多一刻，果然取了一包药粉，递在婆娘手里，只说了声："你酌量办吧！"便急匆匆地走了。

天下万恶淫为首。罗巧玲本是一个好女儿，因为要报薛永新的恩德，才和薛永才联成一种恶姻缘，更为了一个"淫"字，惹出杀身被害的祸来。她既横心要谋死薛永才，便觉得胆大包天，再也不顾一切的利害。

当日薛永才回家之后，婆娘却早已准备好了，在一种食品里，将药粉调放下去。薛永才因为在家多日，不曾捉住婆娘的破绽，才胆大放心地出门。既放了心，哪里还疑虑到婆娘使这些毒手段呢？谁知才将那食品吃了一半，便觉肚腹里一阵阵疼痛起来。在平常薛永才本是极糊涂，极不经意的。不知如何，那天忽然精细起来，一经吃了食品肚腹疼痛，便疑惑那食品里有什么毒物，于是趁着婆娘自去睡了，将那余剩的悄悄藏在床底下，自己忍着痛，便倒在床上睡了。腹痛的人哪里睡得着？偏是床底下阵阵叽喳，好似有什么东西在那里挣命一般。薛永才知道是自己吃剩的食品放在床下，惊动猫鼠等物，在那里偷吃。他所以将食品藏在床下的缘故，是准备第二天使人化验那食品里有没有毒质。于今既觉得有猫鼠偷吃，自然要忍着痛，将那余剩的食品拾掇起来。谁知举着火，正待取那食品的碗，倒不禁吃了一怔。

原来那碗里的食品果然骤少了许多，却见三五只鼠子横七竖八地僵卧在碗旁，还有一只嘴里吐着白沫，倒在一旁挣命。要是往常，薛永才少不得便要大呼小叫起来。这一回他却精明得多了，知道那碗里的食品确有毒质，既能药死老鼠，自然也能药死人了。于是便将碗里余剩的食品悄悄用纸包了，并且还包着一只死鼠，准备明天化验了，再和婆娘算账。他虽然这般打算，但是自己毕竟是吃了药粉的人，那药粉原是外国珍品，毒恶非常，薛永才始初所以能熬得疼痛的缘故，一来因为吃得不多，二来人的肠胃毕竟不比鼠类来得单薄，所以发作得迟慢。

一夜既过，药性发动，任凭薛永才再想挣扎，却哪里挣扎得起？禁不住呼疼喊痛，腹胀如绞。薛永才情知是食品作怪，想着自己必和老鼠一般，归于消灭。他糊涂一世，聪明一时，眼看着老婆故意张皇，他却绝不提起食品有毒的话，只向婆娘说道："我这般腹痛，想必是往日感受的寒气发起。虽然，我便是死了，也没有别样记挂，只不过外面还有些未了手续放在心上。你是个妇女，管不到外面的事，只请你去将东街上的钱正伯伯请来，他和我最至契，我在外面的手续，他都晓得。待我当面叮嘱他一番吧。"

婆娘见他只提殁身以后手续，并不曾论及食品的事，哪里想得到薛永才一个蠢人，一般也会用诈。自然便将钱正请来，自己倒反故意离得远远的，让他们说话。

薛永才便在那个当儿，将昨夜包的老鼠和食品递在钱正手里，垂泪说道："老哥，小弟是将死的人了，天大冤枉都在这两个纸包里，请你守着我二弟回来，叫他替我报仇。"说着，那眼泪便似断线珍珠，挂抛下来。

钱正惊得呆了，悄悄一问，薛永才便将罗氏和侯百里通奸，以及食品里有毒的话，说了一遍。说到这里，那肠腹格外一阵阵绞痛，已是不能言语了。

钱正看了这般情形，心里也自然难过，向薛永才拍一拍胸脯道："老哥，可请瞑目，这些事都在我身上。"当时藏了两个纸包，含着泪，辞别走了。

薛永才因为熬不住疼痛，便在那夜瞑目长逝。

天下的事，无巧便不成书。薛永才未死之前，薛永新积年累月地并不回家。薛永才才死了三天，偏巧薛永新出乎意外地闯了回来。

要据迷信学上说来，薛永新的蓦然回来，或者是薛永才的阴魂指引，也说不定呢。闲话休提。

在下写到这里，要请列位重温旧课，再理前篇，继续注意本篇第七回薛永新在钱家会晤的话。钱正和薛永才既是忘年交，又秉承了薛永才临死时候的遗嘱，自然要将薛永才屈死的缘由向薛永新详细声明。

当薛永新问他老兄怎样屈死的情形，钱正不慌不忙，在一个竹桶里拿出那两件纸包的法宝来，指着向薛永新说道："二爷要问令兄致死的来由，先要认明这两件招牌。"

薛永新不知道纸包里藏的什么玄虚，打开来瞧时，才知是一个死鼠和一撮面粉。那老鼠因为是凶死，所以眼睛还睁得大大的。至于那包面粉，因为过了三天，也渐渐干松了。

薛永新看了这两种东西，一时揣不出是一回什么事。钱正不待他问讯，便将那日受的薛永才遗嘱，一言一字地道将出来。

薛永新听罢，猛地想起，自己进门的当儿，撞见的那个少年汉子来，便问钱正道："侯百里那厮可是个白白脸儿、长长眉毛的中等身材的人吗？"

钱正道："怎么不是？二爷什么时候见过他来？"

薛永新听说正是那厮，霎时圆睁环眼，霍地在腰里抽出把明晃晃的尖刀来，向钱正打了一躬道："承老哥的感情，告诉我家兄屈死的事。小弟感激之余，也没有别的话说，只待异日答报深恩吧！"

说着，握了尖刀，大踏步便走。反将钱正吃了一吓，一把扭住他道："二爷怎么说？"

薛永新摆一摆手道："老哥别歪缠，从来'冤有头，债有主'。我大哥忠厚一生，却遭在奸夫淫妇手里。我薛二虽不比当年的武二，也算在江湖上博了些微名，要不替家兄报了这口屈气，还能顶天立地地做个人吗?"

旋说旋一摆身。钱正哪里扭阻他得住?眼见薛永新握着明晃晃的尖刀,团着死鼠和面粉,急匆匆地走了,只唬得钱正手足失措,半晌说不出话来。情知薛永新这一去,定要闹出人命大事,他闹出人命不打紧,要是追踪溯源起来,可不累及了自己告发人?但是薛永新既然走了,要追赶阻止他,当然是办不到的事。按下钱正,我且慢表。

单说薛永新握着刀,一口气便赶回自己家里。婆娘一见薛永新气呼呼地回来,又握着明晃晃的利刃,心虚的人早已唬得心田里啪啪地乱跳,正待问说,薛永新早已扬着手里的利刃,大声喝道:"淫妇!我薛二问你一句话,我哥哥究竟是怎样死的?"

这一声喝,端的清脆苍凉,可惊可骇。婆娘再是凶悍胆大,至此也不觉不寒而栗,抖颤颤地说道:"你大哥是害心疼死的,我不是已经告诉了叔叔吗?"

薛永新冷笑一声道:"好个利口的淫妇,我哥哥忠厚一生,怎害得这种病死?我知道你这淫妇干的好事,谋害亲夫,还敢在我面前支吾?"旋说旋打开那两个纸包,向婆娘喝道:"你瞧,这是什么东西?是不是我哥哥吃了送命的?"

婆娘猛见了这样东西,一霎时,心里慌了,怔了一怔,早被薛永新一把扯过头发,向着薛永才灵前放倒,随手举起刀来,便向婆娘脸上乱搠。婆娘到了此时,唬得杀猪也似的狂叫起来,一迭连声只叫愿说。

薛永新按住利刃,喝叫:"快讲!"

婆娘怎敢支吾?顾不得,便将如何与侯百里通奸,如何要做长久夫妻,如何用药粉拌在食品里,如何毒死薛永才,前前后后,说了一遍。

薛永新听罢，气得怪吼如雷，手起刀落，径向婆娘心窝里刺去。可怜婆娘只因贪着温香暖玉，却断送了青春红颜。

薛永新刺死了淫妇，随手再割下她的头来，扯过一方布来包了，抹了抹刀上血迹，插在腰间。然后提着人头，径来寻找侯百里。

毕竟后事如何，且看下回分解。

第十回

急兄仇飞头掷浪子
怀隐愤僻道逢故知

话说薛永新既杀了淫妇，进一步便来找奸夫侯百里。要寻侯百里，便不能像杀淫妇那般爽快了。杀淫妇是瓮中捉鳖，网中擒鱼，算不了什么事。

侯百里在黄山县里很有些声誉，不说别样，单论他那狡兔三窟，一时也捉摸不定。他住在哪一个屋里，薛永新探了半天，才知他当日在北街一个别墅里请客。

看官，你道他请的是谁？原来便是上文所说的飞天蜈蚣苗汝杰。苗汝杰和侯百里自从那年一别之后，又有几年不到黄山县来了。他并不是真要交结侯百里这样的朋友，实在因为当年侯百里既有这一番结纳，却也不能置而不顾。况且临别的时候，曾告诫他许多好话，"士别三日，刮目相看"，这一番再度到黄山县来，便是觇一觇侯百里是否已改过迁善。他虽不一定将侯百里当一个密友，侯百里却是将他当作上宾看待。北街上的别墅，是一座很幽深的大厦，不是因为特别事故，绝不到那里请客，由此也足见侯百里恭敬苗汝杰的心了。

薛永新既得着侯百里的下落，自然一脚投到别墅里来。到别墅的时候，已是暮色苍茫、西山日落之时了。薛永新并不晓得侯百里宴请的是苗汝杰，不过既晓得他宴客，前门口的车水马龙，定然人多目众，自己既来寻侯百里的事，便不能打从前门进去惊动他，于是捩一捩衣裳，便从围墙上飞跃进去。在屋上居高视下，果然觉得许多仆役穿梭也似的往来。薛永新看在眼里，便知宴客的地点在前西进大厅上，于是一个箭步，再飞越过去，就屋上使一个珍珠倒挂帘的架势向内照看。果见大厅上银灯辉煌，首位上坐的正是飞天蜈蚣苗汝杰。既看见苗汝杰，由不得心中想起一件生气的事来。

原来薛永新的盛名和苗汝杰的盛誉，在两湖川陕一带，本来相差不多，不过苗汝杰是峨眉宗派，薛永新却是宗艺于武当。在当时四大宗派并立称雄的时候，门户之见也分别得极深，除却几个深明大义的能参透四派一家的原则而外，差不多的人便一味在派别上闹意见。

薛永新在两湖一带行侠仗义，江湖上都知道他是武当派，所以除却叫他花斑豹而外，又叫他作武当薛。苗汝杰在两湖有同样的声誉，于是江湖人也叫他作峨眉苗。二人声誉既大，便有一干人投拜他们门下。二人拣着天资好的，也收了几个门徒。

本来收门徒的事，原算不到什么，而在武师收门徒，更是司空见惯，最为普及。不过薛、苗二人都能明白大义，不一定将宗派门户十二分认真，可是收的门徒，都恃着一点儿未入流的拳腿，及将派别标榜得各异。学武当派的便痛斥峨眉派不是正派，学峨眉派的都扬言武当派算是异端。始初两派的门人不过口争舌战，到了争辩到剧烈的时候，免不得竟动起武来。

有一次，两派门人相争用武，却是武当薛的门人占了优势。他们小伙子相争本来算不得什么事，不过争斗既分了强弱，未免便要损及谁派的盛誉。苗汝杰因为武当派的门徒确实有些恃强之处，不免也动起气来，自己便出来训斥了武当薛的门人几句。武当薛的门人和峨眉苗的门人比拼，虽然能占优势，要是和苗汝杰争抗，哪里是苗汝杰的敌手？既知不敌，只得甘拜下风。偏巧薛永新那时又到陕、川一带去了，等他回来，听了门人诉说，薛永新很不以苗汝杰所行为然，以为门人和门人争斗，譬如小孩子们打架，值不得什么事，要是做大人的横身出来干涉，未免迹近挑衅了。薛永新是这般推想。苗汝杰却也有恼恨薛永新的地方，他恼恨的理由，是说薛派的门人不该轻举妄动，得罪朋侪。两派原是一家，薛永新不告诫门徒，谨守墨绳，将来闹出大事来，薛永新不能不负教训不严的责任。他二人同床异梦，在一无芥蒂之中，竟平地生了一种破裂痕迹。

所以薛永新在侯家别墅里，见侯百里宴请的客人便是苗汝杰，由不得引起旧怨。不过也深知苗汝杰不是易与的人，他既和侯百里交情密切，侯百里的事他当然不能袖手旁观。但是再想到兄长冤仇，禁不住咬牙切齿，在不知不觉之中，便打开包袱，取出淫妇的人头，觑个亲切，径向侯百里劈面打去。只听得扑通一下，那人头不偏不倚，正打在侯百里脸上，直打得耳目口鼻都是血迹，因为打得重的缘故，连门牙都打折了几个。那人头抛跌下来，滴溜溜滚在菜碗里。这一来，大厅上人等，自然吃了一惊。

说时迟，那时快，薛永新抛掷了首级之后，自己早已飞身下来，晃一晃利刃，指着侯百里喝道："狗贼，干的好事！可知薛二爷不是易与的吗？"

侯百里此时虽然被打得头青嘴肿，但是看见血淋淋的人头，却认得出是罗巧玲的。既见了罗巧玲的人头，便知道是薛永才的事情犯了。他并非和薛永新没有会过，花斑豹的大名，他也久已心折眼看，明晃晃的利刃照耀眼帘，只唬得魂飞天外，魄散九霄，在匆促兔避之中，只有闪在苗汝杰身后。

苗汝杰见是薛永新，不愿多管闲事。不过自己既做了侯家座上客，当然不能视侯百里受人家欺侮，趁着侯百里闪在自己身后，便立起身来，把手拱了一拱道："我道是谁？原来是薛老哥。什么事儿动气？且息息雷霆再说吧！"

　　在苗汝杰这几句话，本是平心之论，以为薛永新既将女人的首级掷来，又指名要寻侯百里的事，不问可知，定是侯百里犯了奸情。奸情的事，大凡行侠仗义的人，都极痛恨的，自己虽和薛永新暗地不和，但是绝不能为了人家奸情而决裂，所以才说出这几句话来。谁知薛永新怀着满腹牢骚，正没个泄处，一见苗汝杰公然庇护侯百里，忍不住又气又怒，气怒临头的人，便顾不得一切利害，当下冷冷地笑道："我道是谁，原来是苗老哥。苗老哥交的好朋友，竟能在外面做不耻的勾当，他姓侯的原是个无耻狗贼，做事做得无赖，倒还罢了。凭着你苗老哥，一个顶天立地的英雄，也该助着暴桀为虐吗？"

　　薛永新这几句拖泥带水的话，说得似嘲似讽，如怨如诉，别说苗汝杰本和他有些不和，便是一无梗概的人，也断乎容不得这般诘责。还亏得苗汝杰有些耐性，当下也冷笑答道："姓苗的和姓侯的只不过是普通朋友，并算不得密切，况且姓侯的怎样无耻，姓苗的还没有知道究竟。不过姓苗的既在姓侯的家里，当然不得不干涉姓侯的事。老哥也是明白人，不能不给姓苗的一个面子。要是老哥定给姓苗的过不去，老实说，姓苗的为顾全自己的面子起见，不能听老哥的自由行动。"

　　苗汝杰这几句话总算不屈不挠，说得得体。要是薛永新稍一审慎，当能体贴苗汝杰的苦衷。谁知薛永新一腔悲愤正没处发泄，常言："父兄之仇，不共戴天。"虽然杀了淫妇，究竟放着个杀兄的仇人在眼前，怎肯善罢甘休？当时怒气冲冲地说道："姓薛的今天是来找姓侯的，与你姓苗的绝不相干。你姓苗的既替姓侯的做护符，分明是和我姓薛的过不去。老实说，姓薛的不是省油灯，无论你苗老哥怎样庇护他，姓薛的今天非取他的狗命不可。"说着，抡起利刃，径向侯百里挥来。苗汝杰见薛永新硬着头皮动手，哪里还禁得住不怒？大喊一声说："好个不讲交情的薛二！既然不要朋友，姓苗的便先和你较量个强弱再说。"旋说旋举起座椅，径向薛永新劈面打来。

薛永新一刀没有刺着侯百里，已是怒发如雷，趁着苗汝杰动手的当儿，一脚踢翻了筵席。两个就在大厅上厮打作一团。

要论薛、苗二人的能为，真算得功力悉敌，不分轩轾。不过二人既动了手，侯家的人当然不能坐视，一声传唤，早已推进十多个汉子，都执着刀械过来助威。常言："双拳难敌四手，好手单怕人多。"薛永新并不是因为多了这十几个汉子便弱软，实在因为劲敌当前，分不出手来对付那干汉子。所以斗了三五十合以后，薛永新渐渐觉得手忙脚乱起来。既因众寡不敌，本来便想用剑术取胜，无如知道苗汝杰的剑术亦颇不弱，学剑的人不到紧急关头，绝不轻用，况且大厅里地方狭小，使剑术却也十分不便。

薛永新既处于这般困境，恼恨苗汝杰的心也深了一层。当时摆一摆手，纵身跳出圈子说道："姓苗的，你别仗着你的武艺高强，多管我的闲账。须知薛二今天不能和你斗个痛快，少不得有一天大家再来见见。"

苗汝杰哈哈笑道："大家脚碰脚的人，谁也畏不了谁。是个好汉，我们一月之后，到青阳岗上去见个高下吧！"

苗汝杰说了这话，薛永新一迭连声便说："好好！到期不去的不是好汉。"一面说，一面飞身上屋走了。

看官，你道那青阳岗是个什么去处？原来是两湖人所设的一个武场，无论什么人物，要想恃武力争霸的，须到那场里比拼一场，谁占了胜利，那场上便高高悬着谁的名号。两湖人士的杰出好手，自然要数着薛、苗两个，他二人既同负时誉，大家又没有反过目，所以那场上同悬着二人名字。这种平分秋色的局面，久已含着一种决斗的隐忧在里头了。

苗汝杰既说了这句话，薛永新自然赞同。

当时薛永新出离了侯家别墅，一口怨气直冲霄汉，始初一团烈火本要出在侯百里身上，于今都转移到苗汝杰身上来了。要和苗汝杰比拼，当然不能如对付侯百里的容易，要在青阳岗上显威能，最不易显，因为偶一失败，便关系一身的英名。不过青阳岗夺标的规矩，有许多可以通融的办法。其中最易恃赖的，便是各人能自己相约自己的朋友，或是同派的好手，所以不掀动这个风浪则已，掀动起来，确有一番巨大波澜。甚至累及两派的祖师出场，也是意中的事。

薛、苗二人既订了这种条约，便不能不各自准备。苗汝杰当然也少不了这一招。至于薛永新在比斗夺标而外，还夹着兄长冤仇在肚里，所以他离了侯家之后，满腹牢骚，低头急走，一面算着怎样去收拾侯百里，一面却要准备去邀同着朋友应付苗汝杰的事，有心事的人便有一种失魂的去处。

不料正走之间，临面却撞在一个汉子身上。那汉子不慌不忙，一伸手便将薛永新扭住了，说："薛老二，你为着什么在这里失魂呢？"

薛永新抬头一看，忍不住心花怒放，说："好极好极！老周打从哪里来的？"

看官，你道那汉子是谁？便是上文已说的周汝衡了。周汝衡和薛永新是同门师弟，又同是黄山县人，两人的交情当然要比别人来得密切。更兼周汝衡的脾气也和薛永新差不多，同是一种游侠，二

273

人在江湖上彼此可以常会晤。在故乡里撞着，这番还算是第一遭。

当下薛永新见是周汝衡，骤觉精神倍长，一把扯住道："老周，耽搁些工夫，我和你到一个酒楼喝三杯，还有一肚皮的牢骚和你细谈细谈呢。"

正是：

久旱逢甘雨，家乡遇故知。
满腹牢骚事，杯酒释忧疑。

图书在版编目（CIP）数据

武当剑侠／张个侬著． -- 北京：中国文史出版社，
2021.3

（民国武侠小说典藏文库．张个侬卷）

ISBN 978 – 7 – 5205 – 2311 – 0

Ⅰ．①武… Ⅱ．①张… Ⅲ．①侠义小说 – 小说集 – 中
国 – 现代 Ⅳ．①I246.5

中国版本图书馆 CIP 数据核字（2020）第 183534 号

点校整理：清寒树　　旷　野
责任编辑：薛媛媛

出版发行：**中国文史出版社**

社　　址：北京市海淀区西八里庄路 69 号院　　邮编：100142

电　　话：010 – 81136606　81136602　81136603（发行部）

传　　真：010 – 81136655

印　　装：北京新华印刷有限公司

经　　销：全国新华书店

开　　本：720 × 1020　1/16

印　　张：17.75　　　字数：207 千字

版　　次：2021 年 3 月第 1 版

印　　次：2021 年 3 月第 1 次印刷

定　　价：65.00 元